마지막 유산

마지막 유산

초판 1쇄 발행일 2017년 7월 15일

지은이 손선영
펴낸이 박희연
대표 박창흠

펴낸곳 트로이목마
출판신고 2015년 6월 29일 제315-2015-000044호
주소 서울시 강서구 양천로 344, B동 449호(마곡동, 대방디엠시티 1차)
전화번호 070-8724-0701
팩스번호 02-6005-9488
이메일 trojanhorsebook@gmail.com
페이스북 https://www.facebook.com/trojanhorsebook
네이버포스트 http://post.naver.com/spacy24

(c) 손선영, 저자와 맺은 특약에 따라 검인을 생략합니다.
illustraion (c) 이은미
ISBN 979-11-87440-26-0 (03810)

* 책값은 뒤표지에 있습니다.
* 잘못된 책은 구입하신 곳에서 바꾸어 드립니다.

마지막 유산

손선영 장편소설

트로이목마
TROJAN HORSE

차
례

1부

비밀은
사람에게서
사람으로

1

아베노 히로시

하늘이 좋았다.

바람은 산뜻했고 초록은 싱그러웠다. 한 발 내디딘 땅은 지르밟기에
도 좋을 만큼 굳었다. 天, 地, 風, 木 어느 하나 빠지지 않는 조화로움이
마음을 달뜨게 했다. 하늘이 모여 우주가 되고 땅이 붙어 기운이 된다.
우주는 양이 되고 땅은 음이 된다. 바람은 숲을 건드리고 숲에 고인 바
람은 휘돌아 생명을 물고 나온다. 음은 양이 되고 양은 음으로 옮아간
다. 음, 그림자와 양, 밝음을 다루는 사, 벼슬아치에게는 미래마저 보기
좋은 날이었다.

장대하다. 아베노 히로시安倍博嗣는 감상을 더하며 하늘에서 한 뼘 눈을
내렸다. 북악은 곧게 기운을 내리뻗어 건청궁에 다다랐다.

역사의 희로, 성쇠가 내걸린 오백 년 도읍 기운이 힘에 부치는지 삭풍

끝자락이 히로시를 지나친다. 어디인가. 눈길이 좇기를 다다른 끝에 그가 심은 벚나무가 보였다.

바람이.

멈추었다 감고 돈다.

상서롭다. 복된…….

바람은.

처음 몸을 연 벚꽃잎을 휘감았다.

멈추지 않은 채 바람은, 하늘로 솟았다. 찰나. 햇빛이 처음 닿는 가지 꼭대기부터 개화했던 꽃잎이 뚝 떨어졌다. 자살하는 목련처럼.

목련이 자살하듯.

불현 듯 입 구口가 무너지며 목 안을 갈기갈기 찢어놓는 형상이 눈앞에 나타났다.

흉凶!

재앙이다.

손가락을 더듬어 갑자를 짚었다. 1910년 4월 2일. 음력 경술년 기묘월 정유일! 47. 16. 34. 백구와 황묘, 홍계. 하얀 개와 노란 토끼, 빨간 닭이 숫자를 물고 놀았다.

재빨리 뒤를 따르는 궁녀에게 손짓했다. 궁녀가 나란히 서지 않고 몸을 비스듬히 튼다. 기품이 전해졌다. 오래 봐왔던 아이다. 오래 준비시킨 아이다.

"다나. 아니 단아야."

발음을 고쳐 잡았다. 불러준 이름에 단아의 눈이 휘둥그레졌다.

"오늘은 그 누구를 막론하고 들이지 말거라. … 황제폐하라 해도."

"폐하도 말씀입니까?"

"그래, 폐하도 말이다."

"······저."

단아가 망설였다.

눈을 내리깔아 단아를 마주보았다. 눈길이 포개졌다. 햇빛을 받은 단아의 눈동자가 투명하게 움츠러들었다.

"저, 저⋯⋯ 이름을 불러주셔서 감사합니다."

홍조가 어린 얼굴이 재빨리 바닥을 향한다. 단아는 뒷걸음을 치며 모시는 상전인 아베노에게 예를 다했다.

"음양사 어른!"

힘을 주었으나 가녀린, 거세한 자 특유의 목소리가 뒷전을 때렸다. 동시에 단아의 비명이 끼어든다.

"저기, 저기. 아무도 들이지 말라 하였습니다."

"비켜라."

"안 된다 하지 않았습니까!"

단아의 목소리가 거칠어졌다.

아뿔싸! 어찌 이리도 기와 운, 이와 치는 틀림없이 다가오는 것일까.

오늘은 좋은 날이다. 정말이지 상서롭고 화복해, 죽기에마저 좋은 날이다.

히로시는 아베노라는 성을 떠올렸다. 일본 최고의 음양사 가문 아베노!

히로시는 도공의 후예였다. 멀리는 조선에서 끌려온 뿌리를 가졌고, 가깝게는 도자기의 비밀을 캐려는 성주에게 맞서다 멸문할 위기에 처했다. 히로시의 가문은 한글을 익혀 비전을 대물림했다. 아버지의 목을 내리치려는 성주를 보며 히로시는 정신을 잃었다.

무슨 일이 벌어졌는지는 모른다. 히로시가 눈을 떴을 때는 성주의 양자로 입적되어 있었다.

몇 년이 흘러 그날 일을 듣게 되었다. 히로시는 성주에게 가토의 유지를 잇는 구마모토의 시골 성주 따위가 아니라 메이지시대를 대표하는 지식인으로 만들어주겠노라 큰소리쳤다고 한다.

맙소사! 무슨 일이. 이야기를 들었을 때 얼굴이 화들짝 달아올랐다. 불에 덴 듯하던 얼굴도 모자라 심장까지 파르르 떨렸다.

성주의 눈이 틀리지 않았다는 사실은 금세 증명되었다. 막부시대를 종료한 메이지천황의 유력 인사가 성주를 찾아왔다. 아이의 이야기를 들었다는 것이다. 히로시를 내주는 조건으로 성주는 구마모토에서 도쿄까지 이어지는 철도의 상당한 지분을 약속 받았다. 이때 히로시의 성은 이소카와磯川에서 아베노安倍, 음양사의 성을 잇게 되었다.

히로시는 양아버지에게 단단히 다짐을 두었다.

권불십년權不十年. 그 이상 탐욕에 취하면 목숨을 잃게 될 것이라고. 메이지천황에 대항한 세이난전쟁을 미리 보았다면 어불성설일지 모른다. 다만 히로시는 희생양으로 목숨을 잃는 양아버지를 보았다.

막대하고 급작스런 보화가 운명을 뒤틀었다. 결심을 뒤집었고 탐욕으로 물들었다. 히로시의 예언은 빗나가지 않았다. 메이지천황에 대항한 세이난전쟁은 무모했고 소모였으며 성냥처럼 꺼져버렸다. 딱 십 년 만이었다.

히로시에게서 발화한 불꽃일지 모른다. 그가 구마모토를 떠나와 메이지천황 가까운 곳에서 자리 잡을 즈음 이소카와 집안 주변, 구마모토 지역의 낭인들 상당수가 조선으로 향했다. 세이난전쟁으로 밀려난 설움을 어떻게든 만회하려 하지 말아야 할 화업을 짊어지고 말았다.

명성황후 시해! 성급하고 서툴렀던 역사의 화마.

아베노 히로시는 그 모든 굴레가 바로 그에게서 시작되었음을 알았다. 속죄하고 싶었다. 그가 말한, 그래서 운명이 바뀌어버린 모든 사람들에게. 그 누구보다 역사의 나락으로 떨어지게 될 조선과 조선의 백성들에게. 그러나. 아니다, 아직 방법이 있을지 모른다.

아직은. 그래, 아직은 안 된다.

어떻게든 기를 써보리라.

히로시는 자살한 목련처럼 웅크렸던 몸을, 마음을, 정신을 일으켰다. 뒤로 돌자 필사적으로 내관을 막아선 단아가 보였다.

"단아야, 비키거라."

조선은 썩고 있었다. 시해된 황후는 부지불식, 엉터리 무녀에게 조롱당했다. 나라를 살리는, 나라를 풍요롭게 한다는 명분 아래 진령군 박창렬에게 막대한 국가 재산을 뜯겼다. 얼마 전까지도 황실의 치세를 박수무당에게 맡겼다. 도탄에 빠지는 것은 불 보듯 뻔했다.

아베노 히로시는 옷매무새를 만졌다. 감쳐문 입술과 앙다문 이빨로 인해 저릿하게 머리가 아파왔다. 적어도 그가 하려는 속죄를 위해, 지금만큼은 벗어나야 한다.

결심을 굳힌 히로시가 성큼 걸어 단아의 곁으로 갔다.

"단아야!"

기세가 서린 히로시의 말에 단아가 무너졌다.

"댁은 뉘신데 이리 무례하게 구시오?"

히로시의 기세가 그대로 내관에게 전해졌다. 내관도 지지 않고 기세로 되받았다. 겉으로는 내관, 장수의 기운이었다.

불꽃이 튀었다. 안 된다. 이래서는. 히로시의 기운은 화마였다. 업화였고, 절멸이었다. 기운이 뻗치나 싶은데 수금의 기운이 화마를 막아선다.

저 남자는, 히로시에게 더없이 필요한 물의 기운을 가진 남자였다. 남자와 히로시가 기운을 더한다면. 성급한 생각이 튀는 불꽃 사이에서 일렁거렸다.

"이 아이의 옷을 벗기시오. 그러면 내가 청을 들어드리리다."

"어르신!"

무너졌던 단아가 추스르며 단번에 일어섰다.

"어르신."

단아의 말에 절박함마저 덧붙인다.

"나는 두 사람의 소꿉놀이에는 관여하고 싶지 않습니다."

남자가 비꼬았다. 거세된 자의 목소리는 사라지고 늠름해졌다.

"나는 남무천이라고 합니다."

"이미 말했소. 당신이 내관이 아닌 무관이든, 또 절세의 무공을 익혔든 신식 총기를 잘 다루든 나는 관심이 없소. 당신이 가지고 온 전갈 따위, 듣고 싶은 마음은 없소이다."

"전갈…이라고 했소?"

"그러면 상의라고 할까요? 아니, 그대가 느낄 모멸감에 기름을 붓자면 가르침이라고 할까요?"

남무천의 눈썹이 씰룩거렸다.

"저 아이의 옷을 벗기면 됩니까?"

남무천은 허리춤에 찬 장도를 꺼내려 했다. 단아가 본능적으로 히로시의 뒤로 숨는다.

"그 어떤 경우에도 칼, 아니 무력은 안 됩니다. 당신이 조선의 마지막

무사였다 해도 나는 관심이 없소. 황후를 보필하지 못한 소임을 저 아이에게 풀려 하지 마시오. 저 아이는 조선의 아이이오."

히로시의 말에 남무천의 손이 손잡이에서 떨어졌다.

"단아가 자발적으로 옷을 벗게 하시오."

제안이었다. 또한 수수께끼였다. 남자에 대한 시험이었고 히로시의 절명에 대한 유예였다. 이를 위해 히로시는 양도의 논법을 썼다. 남무천의 거센 눈길이 히로시를 헤집었다. 눈길에 히로시는 대답했다.

'제발 풀지 마시오. 아니 풀면 안 됩니다. 그래야 당신과 내가 삽니다. 내가 살아야 불구대천을 떠나 상생을 이룰 수 있습니다. 부디, 부탁하오. 황제의 명이라 해도 거절하시오. 제발!'

절박함이 목구멍을 뚫고 나와 한숨으로 변했다.

찰나생멸이라던가. 초와 분, 시간과 계절, 세월과 세대를 돌아돌아 억겁을 뚫고 나온 단 하나의 대치 순간!

"아이의 옷만 벗기면 된단 말이지요?"

남무천이 다짐을 받았다. 주름이 진 미간에서 역력한 고심이 읽혔다. 그제야 알게 되었다. 단아가 히로시의 손을 꼭 쥐고 있었다. 주인이라도 된다는 양, 마치 떠나는 지아비를 놓지 않겠다는 양.

"가져와라."

남무천이 허공을 향해 소리쳤다. 몸을 숨기고 있던 남무천의 수하 하나가 재빨리 뒤에서 나타났다. 비단보에 싼 무언가를 남무천에게 공손하게 건넸다.

남무천이 비단보를 건네받으려 무릎을 꿇었다.

융희황제, 순종이 건넨 것이 분명했다. 각이 진 사각 모양이 천 바깥으로도 드러났다. 남무천이 유려한 동작으로 비단보를 풀었다. 보에 싸인 것은 함이었다. 검은 칠을 했다. 철이 요소에 박혀 단단함을 더했다. 위를 건드나 싶더니 남무천이 벌떡 일어섰다. 바닥에 떨어지는 줄 알았던 함 탓에 절로 긴장했다.

손…잡이?

"가방?"

남무천이 단단히 가방을 휘어잡는다.

"아이의 옷만 벗기면 되는 것이지요?"

아이의 옷을 벗기겠다면서 가방을 꺼낸다? 저 가방이 무엇이기에?

장윤정

가방이었다. 쇠가죽으로 만들었다. 징을 박아 가죽이 덧나지 않게 했다. 최고급 가죽으로 만든, 소위 명품이다.

명품. 장윤정은 속물 같은 생각을 접으며 가방을 노려보았다. 언뜻 보기에는 서류가방이다. 서양에서 만들어진 건지도 모른다. 다만 무언가 계속 걸린다.

어째서 저 가방이 국립중앙박물관 지하 수장고에 묻혔던 거지?

단순한 질문이었다. 호흡을 고른 뒤 재차 가방을 응시했다. 함의가 가방 모서리에 얽혀 거미줄 같은 자국을 남겼다. 가까이 다가갔다. 딱 그 부분, 가방의 개폐 부위 왼쪽 상단에 가죽이 울었다. 물방울처럼 생긴 부분만 울어서 거미줄 모양으로 삭았다. 문득 눈물이 떨어졌다면 저런 모양이겠다, 엉뚱한 생각이 스쳤다.

가방은 국립박물관에서 장윤정과 같은 신세였다. 미로처럼 얽힌 지하 수장고에는 인맥 역시 미로처럼 얽혔다. 학연, 지연, 혈연 같은.

학연과 지연이 뛰어나다고 연구 실적이나 보존 처리기술마저 뛰어난 것은 아니다. 그러나 이곳 연구원들은 말하지 않아도 안다. 학연이 뛰어 날수록 국보급 유물에 가깝고 지연이 얽힐수록 값비싼 보물과 얽힌다는 걸.

이제 서른 중반이 된 장윤정은 보잘 것 없는 학연이나 지연처럼 수장고 내 자리 역시 모서리로 밀려나 있었다. 같은 연구원이라는 직책을 달았다 해도 장윤정이 하는 일이라고는 사진을 찍는 게 전부였다. 선임연구원, 책임연구원 같은 직함을 가진 두어 살 어린 직원이 천이 깔린 탁자에 가져온 유물을 올려놓으면 장윤정의 일이 시작된다. 다만 여기서도 유물은 '노터치'였다. 선임, 책임들이 각도를 돌리며 고개를 끄덕인 뒤 심오한 철학이라도 깃든 것처럼 눈매에 힘을 주고 물러서면 그제야 스트로보를 고정해 셔터를 누른다.

가방이 발견된 것은 실로 우연이었다. 나이든, 윤정과 같은 처지의 몇몇 연구원들이 '몬동', 못된 똥덩어리라는 뜻으로 별명을 붙인 서른두 살의 김민동이 백자 다기를 가져왔다. 받침과 연꽃문양, 뚜껑까지 완벽한 작품이었다. 국보급은 아니었다. 120년 정도에 그치는, 조금 비싼 보물급이었다. 이 자기를 받치고 있던 것이 가방이었다. 물론 몬동은 그것이 가방이라는 사실도 살펴보지 않았다. 수장고 유물 목록에 기재되지 않았고, 마치 한몸처럼 비단으로 만든 천과 천으로 감싸여 있었기 때문이다.

보존처리를 위해 라텍스 장갑을 낀 몬동이 "받침은 살펴보고 별 거 없으면 버려도 돼요."하고 몸을 돌렸다. 대꾸하지 않았다. 웃어주면 치근대고 받아주면 좋아하는 줄 아는 똥덩어리다. 잘난 맛에 사는 녀석에게 굳이 말을 섞고 싶지 않았다는 게 더 정확했다. 그래도 몬동은 오늘 기분이 좋았다. 아버지 이야기는 물어보지 않았으니까.

몬동이 몸을 돌려 사라지는 순간 천을 벗겼다. 순간 가방이 나타났다. 백 년을 버텼으니 습기에 약하지 않은 대나무로 만든 받침대일 거라는 생각이 돌차간에 빗나갔다. 어떻게 할까 고민하다 몬동에게 문자메시지를 보냈다.

'천을 벗긴 받침대로 연습 좀 해도 될까요?'

두루뭉술한 문자였다.

'받침대 따위, 맘대로 해요.'

예상한 답변이었다.

다른 연구원이 가져온 유물 사진을 찍기에 바빴던 탁자 위는 그렇게 가방이 차지하게 되었다. 의문은 여전히 계속된다. 어째서 저 가방이 국립박물관 지하 수장고에 묻혔던 거지? 이곳은 열지 않으면 모르는 무덤과도 같은 곳이다. 한국전쟁 이전부터 건드리지 않은 유물조차 있는가 하면 안료를 찾고 섞어서 매일 복원을 거듭하는 국보급 탱화도 있다.

사고를 쳐 봐? 문득 든 생각에 배시시 웃음이 났다. 어차피 사고를 치겠다고 문자를 보낸 거였으면서. 하긴 일한 오빠가 그랬다. 사고는 치는 놈이 친다고. 문득 생각이 일한에게 미치자 가슴 한쪽이 쿡 저려왔다.

짝사랑. 누구 말인지는 몰라도 저리고 아픈 게 짝사랑이라면 딱 맞다. 다만 믿음도 사랑에 포함된다면 일한과 윤정은 짝사랑하는 사이는 아니다. 어떤 순간에도 윤정은 일한에 대한 믿음이 있었다. 그게 사랑이라면, 그래 두 사람은 사랑하는 사이다.

주일한의 아버지 주세용은 친일파였다. 보통 친일파라면 강점기 시절 활동한 이들을 지칭한다. 일한의 아버지는 달랐다. 돈을 위해 시대정신을 팔았다. 한국에 묻어둔, 또 숨겨둔 일본인들의 재산을 주인이나 후손에게 돌려주었다. 60년대와 70년대에 활황을 맞았다고 한다. 적당한 수수료를 받아가면서 불법적으로 유물까지 챙겼다. 뒤늦게 본 자식인 일한에게는 '일본이 한국보다 먼저'라는 뜻으로 이름을 지었다며 술주정을 했단다.

일한의 아버지와 윤정의 아버지 장지유는 해방둥이였다. 어려서부터 두 사람은 난형이자 난제였고 상박을 하는 용호였다. 다만 두 사람의 철학이 달랐다. 돈과 긍지, 자본과 철학이라고 말하면 거창할까.

일본으로 유물을 밀반출하려는 일한의 아버지와 이를 막으려는 윤정의 아버지 사이에 다툼이 일었다. 윤정의 아버지가 부산항에서 기다리던 일본인과 맞닥뜨렸다. 발해 검의 달인인 아버지조차 궁지에 몰릴 정도로 일대 격투가 벌어졌다. 아버지가 죽음을 생각한 순간 일한이 나타났단다. 열여덟 살에 불과했던 일한이 야쿠자 다섯 명과 '맞짱'을 떴다는 이야기는 지금도 믿기지 않았다. 다만 아버지 장지유는 주세용을 원수로 받아들이는 반면 주일한을 은인으로 여긴다. 참 쉬운 사고다, 윤정은 그렇게 생각했다.

일한의 아버지 주세용은 다툼의 과정에서 수영만에 빠졌다고 한다. 요트로 공해상까지 가려던 야쿠자의 계획은 수포로 돌아갔고 유물은 문화재청에 환수되었다. 사건이 마무리된 뒤 아버지 장지유가 주일한을 양자로 입양했다. 덕택에 윤정은 오빠로 여기고 싶을 때는 장일한으로, 남자로 바라보고 싶을 때는 주일한으로 부른다.

오늘은 장일한이 아닌 주일한이 떠올랐다.

자, 집중! 장윤정은 스스로를 다그쳤다. 사람들은 이런 마음을 잘도 알고 이름마저 붙였다. 작업 회피 계획. 무언가 큰일을 앞둔 사람들이 스트레스를 회피하려 미루고 미루는 심리. 가방이 적잖이 장윤정에게 불안감을 주었던가 보다. 생각이 꼬리를 물고 주일까지 끌어들였다. 그래, 집중.

심호흡을 한 뒤 가방을 어떻게 열지 궁리했다. 징은 옻칠을 했는지 자세히 보지 않으면 눈에 띄지 않았다. 그러다 미세하게 칠이 벗겨진 징 하나가 눈에 들어왔다. 대칭에 해당하는 위치에 있는 징 역시 칠이 된 정도가 달라 보였다.

설마 버튼?

라텍스 장갑을 낀 두 엄지에 절로 힘이 들어갔다. 부드럽지는 않았지만 그렇다고 거칠지도 않은 소리가 가방 내부에서 울렸다. 현대적인 개폐장치다. 굳이 언급하자면, 건청궁 건달불처럼 근현대 최초로 만들어진 스프링식 개폐장치가 아닐까. 개폐 부위에 검지를 살짝 밀어넣었다. 가방 뚜껑이 들린다.

가방을 여는데 묵은 먼지 특유의 냄새가 훅 끼쳐왔다. 마스크를 쓸 걸 그랬다. 가장 기본이 되는 작업 준비인데도 마음이 들떠 무시하고 말았다. 이래서 연구원들도 계속 수련을 해야 한다.

먼지의 더께에 백 년, 어쩌면 더 되었거나 그에 미치지 못했을 공기가 감지된다. 공기를 흘려보내며 가방 안을 살폈다. 가방 안은 직물이 아닌 한지로 마감을 했다. 마치 원룸을 깔끔하게 감싼 벽지처럼 한지는 깨끗했다. 먼지 냄새와 대비된다.

어째서일까. 함의를 넘은 의문들도 구체화된다. 몇 년 된 가방일까. 한지는 언제쯤 만들어진 걸까. 무엇을 위해 만들었을까. 한지의 제조연대를 알면 가방의 제작연대를 유추할 수 있다. 가방이야 빤하다. 무언가 담기 위해 만들었겠지. 그런데 받침으로 쓴 이유를 넘어 지하 수장고에 묻혔던 이유는 설명되지 않는다. 지금껏 묻어두었던 함의의 마지막 하나는 그것이었다. 왜 이 가방을 숨겨두었을까? 누가 가방을 국립박물관 지하 수장고에 숨겨둔 걸까?

왜?

장윤정은 가방을 노려보다 몸을 일으켰다. 가방을 쌌던 비단 천을 가방 안에 넣었다. 평소 들고 다니는 조그만 핸드백을 가방 안에 마저 넣었다. 뚜껑을 닫고 가방을 들었다. 자세히 살피지 않으면 서류가방처럼 보였다.

그래, 이대로 나가는 거다.

장지유

딸랑, 풍경이 울었다.

깊은 밤이다. 문을 열어두어도 들어오는 사람 하나 없을, 깊은 밤이다. 이백의 시처럼 달그림자가 물속에 흘러도 그리운 님 찾아올 일 없는. 무람없이 풍경을 흔드는 저 손은 뻔하다. 누가 그랬던가. 결혼과 죽음은 늦을수록 좋은 거라고. 결혼의 부산물, 서정을 뒤흔드는 딸.

"또 서정을 깨는구나. 시심도 함께."

"술기운을 깼겠지요, 파더."

"그래, 아임 유어 파더!"

장지유는 영화광이었다. 필명으로 평론도 한다. 특히 '스타워즈'를 좋아했다. 대부분의 업무를 일한에게 맡긴 뒤로 취미가 점점 본업으로 바뀌어간다. 일선에서 물러난 탓이다. 최신 유행하는 문화와 음악에 뒤처

지지 않으려 노력했다. '노땅' 소리만큼 듣기 싫은 게 없다. 한 달 뒤에는 영화 평론 책이 출간된다. 출간기념회를 열자는 출판사 사장에게 걸그룹을 초청해달라 말했다. "은방울자매요?"하고 받아치는 출판사 사장에게 말문이 막혔다. 트와이스 라고 말했다가는 치매 노인으로 몰릴 것 같아 그만두었다.

"디엔에이 검사 한 번 받아요, 우리. 네?"

"그러면 여기는 어쩌고. 네가 물려받아야지?"

"내가 아니라 일한 오빠겠지."

"내가 딸은 참 잘 낳았어, 그치? 다만……."

"한 솔로가 아니라 다스 베이더라고?"

딸 눈에 일한이 박힌 뒤로 무시로 짓궂은 장난을 친다. 딸이니까. 포스의 사악한 기운이 뻗쳐 아빠보다 일한을 사랑하는 배신자라고. 누가 또 그랬다. 딸은 자식을 낳으면 어머니를 그리워하지만 죽을 때까지 아빠는 이해하지 못한다고. 그런데 하나는 안다. 여기 이곳, 60년을 버틴 골동품점인 모파상을 일한에게 넘길 거라는 사실을.

"여자는 못 믿는다, 알지?"

"어련하시겠어?"

눈꼬리에 살짝, 집 나간 마누라를 쏙 빼닮은 삼수변 모양의 주름이 나타났다 사라진다. 못 믿는 게 아니라 무서워한다는 건 들키기 싫었다. 같은 모양의 주름을 가졌던 여인이 그립다는 사실도.

"이거."

윤정이 탁자 위에 가방 하나를 내려놓았다.

"서류가방은 많다."

"술 마시기 전에 왔어야 하는데."

"꼴랑 그 가방 때문에?"

"그래 꼴랑 이 가방 때문에. 술 마시기 전이었다면 아빠의 눈은 이 가방이 언제 적 건지 가늠했을 거니까. 내 주름 따위가 아니라."

이래서 여자는 안 된다니까. 장지유는 들킨 속마음을 억누르며 눈길을 옮겼다. 가방에서 딸에게로. 딸은, 정말이지 장지유가 반했던 집사람의 모습을 그대로 빼쏘았다.

"썩은 동태 눈알 같아. 누리끼리 해가지고는!"

저렇게 다그치는 모습까지. 더 빨리 이성을 찾는다는 것은 달랐지만.

"일한 오빠를 데려올 때의 총명함은 어디로 간 거야? 그랬으면 그게……."

"백 년은 족히 됐겠구나. 광무나 융희 대 물건이겠어. 분명 조선의 기술을 가진 마감처리야. 가죽이 소가죽인데 중국이나 일본 가죽의 칠 방식과는 달라. 융희시대 이후라면 징을 박은 개수나 자리, 문양이 달랐을 거야. 의식적으로 메이지시대 흉내를 냈을 거니까. 그런 가방이잖아."

"조금… 사람 같네. 더 해봐."

"이제 안을 봐야지."

재빨리 윤정이 가방을 연다. 손수건과 휴지로 행여 묻을지 모를 지문을 방지한다. 잘 배웠다. 그런데 안을 채운 것은!

"미친년!"

"미안. 이러지 않으면 가지고 나오지도 못했을 거란 말야."

혀를 내밀며 핸드백을 빼낸다. 이해해주고 싶지만 이해할 수는 없다.

"너 그럼 이걸?"

"그래. 몰래 가지고 나왔어. … 수장고에서."

"이런 게……, 수장고에?"

의외였다. 가방에서는 오래 묵은 냄새가 났다. 수장고에 넣을 당시라면 보물로 보기 힘든 물건이다.

"그리고 저 한지는?"

"조지서 꺼지?"

정확했다. 많은 이들이 한지를 전주에서 진상한 것으로 안다. 실상은 조금 다르다. 전주는 한지를 잘 만드는 지역이었다. 오늘날 횡성은 한우가 유명하고 울진은 대게가 유명한 것처럼.

조지서造紙署는 종이를 관리하던 조선의 관청이다. 한지에는 만드는 방법으로 인해 종이의 두께와 투명도, 반대로 탁한 정도와 함께 특유의 문양이 생겨난다. 상당한 소비로 인해 종이를 다양한 곳에서 생산하고 진상을 받았지만 기본적으로 왕이 사용하던 한지는 조지서에서 직접 만들었다.

"맞다. 조지서 한지다. 완벽한 한지 모양을 지녔다. 그러려면 종이를 가방 벽면에 바른 뒤 상하지 않게끔 했다고 보기보다는 거의 사용하지 않았다는 게 맞겠다."

"그렇지? 이 가방은 그냥 숨긴 거야. 그치?"

"수장고에?"

"내 생각은 그래."

"그러기에는 좀 튀지 않니?"

그래서 여기로 온 것인가?

딸아이 윤정도 기본적으로 골동품에 대한 혜안을 가졌다. 보통 유물을 보는 눈에서 본능적으로 여자는 여자가 사용하던 유물에 마음을 품는다. 윤정은 본능을 거슬러 남자들이 보는 선 굵은 유물에 관심을 두었다. 잘못 키운 탓이다.

"집중해!"

무서운 자식. 잘못 키웠다 생각하는 순간에 제 발 저리게.

"종이는 분명 왕실에 있었을 거야. 저 정도로 새 거라면 밀폐된 공간에서 종이와 종이 사이에 있었을 거고. 그걸 꺼내서 가방에다 발랐겠지. 안을 기름종이로 입히고 덧발라 다시 한지로 발랐다면, 그게 아니라 비단으로 안을 꾸몄다면……."

"어쨌든 이상하잖아. 저렇게 한지를 발라둔 가방, 본 적 있어?"

"없다. 내가 못 봤다는 건 너도 못 봤다는 말과 같을 거야."

"아니. 난 아빠보다는 먼저 봤지. 수장고에서."

"치사하게시리."

알면서도 속아주는 건 한계가 있다. 딸아이가 여기로 온 건 님 한 번더 보겠다는 뜻이다. 이제 막아설 역량도 재주도 없다. 이쯤에서 자리를 비켜주고 싶지만 녀석이 돌아오지 않았다.

일한. 부르기만 해도 회한과 후회가 밀려드는 이름.

일한의 아버지 주세용은 도둑이었다. 사주를 받았다고 보기에는 일본인의 은닉 재산, 정확하게는 밀반출하려던 한국의 보물이 숨겨진 장소를 너무나도 자세히 알았다. 단순히 어디 어디에 숨겼다더라, 같은 '카더라' 통신으로는 찾아낼 수 없는 보물의 위치까지 파악하고 있었다.

주세용이 은닉 재산을 찾아내 50퍼센트 가까운 수수료를 먹으며 일본인에게 밀반출시킨 시기는 1960년대 초였다.

1960년대 초반은 말 그대로 혼란의 시기였다.

1949년, 친일 비호세력으로 교체되어버린 '반민족특별행위조사위원회'로 인해 친일파를 척결할 수 있을 거라는 사회적 염원이 배신으로 바뀌었다. 한국전쟁으로 인해 한반도는 파멸을 맞았다. 기아와 빈곤이 사회를 휩쓸었다. 이념의 대립은 극에 치달아 하나의 한민족을 강대국이 허락하지 않았다. 굶어죽는 아이들이 속출하는데 이념으로 '카드 집'을 짓는 망상이 뒤따랐다. 이승만과 자유당 독재를 거쳐 4·19혁명마저 5·16쿠데타에 묻혔다.

이 혼란의 틈바구니를 일본이 비집고 들어왔다. 한국전쟁을 등에 업은 일본은 패전국에서 경제 자립이 가능한 수준으로 국가가 부흥했다. '대동아'를 부르짖던 망령마저 살아났다.

막대한 자금으로 무장한 일본이 가난한 한국에 화해의 손길을 내밀었다. 여기에는 저의가 도사렸다. 이를 테면, 일본이 러시아 발틱 함대를 무찌른 전설적 승전 장소인 진해를 일본의 상징인 '사쿠라'로 치장하는 계획이다. 카미카제 비행대를 키워낸 군산, 조선의 상징인 수도 서울을 점령하고 그곳의 기를 끊기 위해 세웠던 조선총독부와 여의도비행장 같은 곳 역시 사쿠라로 물들이는.

어디 그뿐일까.

저급한 종교를 돈으로 무장시켜 전쟁이 끝난 한국으로 전도하고 무너진 역사에 대해 올바른 인식을 저해하는 교육을 시키며 많은 사람들을 일본 회사에 고용해 단번에 일본에 대한 인식을 바꾸어놓는 따위.

이 계획은 지금 보자면, 분명 성공했다. 이러한 계획은 들어오는 것들이다. 반대로 그릇된 야욕을 가졌던 몇몇은 한국에서, 더 먼 시간을 뚫고 강점기 조선에 두었던 무언가를 가지고 나가야만 했다. 이를 주일한의 아버지, 주세용이 도왔다. 주세용의 만행은 십여 년 넘게 누구도 알아차리지 못했다.

어느 날 한 노인이 장지유를 찾아왔다. 김구의 유지를 잇는다던 노인은 이야기를 풀어놓았다. 일본인들이 불법적으로 취득한 이 땅의 유물을 일본으로 빼돌리는 남자에 대해서. 장지유는 분개했다. 내가 막겠다 큰소리쳤다.

노인의 재력에 장지유의 노력이 합쳐지며 주세용의 만행에 점점 제동을 거는 회수가 높아졌다. 어느 순간 주세용도, 또 장지유도 서로를 원수로 각인했다.

주세용과 장지유가 마지막 결전을 치른 것은 1998년이었다. IMF로 혼란한 중에 다국적 투자기업으로 무장한 누군가가 주세용에게 은밀한 거래를 제안했다. 경천사 10층 석탑에 있던 부장품을 일본으로 가져와 달라는 의뢰였다.

경천사 10층 석탑은 이미 한 차례, 강점기에 해체되어 일본으로 밀반출된 이력이 있었다. 탑은, 10여 년 가까이 밀반출한 궁리대신인 다나카 미스야키의 정원에 전시되었지만 부장품은 어디에서도 발견되지 않았다.

기단 아래 부장품과 탑 속 부장품까지 완벽하게 숨겨져 있다는 첩보였다. 여기에 주세용까지 엮여 있으니 앞뒤 잴 것 없었다. 무작정 부산으로 내달렸다.

당시 50대에 접어들었던 장지유는 한계를 느끼던 터였다. 그 한계가 너무 쉽게 장지유의 발목을 잡았다. 수영만에서 주세용은 야쿠자와 나무상자를 일본으로 밀반출하려 시도했다. 주세용은 장지유를 보자 비열한 웃음을 날린 뒤 사라졌다. 야쿠자는 달랐다. 장지유를 향해 십여 명이 일시에 달려들었다. 과거 같았다면 격전이 벌어졌겠지만 어이없이 제압당하고 말았다. 스멀스멀 꺼져가던 의지가 드디어 한계에 다다른 찰나, 한 청년의 얼굴이 보였다.

딸랑, 풍경이 울었다.

평소라면 아무도 찾아오지 않을 밤인데. 벌써 두 번째 풍경이 울었다. 그날도, 또 오늘도 일한은 등장해야 할 타이밍을 안다.

"나는 이제 잠이 오니까 두 사람이 마저 해."

눈을 감으며 둘을 향해 손등을 밀어냈다. 눈을 감으니 문득 오래 전 노인이 떠올랐다. 그림자 노인이라 부르게 된 그를 지금에서야 의문을 갖는다는 게 우습지만, 노인은 누구였을까. 언뜻 노인의 뒤를 캤을 때 '삼신회'라는 단체가 나왔다. 그게 전부였다. 지금껏 품어왔던 생각 하나도 구체화된다. 주세용은 어떻게 일본인과 연락했고 유물의 정확한 위치를 알았던 걸까. 젊은 시절에는 그를 쫓고 저지하기에만 급급했다.

풍문으로만 떠돌던 대한제국 황실의 12폭 밀엽 병풍, 조선 전체를 촘촘한 나뭇가지로 표현했다고 전해지는 보물지도 중 하나를 가졌었다면?

박연희

여군. 그 말에는 판타지가 포함된다. 정의에 목마르고 나라를 위해 죽을힘을 다하는 거친 사내들 사이에서 함께 뛰고 구르며 땀을 흘리는 초인적인 여인. 판타지가 판타지인 이유를 현실에서 깨우치고 나면 남는 것은 고통이다. 썩은 땀내, 미칠 것 같은 입 냄새, 며칠씩 입은 속옷, 불합리한 명령과 이유도 모르는 복종 같은.

"자 그럼 취침하도록."

말을 하는데 구역질이 치밀었다. 꾸역꾸역 억누르며 겨우 점호를 끝냈다. 정훈장교인 박연희가 점호를 보는 일은 드물었다. 1박 2일의 참호 보수공사를 끝낸 병사들은 거지나 다름없었다. 썩은 똥내와 지린내가 내무반에 가득했다.

내무반을 나가다 돌아보았다. 스물아홉 살 동갑인 내무반장 진성욱과 눈이 맞았다.

"내일 구보는 안할 테니까 애들 좀 씻겨라. 빨래도 좀 하고. 밤 12시까지 마치고 내무반장이 보고하고. 나머지 소대에도 전달해."

백골! 기합이 들어간 목소리로 진성욱이 경례를 한다. 응대 경례를 해준 뒤 내무반을 빠져나왔다.

진성욱은 제대가 두 달쯤 남았다. 지난해 대위를 단 박연희 역시 이제 의무복무가 두 달쯤 남았다. 녀석도, 또 박연희도 지리멸렬한 세월을 용하게도 참았다.

행정반에 들어서자 당직하사인 김경수 중사가 기합 빠진 경례를 올렸다.

"됐어요. 피곤하죠?"

"약간요. 대위님만 하겠습니까?"

이럴 때는 또 예민해지고 만다. 대위님만, 하고 단정할 때는 여자라는 경멸이 어린 것일까, 아니라면 여자라서 봐주겠다는 뜻이 숨은 것일까.

차별은 싫다. 군에도 그래서 오게 되었다. 'SKY'로 통칭되는 명문대를 버리고 몇 명 뽑지도 않는 육사에 지원했던 것도 남녀 차별에 맞서기 위해서였다.

꼬박 10년을 계급 사회에서 보낸 지금은, 그냥 조금만 참으면 세상 편하다는 사실이다. 맞서는 것만이 능사는 아니라는 '유도리'를 배운 건지도 모른다. 결론은 지난 10년이 죽을 만큼 싫었다.

"이틀째 못 주무시는 거죠? 제가 챙길 테니까 중대장실에서 좀 쉬십시오."

배려였던 건가.

"김 중사는 샤워라도 했어? 내가 지킬 테니까 얼른 가서 샤워라도 하고 오든지."

잠깐 고민하는가 싶더니 김 중사가 묻는다.

"애들은요?"

"12시까지 씻으라고 했어."

"오늘 밤은 길겠네요. 12시 넘으면 얼른 다녀오겠습니다."

"그래, 그럼."

김 중사는 잘 훈련된 조교답게 전방 초소의 상황을 노련하게 살폈다.

철원군 일대를 책임지는 백골부대, 3사단. 걸어서 남방한계선까지 도달할 수 있는 민간인통제선 최북단에 위치한 대대 중 하나에서 박연희가 일한다. 보통 GP, GOP로 나누어진 부대원들이 실제 남방한계선 근처나 아래에 주둔한 대대원들과 교대하며 근무한다.

여기에서 일반인들이 착각한다. 군인은 휴전선을 지키는 거 아닌가? 상대적으로 여자인 탓에 군에 대한 지식이 전무하다시피 했던 박연희 역시 그렇게 생각했다. 육사에 입학한 뒤에야 알았다.

휴전선, 즉 군사분계선은 철책이 없는 곳도 꽤 된다. 또한 휴전선은 지키지 않는다. 다만 피아의 구분을 위해 남과 북은 서로의 한계선만큼은 철책으로 지키고 있다.

보통 GP에 있는, 즉 남방한계선을 지키는 군인들을 뒤에서 지원하는 GOP 군인들은 특별한 일이 없는 한 GP 근무 대대에 관여하지 않는다. 오늘과 같은 참호 보수공사는 특별한 일이다. 들어갔으니 끝내고 와야 한다. 1박 2일에 걸쳐 노가다로 빼이쳤다지만 생각보다 수월하게 끝났다. 이제 제대를 결심한 박연희에게 더는 남방한계선에 갈 일은 없다는 뜻이기도 했다.

그래, 오늘이 마지막이기를 바란다. 남녀 차별에 맞서? 그런 영웅주의에 지쳤다. 아니다. 거짓말이었기에 지친 것이다. 거짓말로 스스로를 납득시킬 수 없다는 정도는 누구나 안다. 다만 왜 박연희가 군인이 되었는지는 그녀만이 안다.

계급장을 단 지난 6년은 결국 실패했던 것인가. 이제 더는, 아니 하루도 이곳에 머물기 싫었다.

상념에 잠긴 박연희를 백골, 경례 소리가 깨웠다. 고개를 들자 내무반장인 진성욱이 보였다. 마치 GP, GOP 대대 교대처럼 자연스레 김 중사가 일어섰다. 아, 샤워. 고개를 끄덕여 김 중사에게 인사했다. 김 중사가 알아듣기 힘든 '백'에만 힘을 준 군기 빠진 경례를 하고 사라진다.

"다 끝냈나? 나머지 소대도?"

"네, 대위님. 냄새들이 좀 심해야지요. 내무반에 페브리즈 잔뜩 뿌려놓았습니다."

"검사는 됐어. 잘했겠지."

"네 그럼."

진성욱이 경례를 붙였다. 되돌아서는 순간 박연희가 말했다.

"혹시 컵라면 먹고 갈 텐가?"

두어 걸음 멀어졌던 진성욱이 살짝 고개를 갸웃거리더니 뒤로 돈다.

"네, 주신다면 맛있게 먹겠습니다."

비품 책상 아래에 짱박아둔 컵라면을 꺼냈다. 진성욱이 컵라면 두 개를 받아든다. 계급이 깡패라고, 행정반 냉온수기에 물을 받아 공손히 책상 위에 올려둔다. 뭔가 할 말이 있을 줄 알았는데 두 사람 모두 라면을 먹는 내내 말이 없었다. 국물까지 싹 비운 박연희와 달리 진성욱은 깨작거리는 느낌이었다.

"뭐 할 말 있어?"

여자의 직감은 남자의 동물적 본능보다 앞선다, 라던 어느 페미니스트의 이야기가 동시에 떠올랐다.

"저, 그게……."

"말해. 소원수리인가?"

명령하려던 건 아닌데 말투가 딱딱하게 변하고 말았다.

"하. 그건 아니고요. 저, 실은 팬클럽이었습니다."

팬…클럽? 잠실여고? 절로 입이 헤벌어졌다.

"이곳에서 대위님 만나고 정말 놀랐습니다. 여전히 아름다우셔서 더 놀랐습니다."

"내가? 여전히? 아, 아름다워?"

헤벌어진 입에서 재빠른 한숨소리가 새어나왔다.

"아휴 남자새끼들."

붉어진 심장을 괜스레 남자로 방어막을 쳤다.

잠실여고를 다닐 때 정권마다 바뀌던 교육제도가 급기야 논술이라는 이상한 제도를 잉태했다.

아이들의 반응은 딱 하나였다. 미친 거 아냐?

대학입시생을 평가하는 제도는 간단하고 절대적일수록 우열화, 수치화가 쉬워진다. 많은 교육 연구자들이 암기 위주의 단순 대입제도에 불과할지라도 찬성하는 이유 역시 그렇기 때문이다. 이와 반대로 의뭉스럽고 주관적일 수 있으며 수치화가 어려울수록 입시 제도로는 낙제점에 가깝다. 예고, 체고 등 실기 위주 입시에 비리가 만연한 이유이다.

논술이라는 괴물이 잉태되었다고 해서 학생들이 손을 놓고 있을 수는 없었다. 박연희는 적극적으로 동급생들을 모아 동아리를 만들었다. 이에 그치지 않고 주변 여자고등학교, 남자고등학교 등으로 동아리를 확대했다. 송파구 주변 다섯 개 고등학교에 연합 동아리가 만들어졌죠. 졸업할 때까지 이견 없이 만장일치로 동아리 회장을 역임했다.

"친구들이나 후배들이 그랬습니다. 대위님께서 육사를 간 것은 이러한 불합리함에 대항하기 위해서라고."

동아리를 만들었을 뿐인데 결국 그렇게까지 이야기가 엉뚱하게 커졌다는 말인가. 풍선효과가 아닐 수 없다.

"아, 변명하자면 아름답다는 말씀은 외모를 말씀드린 게 아니었습니다. 여전히 정의롭고 당당하시다는 말씀이었습니다."

"…아. 아."

"제 기준에서는 외모도 더없이 아름다우십니다."

"이건 아부인가?"

말하며 깜짝 놀랐다. 그렇다면 진성욱 역시 같은 동아리였다는 것일까.

"혹시?"

"아, 아닙니다. 제 친구가 워낙에 대위님을 좋아했었어야 말이죠. 고백하겠다고 난리치고, 짝사랑에 죽겠다고 난리치고. 대학 가서도 꽤 흠모했습니다. 박창흠이라고."

"아, 기억난다. 창흠이. 키 크고 핸섬하던. 굉장히 정의롭고 의리 있던 걸로 기억하는데."

"네, 맞습니다."

"나랑 길이 좀 달랐을 뿐이야. 너 그럼 잠실고 출신이겠네?"

"네."

그런데 진성욱은……? 그에 대해 특별히 기억나는 게 없었다. 마치 어제 들어온 신병 같았고 너무 오래 되어 아련한 기억처럼 느껴졌다. 평계를 대자면, 차별을 두기 싫어 복무기록카드에 기록된 내용들을 웬만해서는 기억하지 않았다. 입대 직전 무엇을 했는지 고민이 무엇인지 정도를 면담으로 파악해 기억해둘 뿐이었다. 다만 지속적으로 문제가 될 고충이 있다면 그 사병과 대화를 많이 하고 함께 밥을 먹으며 말을 텄다. 진성욱은 외국 유학을 갔다 대학원을 마친 뒤 입대했다. 그 정도가 알고 있는 전부였다.

"진 병장, 공부 잘했나 보다. 유학까지 갔다 온 걸로 기억하는데."

"운이 좋았던 겁니다. 아버지 싫어서 도망갔던 거였습니다."

"나는 아버지 찾아서 이곳에 왔다."

말해 놓고 흠칫 놀랐다. 지금껏 여기에 온 목적을 아는 사람은 아무도 없었다. 아무에게도 말하지 않았다. 그랬는데.

눈을 들었다. 진성욱과 눈이 딱 맞았다. 시쳇말로 '심쿵'했다. 진 병장의 눈에는 말로는 설명하기 힘든 응축된, 아니 응어리진 무언가가 깃들었다.

"비밀 지켜줄 자신 있나?"

말을 건네자 눈을 내리깐다. 하긴. 비밀이란 없다. 비밀을 지켜줄 것이란 믿음만큼 어리석은 생각도 없다. 아버지의 실종 이후 박연희는 어머니조차 믿지 않았다.

"지키겠습니다. 죽을 때까지."

다시 치켜든 진성욱의 눈에는 응어리진 무언가에 더해 의지가 담겨 있었다.

"뭐 긴 이야기는 아냐. 백골부대원이라면 이곳이 한국전쟁 때 어느 지역이었는지는 알지?"

"철의 삼각지대. 고지마다 시체가 쌓여 폭격에도 고지가 깎이거나 낮아지지 않았다는 전설이 전해지는 곳입니다."

진성욱의 말에 절로 고개가 끄덕여졌다.

"맞아. 그만큼 치열한 전투가 벌어졌던 요충지였지. 물론 그즈음에는 왜 이곳이 요충지였는지에 대한 합당한 설명은 없었어. 몇몇만 알았지. 휴전이 되면 서로가 땅 따먹기 하듯 아군의 죽음으로 확보한 최전선이 바로 휴전선이 될 거였으니까."

숨을 고르는 찰나, 진성욱이 컵라면 그릇을 치우고 물을 떠왔다. 재빠른 동작이었다. 물을 받아들고 쭉 들이켰다. 어쩌면 긴 얘기가 될 거라는 사실을 진성욱은 직감했는지 몰랐다.

"한국전쟁 당시, 이 대대 대대장이 바로 할아버지셨어."

"우리 대대 말씀입니까?"

박연희가 고개를 끄덕이자 진성욱의 눈가에 힘이 잔뜩 들어갔다.

"그럼 아버지를 찾아왔다는 말씀은?"

"그래, 내 아버지는 할아버지 유해를 찾고 싶으셨던 거야. 내가 겨우 걸음마를 할 때였어. 사단 BOQ에서, 아버지는 차근차근 할아버지의 흔적을 더듬었던 모양이야. 어느 날 저녁에 술에 잔뜩 취한 아버지가 나를 안고 놀면서 이러더라고.

'할아버지를 찾은 것 같아.'

그 말을 건넨 아버지 눈에는 그렁그렁 눈물이 맺혔어. 급기야 엉엉 울며 통곡까지 하셨지. 아마 어린 내게 우는 아버지의 모습이 큰 충격이었던가 봐."

25년 전, 정확하게는 갓 네 살이 되었을 때다. 군인아파트 놀이터 그네에서였다.

"저도 딱 걸음마를 익힐 땐데 할머니 장례식에 가게 됐습니다. 사람들이 모여앉아 할머니 관을 향해 우는데 그게 너무 무서웠습니다. 지금도 문득문득 생각이 납니다."

"관을 향해 울어? 병풍으로 가리지 않나? 뭐 어쨌든… 나 역시 그런 기억이었겠지. 다음날 아버지가 행방불명되었어. 정확하게는 수류탄 투척 사고가 있었지."

"수류탄 투척 사고라면, 혹시 대대 전설로 내려오는, 인사계 소령님이 내무반을 향해 수류탄을 던졌다는?"

"맞아. 정확히는 대위 때였어. 순직 처리되며 일 계급 특진하셨으니까. 헌병대에서 사건을 재조사하고는 혐의 없음으로 결론이 났어. 이때 죽은 인원이 여덟 명이야. 나와 같은 직책인 정훈장교가 의병 전역을 했고 대대 전체가 재배치된 큰 사건이었어. 다만……!"

"뉴스 어디에도 나오지 않았죠."

"맞아. 수류탄의 안전핀이 내무반 내부에 있었고 수류탄은 내무반 문 앞에서 터졌거든. 정황대로라면 내무반 제일 안쪽 침상 누군가가 수류탄을 굴렸다는 말이 돼. 그건 곧 사병이라는 뜻이 되거든. 아버지의 유해는 어디에서도 찾을 수가 없었고, 결국 이런 아비규환의 현장에서 아버지는 사망한 것으로 처리되었어."

컵라면이 있던 자리에 진성욱과 박연희의 긴 한숨이 맞부딪쳤다.

아버지에 이은 아들까지, 2대를 영웅으로 만드는 것에 주저하지 않던 사단장이 불가능을 가능으로 바꾸는 치트 키를 썼다. 박연희가 이곳 백골부대에 자대 배치될 수 있었던 것도 과거 사단장의 후광이었다. 영웅을 원했던 남자들이 있었기 때문이다. 그에 비해 어머니는 속절없이 무너진 삶을 살았다. 떠올리기도 싫었다.

"같이 찾읍시다."

상념에 잠긴 박연희를 흔들어 깨우듯 군건한 목소리가 다시 전해졌다.

"함께 찾자고요. 듣기로는 제대하신다는 소문이 자자하던데, 저랑 대위님, 제대일이 딱 이틀 차이 난다고 들었습니다. 같이 찾으시지요."

진성욱의 목소리는 군인에서 다른 사람으로 바뀌었다. 그게 누구인지, 무엇인지는 알 바 아니었다. 같은 편이 생겼다는 게 정말이지 좋았다. 그때 김 중사가 행정반 문을 노크했다.

"분위기 깨기 싫지만 어쩔 수 없습니다, 대위님. 저랑 교대하시기로 했잖습니까?"

"그랬나?"

벌떡 자리에서 일어섰다. 재빨리 진성욱이 경례를 하고 내무반 방향으로 몸을 틀었다.

모르겠다. 일단은 씻고 보자. 나머지는 나중에 생각하자.

주일한

10시가 넘은 지하철 2호선에는 적당한 취기가 떠다닌다. 적당한 비열함이 있고, 적당한 음탕함이 너저분하며 이를 부추기는 분탕질도 떠다닌다. 한껏 꾸민 여인과 어제 입었을 구겨진 바지 차림의 남자. 서로는 다르다 생각할지 모른다. 격조가 다르거나 아니라면 애당초 다른 부류라고. 착각이다. 지하철을 타는 사람들에게 격차는 없다. 서울에 사는 평균, 그들에게는 빈부가 아닌 빈의 차이가 존재할 따름이다. 누가 없는지, 그보다 누가 더 없는지 하는.

오늘도 아버지의 흔적 하나를 지우고 왔다. 운이 좋았다. 그리고 외선순환, 지하철 2호선에서 안락함을 찾는다. 주일한 역시 이들과 같은 부류다. 치열하게 살지만 아무리 발버둥쳐도 표 나지 않는, 보통사람.

을지로3가역을 지나 안국역에 이르는 동안 지하철보다 빠르게 하루가 스쳐갔다. 기계적으로 양아버지의 가게 모파상에 다다를 때까지 막연한 회의가 머리를 짓눌렀다. 과연 잘한 일일까. 모파상의 문을 열자 풍경이 딸랑거렸다. 베이비로션 냄새가 따라나왔다. 재빨리 몸을 돌렸지만 윤정의 목소리가 뒷덜미를 붙잡았다.

"어이, 어이!"

아마도 한심한 표정으로 바뀌었을 것이다.

양아버지는 두 사람이 알아서 하라며 2층으로 내빼버렸다. 적잖이 귀찮았던 모양이다.

"내가 싫어? 아니면 귀찮아?"

"넌 왜 그렇게 생글거려?"

"먼저 묻잖아."

"의미 없다."

"내가? 아니면 오빠가?"

짧은 대화가 피로감을 일으키는 사이 눈길은 탁자 위 가방에 고정되었다. 어, 저건?

열린 가방을 보며 가방의 재질과 만듦새, 내부 모양이 연대기적 역사에 꽂히기 시작했다. 고종황제, 그 직전이거나 직후. 왕실 것이 분명한 한지. 그것을 감쌌을 최고급 비단. 답이 나왔다.

"훔쳤구나!"

"눈치는 빨라가지고."

"가방을 백자 다기 세트 받침대로 썼던데 위장인 게 분명했어. 이 가방을 숨기려고."

윤정은 엉뚱한 생각에 빠졌던 게 분명하다. 무언가를 숨기기 위한 방법으로 인식의 그림자를 쓰는 것만큼 효과적인 건 없으니까. 포의 도둑맞은 편지는, 그래서 천재적이었다. 그렇다고 해서 윤정처럼 막나가서는 안 된다.

"이 가방이 어디가……!"

말하다 깨달았다. 이질적인 한지. 아마도 윤정과 아버지는 결론에 다다랐던 모양이다. 결정 내리지 못한 것은 한지를 어떻게 한 것인가에 대한 문제였을 것이다. 결정적인 문제다 싶으면 이제 일한에게 미루는 양아버지다웠다. 요즘은 영화 평론으로 중요한 문제를 미루기만 한다. 아버지가, 또 양아버지가 가르쳤던 말 하나가 뇌리를 스친다.

우연은 없다, 인연이 만든 필연이 있을 뿐!

"까다롭겠다."

"뭐가?"

"일단 내려가자."

윤정이 가방을 챙겼다. 그 모습을 살핀 뒤 지하로 내려갔다. 일한은 카운터 구석을 가린 천을 제치며 구석으로 다가갔다. 그 아래에는 비밀 통로가 있다.

인사동 한복판, 종로경찰서와 수운회관 뒤편, 정확하게는 관훈동인 이곳은 개축도, 증축도 불가능하다. 벽을 맞댄 오래된 건물과 함께 사람

말고는 진입이 불가능한 골목 탓이다. 표면적인 이유야 그렇다 해도 인사동은 무엇보다 서로가 숨기려는 게 많은 곳이다. 모파상만 해도 그렇다.

누가 자리를 잡았는지 모르는 이곳 모파상은, 양아버지인 장지유가 그림자 노인에게 물려받은 가게라고 한다. 그림자 노인의 소재가 불명해진 뒤 장지유는 가게를 대대적으로 수리하려 했다. 새 술은 새 부대에, 모파상이라는 이름으로 고쳐 달려고. 그러나 지하를 보고 마음을 바꾸었다. 건물의 지하는 지하가 아니라 도로였기 때문이다.

언제인가 딱 한 번, 지하에서 생활하는 일한에게 장지유가 스쳐가는 말로 당부했을 따름이다.

이유가 있을 거야, 그게 뭐든. 난 이제 늙었다. 네가 좀 찾아보려무나.

"참 어제는 왜 나갔다 온 거야?"

탁자 위에 가방을 내려놓으며 윤정이 물었다.

"경남 창원시에 다녀왔어. 마산합포구 추산동 옛 철길 근처에 숨겨진 적산가옥이 지금까지 있더라고."

"숨겨져 있었다고?"

강점기 이전, 또는 강점기를 즈음해 개항이 된 항구도시에는 일본식 가옥이 많았다. 강압적 탈취의 근거지였고 신사참배를 위한 신사를 지었으며 일본인들의 주거지 역할도 겸했다. 적산가옥은 이제 대부분 사라졌지만 마산과 목포 등에는 여전히 철거되지 않은 일본식 가옥들이 남았다.

마산 추산동 적산가옥은 사람이 다니지 못하는 철로 주변에 수풀이 우거진 주변 경관과 어우러져 있었다. 철로와 수풀, 보행이 불가능하다는 사람들의 인식이 제각각 보호색 역할을 하며 지금껏 유지되어 왔던 것이다. 집의 존재를 인식한 사람은 그린벨트 해제를 담당하는 공무원이었다. 최근 주인 없는 강점기 시절 일본인 부동산에 대해 적극적인 환수작업이 시작되었다. 그에게 이 집은 상당한 고충거리였다. 집주인은 고바야시 이치로小林一郎, 해방 이후부터 지금까지 등기부등본 상에 주인으로 등록되어 있었다.

술에 취한 어느 날, 담당 공무원은 이 집의 담을 넘어 무단침입을 했다. 낡지 않은 개폐장치와 잡초가 손질이 된 마당은 누군가 정기적으로 관리한다는 인상을 풍겼다. 강한 의문이 생겼다. 내친김에 남자는 마당을 지나 집 안까지 들어가기로 했다. 그런데 여기서 막혔다. 1940년대식 구조의 폐쇄적인 가옥에 발을 들일 곳이 없었기 때문이다. 몇몇 곳을 살피다 마름모꼴로 창살이 새겨진 창문 한 곳을 돌로 깨뜨렸다. 가려진 커튼을 겨우겨우 걷어내고 안을 본 순간 공무원은 눈이 휘둥그레졌다.

사람 크기의 금불상이 누워 있었다. 물론 공무원은 신라시대에 만들어진 미라 형태 등신불에 금을 칠한 와불이라는 사실을 알 리 없었다.

그날은 도망을 쳤지만 공무원은 입이 근질거렸다. 또 집의 관리 상태로 볼 때 관리인은 분명 무단침입을 알게 될 것이었다. 공무원은 퇴임 직전의 국장에게 면담 신청을 했다. 국장은 도망쳐버린 일본인의 가옥을 처리한 적이 있던 퇴임한 선배에게 전화를 걸었다. 전화는 모파상까지 연결되었다.

고바야시 이치로는 신마산 항구에서 시모노세키로 가던 배가 침몰해 1945년 8월 16일 사망했다. 원인은 과적이었다. 금괴와 은제 식기, 기타 보물과 유물을 작은 배에 너무 많이 실었다. 그의 집인 추산동 적산가옥에 남아있던 유물 또한 엄청난 양이었다. 굳이 유물을 돈으로 환산하는 세속적인 작업을 거친다면 약 8백억 원대에 육박하거나 넘어섰을 금액에 해당되었다. 고려 탱화와 고려 목조불상 등 대한민국에 존재하지 않는 유물이 대다수였다.

"잘 인도한 거야?"

이야기를 듣던 윤정이 물었다.

당분간, 아니 적절한 시기가 될 때까지 유물은 주일한과 같은 사람들에 의해 관리될 것이다. 삼신회의 후신인 '바한모, 즉 바른 역사를 위한 한국인들의 모임'이 숨은 주체가 된 여러 이름을 가진 지부들이 역시 관리에 가담했다.

"마산에도 있었어?"

"응. 월남동에 김구 선생이 만든 단체가 지금까지 있더라고. 사람들이 관심을 가지지 않는 건지 대로변에 백 년 가까이 그 건물이 그대로 있어. 붉은 벽돌 건물로."

"대로변에?"

"도둑맞은 편지지 뭐. 매일 이곳을 지나치는 사람들은 늘 이곳에 있었다는 식으로 여길 거니까. 간판도 그럴싸하더라고. 호랑이 虎에, 포효하다 咆자를 써서 호포회 마산지부라고 되어 있던데."

"심하다."

"그게 뭐 대수라고. 매일 10만 명이 다니는 합정역 바로 옆에는 몇 십 년째 공중부양과 축지법을 가르친다는 학원이 있었어. 몰라?"

"그 건물 헐었어. 새 건물 올리더라."

"그래? 축지법 배우러 갔었거든."

"자, 장일한 오빠. 남의 일로 고생한 거는 됐고. 축지법 따위는 내 알 바 아니고. 이제 내 일에 집중해주셔야지. 복원, 몰라?"

정확하게는 훼손이리라.

사람들이 착각하는 하나가 '복원'이다. 유물이든 미술품이든 복원을 한다는 것은 공식적으로 훼손을 하겠다는 뜻이다. 세월에 따른 풍화는 자연스러운 것이다. 바위가 모래로 변하는 것을 거부했다면 인류는 오래전에 멸종했을지 모른다. 자연스러운 풍화는 회화미술품에서는 색바램 현상으로 이어진다. 이를 더 선명하게 만든다는 것은 다른 색을 덧칠한다는 의미다. 과연 이것은 복원인가, 훼손인가.

쓸쓰레한 웃음을 지었다. 장윤정과 눈이 마주치자 손가락으로 가방을 가리킨다. 아마 윤정에게는 누군가 부추겨서라도 결단을 내려줄 사람이 필요했을 것이다.

"가죽은 가죽에 대한 예의가 있는 거지. 올리브유가?"

물어놓고 웃음이 났다. 야매라고 할 게 분명했다. 두리번거리자 윤정이 먼저 미니 냉장고 위에 있는 올리브유를 집었다. 건넬 줄 알았더니 냉장고를 연다.

"맥주에, 소주에, 맥주에. 냉동실에 만두 한 봉지. 이러고 살아?"

"이게 어때서? 아버지랑 늘 같이 밥 먹고. 자기 전에 살짝."

엄지와 검지로 한잔 하는 시늉을 했다.

"그럴 땐 좀 부르지."

"됐고."

손바닥에 올리브유를 발랐다. 한지에 가져다대려다 고개가 절로 내저어졌다.

"너나 나나, 이러는 이유는 하나야. 가방 내벽에 무언가 남겨두었을지 모른다는 상상이지. 만약 그게 아니라면?"

"아니라니?"

"내가 늘 하는 이야기."

"인식의 그림자?"

윤정의 말에 고개를 끄덕였다. 윤정도 아버지도, 또 일한 역시 한지는 가방 내벽, 속을 감추기 위한 가짜라고 판단했다. 만약 그게 틀렸다면?

"어느 누구라도 유물을 좀 만져본 사람이라면 가방에 발라진 한지를 뜯어내려 했을 거야. 그치?"

"맞아, 그게 가장 상식적인 생각이니까. 그런데 한지에 보이지 않는 글을 쓴다는 건……."

"그만큼 훼손될 확률도 높지. 네가 그랬잖아. 아무도 의심하지 않는 장소에 '그냥' 있었다고. 만약 눈에 띄는 장소에 있었다면 저 가방은 벌써 훼손되었을 거야. 보존처리라는 명목으로."

"그럼 저 가방이 내게 온 건 운명이었다는 거야? 오빠처럼?"

"논리 없다."

"가족인데 논리 좀 없으면 어때."

"거기까지. 종이 재질이나 가죽 마감 등으로 볼 때 분명 한일합방 즈음에 만들어진 거야. 그때라면 종이에 글씨를 숨기는 방법도 뻔하겠지."

"레몬즙 사올까? 뿌려 봐? 아니면 불에 그슬려?"

"나가자. 어서!"

재빠른 동작으로 가방을 들었다. 비단보에 싼다면 오히려 유물처럼 보이리라. 아무렇지 않은 서류가방처럼 들고 모파상 바깥으로 나왔다. 윤정도 금세 뒤따른다.

수도약국까지 나와 맞은편 골목으로 들어갔다. 간판이 없는 5층 건물이 골목 중간을 차지했다.

"뭐야, 여기 주정뱅이 아저씨? 모사하는?"

윤정이 어떤 표정을 지을지 떠올랐다. 특히 눈가에 지는 주름은 꽤나 매력적일 것이다. 계단을 올라 오래된 새시를 밀자 끼이익 소리와 함께 문이 열렸다. 아저씨, 하고 큰소리치자 들어와, 하는 소리가 갤러리 구석에서 들렸다.

커튼을 젖히자 TV를 보며 낄낄거리는 황 영감이 보였다. 모사의 달인, 특히 추사 김정희 글씨를 흉내 내는 데 도가 튼 주정뱅이라 '주사 황 영감'으로 불린다. 오히려 관심이 덜한 사람을 모사했다면 부유하게 살았을 테지만 국보급 모사라 한 번 찍힌 낙인은 지워지지 않았다. 수묵화와 서예를 전시하는 갤러리를 인사동 구석에 열었지만 개점휴업이나 마찬가지였다.

"어라, 윤정이도 왔네. 거기 생활 힘들지?"

황 영감의 말에 쭈뼛거리며 윤정이 인사를 했다. 어린 시절에는 황 영감 품에서 놀았다고 하지만 무협지 속 정파와 사파처럼 갈라지는 게 역사를 다루는 일이다.

"왜 왔어, 무한도전 보는데?"

"이거 때문에."

가방을 들어보이자 황 영감의 눈빛이 반짝였다.

"이야, 바보 하나 물어서 잘 받으면 사천은 너끈하겠다야."

그도 어쩔 수 없는, 이 바닥 꾼이다.

"그래서 온 건 아닐 테고. 카메라 빌려줘?"

눈치 빠른 황 영감다웠다. 손가락으로 보존실을 가리켰다. 보존실에 들어서자 에게, 하는 윤정의 힐난이 따라붙는다. 하긴, 겉으로야 보존실이지만 탕비실에 가져다붙인 이름에 불과했다. 작은 싱크대와 호프집에서 볼 수 있는 싸구려 탁자를 얇은 비닐 테이블보로 덮었을 뿐이다. 테이블 아래에서 카메라 장비를 꺼냈다.

황 영감은 현재 한국에서 서지 분야 진위를 가리는 데 비공식 일인자다. 그의 능력에는 지금껏 모사를 해왔던 안목과 더불어 최신형 적외선 카메라가 한몫했다. 돈이 생기는 족족 최고의 적외선 카메라와 렌즈를 구입했다. 칠순이 넘은 황 영감도 죽음이 목전에 다가왔다. 제자가 필요했고 제자를 대여했다. 장지유에게서.

익숙한 손놀림으로 적외선 카메라를 조작했다. 최근 천경자 작가의 미인도 진위 판별에 사용되기도 했다. 그만큼 적외선 카메라는 진일보하고 있었다. 몇 개의 렌즈를 갈아 끼우고 광각과 투사광을 조절했다. 신중하게 셔터를 눌렀다. 곧바로 와이파이를 활용해 휴대전화에 사진을 전송했다. 마지막으로 기록된 사진을 플래시 메모리에서 삭제시켰다.

"꼼꼼하네."

윤정이 비아냥거렸다.

"영감님도 이 바닥 사람이야. 난 이 바닥에서는 아버지랑 너 말고는 아무도 안 믿어."

"뭐야 왜 갑자기 고백을 하고 그래?"

어두웠지만 상기된 윤정을 느낄 수 있었다. 씩 웃는 윤정의 모습을 한 컷 담았다. 물론 말하지 않았다. 이번에는 자외선 카메라였다는 걸. 아마 윤정의 얼굴은 괴물처럼 얼룩이 져 엉망이 되었을 것이다. 말없이 영상을 윤정에게 전송했다. 띵동, 울린 메시지에 이어 사진을 확인한 윤정의 얼굴이 한껏 일그러졌다.

"뭐야 이거, 약부터 주고 병 주는 거야?"

"일단 나가자. 어쩌면 우리 대박 날지도 모르겠다."

"대박?"

"응. 이거 대한제국 황실의 마지막 보물에 관한 이야기 같아."

"대한제국 황실?"

윤정을 재촉하며 황 영감의 갤러리를 빠져나왔다. 영감에게 소주값을 쥐어주자 허물없이 웃었다. 사실 누구보다 가슴이 뛴 사람은 일한이었다. 만면에 기쁜 홍조와 웃음이 드러났을 것이다. 침착하려 했지만 심장이 일그러진 채 뛰는 느낌이었다.

마지막 유산일지 모른다. 누구나 알지만 그래서 간과했던, 대한제국 황실의 마지막 유산!

2

남무천

　융희황제에 대한 세간의 평가는 그야말로 절망적이었다. 허수아비는 약과였다. 광대, 거짓부렁 등 일본이 퍼뜨린 헛소문이 삽시에 종로 일대를 장악했다. 무엇보다 멀쩡한 광무황제를 헤이그 특사 파견을 구실로 일본이 폐위시킨 사건은 조선인의 공분을 샀다. 이를 대신해 융희황제, 순종을 황제로 내세우며 일본이 진압에 나섰다.

　일본이 내세운 것은 배신과 약속이었다.

　'광무황제는 일본과 맺은 약속을 배신했다. 일본은 지금도 조선인이 개화해 잘 살게 해주려 약속을 지킬 것이다.'

　무지한, 이라고 이토가 표현했다는 착한 조선 백성은 배신에 대해서는 눈살을 찌푸렸다. 그렇다고 해도 황제를 폐위시킬 구실은 되지 않았다.

이들이 머무르던 경복궁은 일본인의 차지가 되었다. 태상황과 황제는 창덕궁으로 쫓겨 갔다. 창덕궁으로 쫓겨 가는 황제를 보며 음양사인 아베노 히로시가 세 가지를 당부했다.

가짜에게 더는 농락당하지 마시오.
네 해 동안 모든 것을 숨기시오.
상황으로 인해 반드시 기회가 올 것이오.

아베노 히로시는 그 말을 끝내고 그를 데려온 이토 곁으로 돌아갔다.

아베노의 말을 두고 '진짜' 신하들 사이에서 의견이 분분했다. 명성황후에게는 무당 진령군이, 광무황제, 고종에게는 성강호라는 박수가 그림자처럼 뒤따랐다. 가짜에게 더는 농락당하지 말라, 이를 두고 한 말이 분명했다.

아베노 히로시의 말에 고종은 통탄했다. 가짜! 황제였으나 그는 가짜였고, 또한 나라를 위하는 주술사 행세를 하던 진령군 박창렬에게는 황후가 농락당했다. 황후가 시해를 당하며 박창렬 또한 기울었다. 이때 박창렬이 살기 위해 토해낸 돈을 세간에서는 억만금이라고 했다. 고종은 성강호라는 박수무당에게 의지했다. 그에게 정2품의 관직까지 하사했다.

황제가 통탄하고 눈물 흘렸을 때는 이미 늦었다. 가짜. 거짓에게 너무나도 철저히 농락당하고 말았다. 그런데 아베노가 말했다. 가짜를 조심하고 네 해 동안 모든 것을 숨기라고.

그도 가짜이면 어찌합니까? 몇몇 신하가 물었다. 이때 황제가 된 순종이 말했다. 더 나빠질 게 있겠습니까? 순종의 덤덤한 말투에 신하도,

또 고종도 통곡하고 말았다.

　네 해 동안. 시간이 정해졌다. 이것은 음양사의 일개 의견에 불과할지도 모르나, 반대로 그가 들었거나 의견을 개진하려는 대한제국의 미래일지 몰랐다. '네 해 동안' 모든 것을 숨기기 위한 노력을 다했다. 가장 먼저 순종이 '미끼를 쓰자' 제안했다.

　금 항아리 다섯 정도면 어떤가? 자네와 자네가 본 것으로 하고.

　고종이 말했다. 다섯 개의 금 항아리라. '자네와 자네'는 내관과 상궁이었다. 비밀은 하명 받은 내관과 상궁이 대물림해 지키기로 약조했고, 적절한 후일에 소문을 내기로 했다.

　'경복궁 뒤뜰에 다섯 개의 금 항아리를 고종이 묻었다.' 라고.

　은밀하게 모든 것을 옮기는 작업이 진행되었다. 무시로 수시로 황제를 보위하는 진짜 신하들에 의해 황실의 보물들이 비밀리에 옮겨졌다. 이를 나뭇가지 모양처럼 만든 조선 지도에 나누어 그렸다.

　아베노가 말한 네 해 중, 세 해가 흘렀다. 아베노의 말을 믿는다기보다 아베노의 말이 단초가 되었다. 이대로 망할 수는 없다. 아니 이대로 망해서는 안 된다. 어떻게든 재기의 때를 노려야 한다. 일본은 러시아 발틱 함대를 무찌를 정도로 강대해졌다. 그러나 흥망과 성쇠가 반복된다는 것은 역사가 증명하고 있다.

　조선인에게는 흥, 일본인에게는 망, 대한제국에게는 성, 일본에게는 쇠가 되는 때를 기다린다. 그게 언제든, 어느 순간이든.

　세 번째 아베노의 말은 도무지 이해할 수 없었다. 상황으로 인해 기회가 올 거라니. 그러나 두 번째 작업은 해내기 직전이었다. 모든 것을 숨기라는. 그러나 한 가지를 결정할 수 없었다.

　어디에 숨길 것인가?

아베노 히로시에게 다시 가보는 것은 어떤가?

순종, 융희황제가 남무천에게 물었다. 의견을 묻는 듯했으나 황제의 명령이나 다름없었다. 결자해지를 아베노에게 맡긴다, 영리한 발상이었다. 곧바로 날을 택해 아베노를 찾기로 했다.

"그런데 남 내관, 무언가 하나라도 가져가야 하지 않겠는가? 아무리 내가 허수아비라 해도 말이네."

순종은 어려서부터 그를 지켜준 남무천을 형처럼 여겼다. 격의 없었고 소탈했다. 황제의 말에 남무천은 무릎을 꿇고 말았다. 황제 폐하, 부디 그런 말씀은……. 하지 말라면 반역이었고, 무언가 가져간다면 허수아비를 인정하는 꼴이었다. 남무천은 머리를 땅에 조아렸다. 황제 폐하! 굵은 눈물이 눈두덩에 맺혔다 바닥으로 떨어졌다. 고개를 들자 가방 하나가 놓여 있었다. 양식 가방이었다.

"가져가게. 도움이 될 거네."

아침나절의 일이 떠올랐다. 지난했던 지난 몇 년 역시 봄바람에 스쳐 갔다.

남무천은 아베노 히로시를 똑바로 보았다.

"저 아이의 옷만 벗기면 되는 것이지요?"

가방을 든 채 무릎을 꿇은 남무천이 아베노 히로시에게 단단히 다짐을 두었다. 아베노가 고개를 끄덕이며 단아라는 아이를 보았다. 단아는 이미 무릎을 꿇고 올망에 쓰인 듯한 상황에 넋을 놓고 있었다.

가방에 머리를 조아린 남무천이 재빨리 가방을 열었다. 남무천은 가방 안에서 칙서를 꺼냈다.

"아베노는 오늘 부로 단아와 혼약을 맺으시오. 황제의 명령이오. 만약 당신이 이 명령을 거부한다면 통감이 정한 대한제국을 부정하는 일이며 황제 역시 부정하는 일이니 이는 곧 일본국 황제마저 부정하는 일이 될 것이오!"

남무천은 칙서를 아베노가 잘 보이게 가까이 가져다댔다. 가방 안에는 단 한 문장이 적힌 교지에 옥쇄가 찍혀 있었다.

'내 뜻이니 그리 하도록 하라. 황제 융희.'

고개를 들자 아베노의 표정이 그야말로 가관이었다. 진퇴양난이란 이런 상황을 두고 하는 말이리라. 내관인 남무천에게 여자의 옷을 벗기라는 제안은 그야말로 해괴했다. 무엇보다 신하, 즉 관료의 품위를 중시하는 조선, 나아가 대한제국에서 궁녀의 옷을 벗기는 행위는 반역이다. 궁녀는 황제만이 취할 수 있다. 아베노는 남무천을 돌려보내기에만 급급해 조건에 따른 실체적인 제안을 소홀히 했다. 남무천이 궁녀의 옷을 벗길 이유도 없지만 반드시 오늘, 단아가 옷을 벗어야 하는 조건도 없었다. 더불어 남무천에게 황제의 칙서가 있을 것이라는 사실을 그는 간과하고 말았다.

"허, 허허."

아베노가 순간 휘청했다.

아베노에게는 아무것도 아닐 일일지 모른다. 그러나 남무천도, 아니 융희황제 순종은 그만큼 필사적이었다.

남무천이 무람없는 눈길로 단아를 보았다. 단아에게서 안도의 한숨이 터져나왔다. 아마도 단아는, 아베노나 남무천 중 누구 하나가 죽어나가는 상상을 했을 것이다. 단아에게서 눈길을 거두는 짧은 순간 아베노가 무릎을 꿇었다.

"황제의 명령을 받들겠소이다. 그러니, 그래요, 단아와 혼인을 하리다. 무엇보다 이제……."

갈등이 느껴졌다.

남무천은 재빨리 외쳤다.

"황제의 명을 받드는 것이 일본국 황제의 명을 받드는 것과 같은 일이오!"

"아니, 아니 내 말은."

잠시 고민하던 아베노 히로시가 미래의 어디인가를 바라보는 눈빛으로 변했다.

"말이란 참으로 달갑지 않은 것이오. 마치 밀반죽처럼 만지작거리면 아무렇게나 변하니 말이오. 들어가십시다."

아베노가 몸을 돌렸다. 당황한 기색이 역력했다. 그러나 남무천의 발길이 떨어지지 않았다. 아베노가 향한 곳은 태상황 고종과 황후가 내전으로 쓰던 함화당이었다. 곁으로 집무실로 쓰던 집경당이 있다.

"내, 그곳은 들어가지 못하겠소."

아, 등을 돌리던 아베노가 남무천을 따라온 견습 내관을 바라보았다. 그러다 눈길이 붉거질 정도로 적대적이 된다. 아니 그 차이는 눈 깜짝할 사이여서 단아도, 또 내관 아이도 알아차리지 못했을 것이다.

"들어가십시다."

아베노의 목소리에는 미래의 어디인가를 바라보았던 눈빛에 더해 과거마저 관통하는 울림이 있었다.

"단아야, 오늘은 긴 하루가 될 것이다. 그러니……."

"얼른 차부터 준비하겠습니다."

"그래라. 그리고."

아베노가 하려던 말이 무엇일지 알 것 같았다.

"내관 아이야, 너는 그만 가거라. 가서 아이들과 함께 장번내관들을 도와라. 어서."

남무천이 견습 내관을 향해 소리쳤다.

족히 열두 살은 넘었을 내관 아이는 재빨리 고개를 숙인 뒤 종종걸음으로 사라졌다. 아이가 사라지는 걸 확인한 뒤 고개를 돌렸다. 아베노는 집경당으로 걸었다. 궁녀 단아가 발맘발맘 아베노를 뒤따랐다. 성큼 단아를 따라잡고 아베노와 나란히 걸었다.

집경당에 들어섰다. 서양식 책상과 의자가 보였다. 책상다리가 있을 오른편 아래에 서랍이 있는 점이 편리해 보였다. 책상 앞으로 서양식 협탁과 긴 의자가 놓였다. 아베노가 먼저 앉으며 맞은편을 권했다. 쑥 꺼지듯 내려앉는 푹신함이 어색했다.

"시간이 없으니 본론부터 시작하겠습니다."

아베노가 눈을 맞추며 남무천에게 이야기를 꺼냈다.

"남무천은 무사이지요?"

핵심을 찌르고 들어왔다. 남무천은 무춤거렸다. 융희황제를 비롯한 최측근만 아는 비밀이었다. 황제에게도, 또 황제를 지키는 측근에게도 비밀을 맹세했다.

"아, 너무 심려치 마십시오. 저는 오늘 죽게 될 것입니다."

아베노는 마치 소화가 안 됩니다, 하는 표정이었다. 짐짓 태연한 척했지만 심장이 허둥거렸다. 동시에 쨍그랑, 파열음이 짓쳐들었다. 차를 들여오던 단아였다. 찻상을 떨어뜨려 깨뜨리고 말았다.

"죄송합니다. 소인이 그만!"

"되었으니 너도 옆에 앉거라."

아베노가 따뜻한 눈길로 단아에게 청했다. 황급히 무릎을 꿇었던 단아가 아베노의 눈길에 고정되었다. 마치 최면에라도 빠진 듯 행복한 표정으로 아베노 곁으로 다가왔다. 아베노는 단아의 손을 맞잡아 곁에 앉혔다.

"단아야, 미안하다. 나는 오늘 죽게 될 것이다. 그래도 나를 지아비로 모실 수 있겠느냐?"

"… 궁녀들은 그렇지요. 자기를 기억하는 눈빛 하나, 마음 한줌만으로 평생을 살아간다고요. 음양사 어르신은 제게 이미 많은 것을 주셨습니다."

"미안하구나. 나는 너의 지아비가 될 수 없다. 그리고 무천! 당신은 조선 제일의 무사일 겁니다. 그러니 부탁합시다. 부디 단아를 지켜주시오."

저 말에는 적지 않은 의미가 숨어 있었다. 남무천이 여기 온 이유, 거기에 더해 자신의 죽음마저 활용해 비책과 방도를 더하겠다는 뜻이었다. 그가 마지막일지 모를 약조로 내건 조건을 짚어보면, 지키지 않으면 미래가 없을지 모른다는 추론에 다다른다.

"…약속하겠습니다."

"단아야, 들었느냐 너도?"

눈물 한 방울이 끄덕이는 고갯짓보다 먼저 아래로 떨어졌다.

"아니 아니, 내 말을 오해하셨나 보오. 평생을 남무천께서 단아를 지켜주시오."

"그 말씀은?"

아니오, 안 됩니다. 단아는 그제야 최면이 풀린 듯 서양식 긴 의자에서 내려앉았다. 무릎을 꿇은 그녀의 치마 위로 눈물이 떨어져 얼룩이 번졌다.

"자, 이제 저는 마지막을 준비하겠습니다. 그래서 저는 무사 무천께서 가지고 오신 저 가방에 장난질을 좀 칠 것입니다. 저 가방에 담긴 내용은 무천도 몰라야 합니다. 오로지 단아만 알아야 합니다."

단아가 고개를 들었다. 아베노 히로시는 단아의 볼을 살짝 쓰다듬었다.

"내가 너에게 내리는 마지막 명령이다. 지킬 수 있겠느냐?"

단아는 질끈 감쳐문 입술로 고개를 끄덕였다. 비장한 모습이었다.

"자, 이제 단아 너와 함께 저 가방에 장난질을 쳐 볼까?"

아베노 히로시가 무천에게 가방을 달라 손짓했다. 무천은 너무 긴장하여 침을 꿀깍 삼켰다. 아베노 히로시가 죽음으로 봉할 대한제국 황실의 마지막을 목격하고 기억해야만 했다. 그리고 그가 내걸었던 조건, 단아를 지키는 것 역시 무천의 몫이었다.

무천은 예를 다해 아베노 히로시에게 가방을 넘겼다. 멀리는 조선의 도공이었고, 메이지천황에게 반대 깃발을 들게 만들었다 전해지는 음양사, 아베노 히로시에게. 무엇보다 목숨을 다해 조선의 비밀이자 보물을 지켜주려는 단아의 사랑에게.

단아와 아베노 히로시는 무천이 보는 앞에서 가방 내벽을 한지로 발랐다. 매우 세심했고 정성이 들어가는 작업이었다. 한 시진 가까이 작업은 계속되었다. 단아는 손재주가 있었다. 아베노 히로시는 그녀를 잘 추슬렀다. 덕택에 가방 내부는 말끔한 한지로 채워졌다.

잘 어울리는 두 사람이구나. 감상에 젖었다 싶은 찰나, 흡사 휘파람 소리와도 같은 높은 음이 멀리서 바람을 가르는 듯했다. 청국이나 일본국 특유의 화살에서만 나는 탄음이었다.

"고개를 숙이세요!"

남무천이 외쳤다. 탄음이 끌어낸 대촉大鏃이 창호문을 뚫고 날아들었다. 대살의 촉이 창호지를 뚫은 순간은 마치 영원처럼 느리게 흘렀다. 천천히, 더 천천히, 그렇게 날아간 화살이 아베노 히로시의 왼쪽 어깨에 다가갔다.

휘청, 아베노가 충격에 중심을 잃으며 넘어졌다. 그보다 빨리, 피가 튀었다. 물방울 모양의 피가 흩어지며 가방 개폐 부위 상단에 눈물 모양으로 튀었다.

장윤정

"오빠, 그런데 지하에 아저씨 냄새 나."

가방을 내려놓는 일한에게 툭 던졌다. 싫다는 말은 아니었다. 최신 과학에서는 가장 상이한 체취를 가진 사람들끼리 호의를 보인다는 연구가 있었다.

"나 아저씨야. 그리고 정신 차려. 여기 내 냄새 맡으러 왔니?"

좋다 말았다. 잘해 보자는 건데. 하여튼 말로는 밀리고 말란다. 이기려면 몸으로 들이대는 게 대수였다. 사춘기가 지난 뒤로 하루에 종이 한 장 두께만큼 부끄러워진다.

일한이 노트북을 꺼냈다. 스마트폰을 노트북과 연결하자 적외선 카메라로 찍은 사진이 모니터에 떠올랐다.

"한글이야. 종이가 긁히지 않게 세필로 썼어. 종이가 울지 않은 걸 보면 대단히 세심하게 처리했을 거야."

일한은 윤정이 보라는 듯 모니터를 돌렸다.

"아마도 얇은 종이를 위에 덧대고 아래에는 투명한 물을 흡수할 천을 놓았을 거고."

윤정은 일한의 설명을 상상했다. 그랬다면 아마 펜처럼 쓴 글씨가 남게 되었으리라.

'대한제국 융희황제의 명을 받들어 무천이 쓰노라.

서력 1910년 4월 2일에야 온전히 명을 받들게 되었도다.

조선의 마지막 남은 모든 유산이 황제의 명에 의해 봉인되도다.

9년 11년이 지나면 100년을 봉인하리라.

다만 하나, 조선에 日이 다시 덧씌워지니 걷힐 날을 알 수 없노라.'

"뭐야, 이런 글씨를 보고."

어디서 저 문구로 대한제국 황실의 마지막 보물이라는 결론에 도달했을까. 윤정이 느끼기에는 다섯 줄의 문장이 '이 가방은 가짜입니다.'하고 말하는 듯했다. 일반적인 사학자라면 일한의 결론이 아닌 윤정이 도달한 결론에 '정답'이라고 동그라미를 그려 넣었을 것이다.

"그런데 너, 정말 저 가방 처음 보니?"

"응, 왜?"

"다행이라고."

일한은 알 수 없는 미소를 지은 뒤 지방 신문의 기사 하나로 노트북 화면을 되덮었다. '고종의 가방?'이라는 헤드라인이 달린 기사였다.

기사의 요지는 이랬다. 우연히 모 대학의 역사학 교수가 가방을 보고 비상한 물건이라 판단해 자비로 구입했다. 흔히 007가방이라 부르는, 현대의 서류가방을 꼭 빼닮은 가방이었다. 가방 내부가 특이했다. 내부가 한지로 감싸였고, 조선 초기 가방으로 추정되었다. 급기야 국립박물관에 검증을 의뢰하기에 이르렀다. 가방을 검증하고 보존을 담당했던 학예사가 '실수'로 한지를 조금 찢어내고 말았다. 그 아래에 '병표(兵)'이라는 한자가 숨어 있었다.

"…가방은, 고종이 빼앗긴 병권은 고종에게 있음을 확인하고 병권에 대해 상세히 기술한 비밀 교지였다. 이게 진짜야?"

"모르지, 나야. 기사가 난 거니까. 만약이라는 것만큼 의미 없는 가정도 없지만 윤정이 네가 이 기사를 알았거나 또 저 가방 보존처리에 투입되었다면……."

"아마 한지를 보자마자 벗겨낼 궁리부터 했겠지. 여기에 가져오는 게 아니라."

'가정'만큼 소모적인 논의도 없지만 일한의 말처럼 윤정이 기사의 내용을 알았더라면, 또 보존 작업에 투입되었다면 백이면 백 한지를 먼저 벗겨냈을 것이다.

"나는 윤정이 너처럼 학예사나 역사학자는 아니지만 말이다, 운명은 존재한다고 믿어. 우리와 대면하는 역사들만 해도 그렇지. 운명이 아니면 만날 수 없는 것들이니까."

일한의 눈길이 가방으로 옮겨갔다. 짧은 찰나, 눈길이 윤정에게 옮겨오나 싶더니 얼른 노트북으로 향했다.

"운명일까?"

의미 없이 한 말인데 말해놓고 기대하게 된다. 윤정을 운명이라고 말해주는 일한을.

"일단 저 글을 보자, 무천이 썼다고 했어. 아마도 성을 가렸겠지만 융희황제, 순종의 측근이었을 거야. 보자……."

무심한 듯 시쳇말로 시크하게 자리에 앉더니 노트북을 두드렸다. 모니터에는 《승정원일기》가 떴다. 실록도, 또 승정원일기도 이제 디지털화되었다. 세계 최고의 기록유산이다. 그 어느 나라에도 이토록 꼼꼼하게 왕실의 일을 기록한 사례가 남아 있는 경우는 드물었다.

무천이라는 키워드를 검색창에 써넣자 수없는 기록들이 모니터에 나타났다. 한자에 자신 있는 윤정이 검색된 기록들을 마저 살피기도 전에 일한이 사이트를 닫았다. 쳇, 푸념을 하는 사이, 일한의 검색은 곧바로 《조선왕조실록》으로 옮겨갔다. 이번에도 키워드는 무천이었다.

"이상하다. 없네."

한자로 검색되는 《승정원일기》와 달리 완전히 한글화 작업이 끝난 《조선왕조실록》은 검색 즉시 내용이 보인다. 이번에도… 없었다.

무천이라.

"의도적으로 누락시킨 걸까?"

"가능하지. 분명 가능한 이야기야. 일단 무천이란 사람이 검색이 되었다면 진위 여부에서 가능성이 위가 아닌 진에 가까워졌겠지. 그렇지만 오히려 없기 때문에 더 진위 여부에서 진에 가까워진 느낌이야."

뭐니 이 궤변은. 절로 뚱한 표정으로 바뀌었을 것이다. 장난삼아 말하는 정파, 사파 이야기처럼 역사는 어떻게 보느냐에 따라 완전히 달라진다.

"일단 저 날짜에 무슨 일이 있었을까."

"날짜만 보면 가짜라고 여겨져."

일한의 중얼거림에 윤정이 대답했다. 적어도 저 시대를 살았던 사람이라면 날짜를 저리 표기하지는 않았을 것이다.

"글쎄다, 나는 오히려 진짜라는 확신만 가득해진다."

일한이 모니터의 각도를 조절했다. 네이버에 떠 있는 화면에 순종이 메이지천황에게 전보를 보낸 내용이 보였다. 융희황제가 볼모로 잡혀간 의민태자 영친왕을 억압하던 이와구라 도모사다岩倉具定의 죽음을 슬퍼한 다는 전보를 보낸 날이었다. 아울러 3천 원이라는 거금을 상사에 쓰라 내려주었다고 한다.

"이때 '삼천 원'이 얼마 정도야?"

"기록마다 다르기는 한데 최고급 남성 수제화가 1910년에 17원에서 22원. 쌀 한 석이 약 8원 정도 한 것으로 알려져 있어. 이 정도면 비교가 되려나?"

대략적인 금액이 머릿속에 그려졌다. 일반적으로 쌀 1석은 두 가마를 가리킨다. 약 144킬로그램. 최근에 20킬로그램으로 판매하는 쌀이 대략 5만 원 선이니, 35만 원 정도가 된다. 1석을 10원으로 대입하면 쌀 300석 을 살 수 있는 돈이니 약 1억 5백만 원이 된다.

"미쳤구나."

"너 머리 좋네. 계산이 되었나보다."

"이 아저씨가 정말."

콩, 소리가 나게 일한의 머리를 쥐어박았다. 짧은 역사 지식도 떠오 른다. 우당 이회영이 조선의 독립을 위해 같은 해인 1910년에 땅을 팔아 가져갔던 독립자금이 40만 원 정도였다. 머릿속에서 1백 4십억이라는 숫자로 치환되었다.

"이과를 가지 그랬니?"

눈치 빠른 일한이 윤정의 표정을 살피며 말했다.

"산수 잘하는 거랑 이과랑은 관계없거든. 그리고 지금은 다른 계산했어."

"우당 이회영?"

"어떻게 알았어?"

"너랑 나는 머릿속 회로가 같아. 결론값이 다를 뿐이지."

다섯 문장을 보고 내린 결론에 비춰보자면 회로가 같다는 말도 믿기
힘들었다. 그러나 뭐라도 같다고 하니 괜히 흐뭇했다. 아뿔싸, 마음이
풀어지며 배시시 웃고 말았다.

"시사이 아니랄까 봐. 자, 정리해보자."

약점을 잡힌 듯한 마음에 괜스레 팔꿈치로 일한을 툭 쳤다. 순간 허방
을 짚은 듯 몸이 일한에게로 기울며 안겨버렸다.

"아유, 미안. 이러려던 건 아니고. 네가 옆구리로 칠 것 같아 피한다는
게 그만."

질끈 마음을 먹고 눈을 감았다.

"아, 너 무겁다야. 돼지네."

"뭐야? 칫."

본능적으로 꼬집고 말았다. 아야, 하며 윤정의 손을 제지하려던 일한
이 다시 중심을 잃으며 방바닥에 눕는 모양새가 되었다. 바투 몸이 밀착
되었다. 부끄러움에 얼른 바닥을 짚고 일어서려 했다. 순간 예상치 못한
중력이 윤정을 짓누르듯 바닥으로 당겼다.

일한이, 윤정을 감싸 안고 있었다.

"감당할 수 있겠니?"

"뭐…뭘? 오…빠?"

심장이 미친 듯이 뛰어다녔다. 그러나 대답은 늘 하나였다.

"감당할게. 오빠 감당할 거라고."

윤정은 다급하게 일한의 입술로 돌진했다. 순간 무언가가 입술을 막아섰다.

"그것 말고 진실."

이런 검지! 윤정의 입술에 일한의 오른 검지가 딱 걸쳐져 있었다.

"감당할 수 있겠어?"

일한의 목소리가 또렷하지만 낮게 윤정에게 다가왔다. 하필 이런 순간에. 버둥거리며 몸을 일으키려 했지만 일한이 목덜미를 꽉 쥐고 있었다. 그래, 뭐 이렇다면야.

윤정은 일한에게 안기다시피 온몸의 힘을 빼버렸다.

"야, 윤정아. 무겁고 입 냄새나."

"에이 진짜. 감당할게 감당한다고. 이 나쁜 놈아!"

기를 쓰며 일어섰다. 목덜미 힘이 풀리며 자리에 앉았다. 일한도 몸을 일으키더니 윤정과 눈을 맞춘다.

"그리고 지금 하던 건 이 일 끝내면 마저 하자."

"지…인짜?"

"진짜."

"약속한 거다. 아싸!"

내 사랑은 내가 쟁취한다, 라던 어느 영화 속 대사가 떠올랐다. 먼저 프러포즈하겠다던 평소 생각이 스쳐갔다. 기회는 잡는 사람에게만 존재한다고 했다. 얼른 새끼손가락을 내밀었다.

"그것도 이거 먼저 한 뒤에."

용의주도하게 일한이 노트북 화면을 내밀었다.

"몇 가지 정리해보면……."

일한이 한 줄에 하나라고 말했다.

융희황제의 명을 받든 무천. 서력 1910년 4월 2일. 조선의 마지막 남은 모든 유산을 봉인. 9년, 11년, 100년이라는 년도. 조선에 日이 다시 덧씌워지니 걷힐 날을 알 수 없다.

일한은 다섯 가지를 말하며 심각하게 팔짱을 꼈다.

"아니 아니, 이거 정리하기 전에."

윤정은 저 다섯 가지가 지난한 일이 될 거라는 직감에 사로잡혔다. 일한이 말한 대로 대한제국 황실의 마지막 보물에 관한 일이라면, 어째서 지금까지 아무도 찾아내지 못했다는 말인가. 불안함과 두려움도 엄습했다.

"약속해. 반드시."

조급하게 구는 건 싫었지만 그러지 않으면 날아가버릴 것만 같았다. 눈을 감았다. 물러나나 싶던 일한이 다가왔다. 그의 입술이 윤정에게 닿았다. 온몸에 힘이 빠지며 격통이 밀려왔다. 무얼까. 이 불안은. 불안의 발로가 격앙하게 만들었다. 날아가라, 불안도, 격앙도.

훠어이. 훠어이.

박연희

훠어이. 훠어이.

진성욱이 까마귀를 쫓았다. 그러면서 묻는다. 여기 같지 않아요?

눈으로 본 사진만으로 장소를 가늠하는 것은 도시에서나 가능한지 모르겠다. 솔직히 말해 사진 속 장소는 여기가 거기 같았고 거기가 여기 같았다.

도대체 아버지는 어디서 사진을 찍었던 걸까?

사진 속 아버지의 계급은 대위였다. 주변에는 녹색 잡초와 나무밖에 없는 그야말로 초록 속에 군복마저 동화되어 얼굴만 부각된 사진이었다. 짝다리를 짚고 엄지와 검지를 세워 경례를 불량스럽게 받아주는 포즈를 취했다.

사진을 보며 머뭇거렸다. 그사이 진성욱이 박연희 곁으로 다가왔다. 박연희의 곁에서 마치 권총 쏘는 자세를 시정해주듯 오른팔을 뻗어 사진 속 배경과 너머의 숲을 겨누어보았다.

"야, 부탁인데 이런 묘하게 로맨틱한 자세는 지양해줄래?"

"에이 뭐 어때서요. 대위님이나 저나 이제 내놓은 자식들인데요."

"내놓은 자식?"

"모르셨어요?"

뚱한 눈으로 진성욱을 쳐다보았다. 군에서 간부들의 세계와 사병의 세계는 다르다.

"저야 말년 병장이니까, 특히 완전 풀린 군번이라 제 밑으로는 많지만 제 위로는 없어요. 아시다시피 거의 모는 게 열외죠."

맞았다. 그래서 진성욱은 박연희와 함께 겉으로는 지뢰 제거, 실제로는 아버지의 실종 장소를 찾기 위해 함께 다니고 있었다.

유해만이라도 찾기를 바라는 박연희의 마음에 진성욱이 함께 해주어 고마웠다. 그렇다 해도 내놓은 자식이라니!

"나는 왜?"

"곧 제대하시잖아요. 중대장님이 그러셨나 봐요. 박 대위 제대할 때까지 편안히 있다가 가게 해주라고. 나는 내놓는다고."

"뭐야."

저절로 입이 삐죽 나왔다. 육사 세 기수 선배인 중대장은 좋은 남자였다. 권위적이지도 않았으며 계급을 앞세우지도 않았다. 또한 여성을 우대해서 주변 여군들 사이에서 평판도 좋았다. 그렇다 해도 내놓는다니.

"뭘 하든 내버려두라는 뜻이겠죠. 좋게 받아들이세요."

"그럼 내가 뭘 할 수 있는데?"

묻고는 진성욱을 보다 웃고 말았다. 동향에 또 그녀가 만들었던 동아리까지 아는, 한 다리 건거면 친구인 사이다. 그에게 태어나 처음으로 속마음을 말했다. 아버지를 함께 찾아보자는 진성욱의 말에 박연희는 얼마나 감동했는지 모른다. 이제는 사소한 것까지 나눈다. 관사에서 함께 저녁을 먹기도 했다.

"이야, 이래서는 못 찾겠어요. 언제였더라, 이상이었나, 그 작가가 썼던 수필이 생각나요. 병을 고치려고 농촌에 내려가 초록을 보는데 그것만큼 권태로운 것도 없다던."

"그런 게 있었어?"

"만산이 녹엽이다 보니, 어디가 어디인지 전혀 모르겠습니다. 뭔가 다른 실마리가 필요할 것 같아요."

진성욱과 처음 주변을 둘러볼 때 병사들 몇몇이 의아해했다. 장난삼아 지뢰 제거라고 둘러댔다. 이게 중대장에게까지 보고가 갔던 모양이다. 당연하게도 대대장을 거쳐 사단장에게도 보고되었다.

사단장이 저녁에 박연희를 관사로 불렀다. 하루 하달되는 공문만 50여 개, 일일이 하달하고 상부에 답변할 결재서류까지 겨우 올렸다. 부랴부랴 사단장 관사로 들어선 순간 뒷골이 서늘했다. 지뢰 제거. 애당초 다른 변명을 댔어야 했다.

"제대할 거라고?"

사단장의 말에 채 밥알을 씹지도 못한 채 고개를 끄덕였다.

"그런데 지뢰 제거를 한다고?"

숟가락을 놓고 정자세를 취했다.

"아, 밥 먹으면서 들어. 기러기 아빠다 보니까 사단에서 취사병들이 해주는 음식밖에 없어요. 괜찮지?"

네, 기합이 들어간 목소리로 대답했다.

"그래. 나도 내가 별을 달 거라고는 기대하지 않았어. 막연히 꿈만 꾸었지. 나 같은 장성에게도 햇병아리 소위 시절은 있는 거니까. 그리고 내가 소위였을 때……."

사단장은 잠시 먼 곳을 응시하는 눈빛이었다.

"자네 아버지가 딱 지금 박 대위 위치였지. 아마도."

맙소사. 때론 숨기거나 속일 수 있다고 생각하는 것들이 너무나 쉽게 간파당할 때가 있다. 사람이란 그런 존재다.

"난 자네 아버지가 수류탄을 터뜨려 사병들을 희생시켰다고 주장하는 통신 장교에게 가차 없이 대들었다네. 뭐 결과는 자네가 알 테고."

아버지는 수류탄을 터뜨린 병사를 막으려다 폭사한 것으로 처리되었다. 소령으로 한 계급 승진에 순직으로 인정. 군사정권 끝물이었다. 그런 시대라 가능한 결말이었다.

"통신 장교는 사건을 잘 마무리하며 승승장구했다네. 웬일인지 그분이 끝까지 나를 챙겼지. 그렇지만 지금도 도무지 이해할 수가 없네. 아니 모른다는 게 더 맞겠구만."

"무얼 말씀이십니까?"

용기를 내어 물었다. 어렴풋이 답을 알 것 같았다.

"자네 아버지가 왜 실종되었는가 하는 거. 몇 가지 추측해보자면… 아니 그것보다 입에 담기 좀 불경하네만 수류탄을 터뜨린 사병 누군가가 먼저 자네 아버지를 죽여서 어디인가에 숨겼다고 볼 수도 있겠지. 지금에 와서 아버지가 살아 계시다는 건 낭설이겠지. 그렇지만 잘하면 유해는 찾을 수 있을 거야. 거 뭐냐, 자네 아버지는 군번줄과 육사 졸업 반지를 어느 순간에도 빼지 않으셨으니까 잘 찾아 봐. 금속탐지기는 내일 준비해줄 거야. 가능한 한 구해줄 테니까 필요한 건 언제든지 이야기하고."

세상에 비밀은 없다. 비밀이 있다고 믿고 싶을 뿐이다. 짧게 진성욱과 함께 한다고 말했다. 응원해주겠다는 말로 사단장은 그가 짊어졌던 짐을 내려놓았다. 눈물이 날 줄 알았는데 오히려 담담하게 저녁식사를 마쳤다.

이후로 일주일이 지났다. 두 사람은 일주일 넘게 어떤 보직이나 일거리도 없이 '지뢰 제거' 작업에만 몰두 중이었다. 그렇지만 슬슬 한계에 부딪쳤다는 걸 절감할 수밖에 없었다. 김화읍 일대, 3사단 백골부대 수색대대에서 아버지가 갈 수 있었던 행동반경은 박연희와 다르지 않을 것이다.

언제 챙겼는지 진성욱이 초콜릿을 건넸다. 이제 겨우 벚꽃이 지는 휴전선의 4월인데 등은 땀으로 흥건했다. 초콜릿을 받아든 순간 품 웃음이 났다. 짙은 갈색 봉투로 포장된 막대형 초콜릿이 기세를 읽고 아치형으로 휘어져 있었다. 산을 훑고 뒤졌던 탓에 진 병장도 어지간히 더웠던 모양이다.

은박지까지 뜯자 완전히 녹아버린 초콜릿이 가관이었다. 슬쩍 진성욱을 바라보자 미안한 표정으로 고개를 돌렸다. 은박지만 살살 벗겨내 이빨로 긁어 먹었다. 애써 과장되게 목소리를 높였다.

"나 태어나서 남자한테 초콜릿 처음 받아 봐."

"대위님 고맙습니다. 그런데 우리 다른 방법이 좀 필요하지 않을까요? 이 사진을 찍어준 사람만이라도 알면……."

맞다. 왜 그 생각을 못했을까.

"사단장님을 다시 만나야겠어. 나도 완전히 잊고 있었네. 이 사진을 찍었던 시기에 사단장님이 아버지랑 친했다고 들었거든."

"그게 더 빠를 수도 있겠습니다."

"같이 갈래?"

"사, 단장님 뵙는 자리에요? 에이 싫습니다. 어떻게 짝대기 네 개가 별이랑 만납니까? 그건 국방부에서 바라는 시나리오가 아닐 겁니다."

진성욱은 코웃음을 쳤다.

진성욱의 코웃음은 저녁이 되어 완전히 각 잡힌 군인의 숨결로 바뀌었다. 사단장은 진성욱도 관사로 불러들였다. 오늘도 저녁은 취사병이 미리 준비해놓은 듯했다. 치우는 것은 당번병의 몫일 테고. 군대란, 그런 곳이니까.

자연스레 사진에 대한 이야기로 흘렀다. 박연희가 설명하면 진성욱이 적절히 보충했다. 사진을 보던 사단장의 눈빛이 아련하게 보였다.

"맞아, 그래, 이 사진이 있었구만. 이거 내가 찍은 거야. 기억이란 게 참 멍청해. 충격 탓인지 자네 아버지에 대해 기억나는 건 실종에 관한 것밖에 없었으니까. 그런데 이렇게 좋은 시절을 함께 했었지. 맞아. 이게 어디였더라……."

사단장은 당번병에게 작전지도를 가져오라 명령했다.

당번병이 부리나케 가져온 3사단의 작전지도를 보며 사단장은 회상에 잠겼다.

"그래, 그때 아버님이 자주 찾아야 할 게 있다고 했었어."

"찾아야 할 거라뇨?"

박연희조차 처음 듣는 이야기였다. 아버지가 이곳에서 무얼 찾는다는 말일까.

"아니다, 찾아야 할 사람이라고 했던 거 같아. 너무 오래되기도 했고 완전히 잊고 있던 기억이어서 가물거리기는 하네만. 맞아 찾아야 할 사람이라고 했어. 살아 있는 아버지, 그래, 살아 있는 아버지를 찾아야 한다고 함께 술 취한 밤에 흐느꼈던 것 같아. 내가 그 모습에 놀랐지만 또 너무도 인간적이어서 크게 동경하게 되었거든."

사단장은 살아 있는 아버지가 맞아, 하고 한 번 더 확인했다.

살아 있는 아버지라니. 그렇다면 살아 있는 할아버지라는 말인가.

급작스레 현기증이 일었다.

박연희는 아버지를 찾기 위해 군인이 되었다. 급작스러운 죽음의 비밀을 파헤치기 위해서였다. 제대를 두 달 남겨둔 지금이 적기라고 생각했다. 그런데 아버지마저 아버지를 찾는다는 게, 살아 있는 할아버지였다니. 실로 금시초문이었다.

진성욱도 휘둥그레진 눈으로 박연희를 바라보았다.

정보를 얻겠다고 만든 저녁자리였건만. 오히려 미궁에 빠지고 말았다.

이 순간, 의지할 사람이…….

박연희는 저도 모르게 옆에 앉은 진성욱에게 고개를 돌렸다. 진성욱 역시 박연희를 뚫어져라 보고 있었다. 진성욱이 낮게 탄식했다.

아버지가 살아 있는 아버지를 찾았다니.

아오타 노리오

"커피 주세요. 아메리카노요."

대한극장 옆 이디야 커피숍에서 주문을 했다. 코피가 어닌 커피 발음이 익숙해졌다는 사실에 흠칫 놀랐다.

한국에 온 게 벌써 몇 년이 되었더라.

셈을 하기에도 벅차졌다는 걸 알아차렸다. 한국인들이 군대에 가면 매일 남은 날짜를 하루씩 '깐다'고 들었다. 반면 전덕남은 하루씩 셌다. 며칠이 되면 다시 일본으로 돌아갈 수 있을까?

덕남이 어떻게 한국인이 된 건지는 모른다. 굳이 알 필요도 없다. 맡은 바 임무를 달성하면 끝난다. 그리고 자신을 한국인으로 만들어준 단체는 얼마나 오래되었는지도, 또 얼마나 깊고 은밀한지도 모른다.

캘린더 앱를 열어 날짜를 확인했다. 4382일. 12년 하고도 2일. 그렇게나 되었나.

이디야의 아메리카노를 마시며 도토루의 커피를 떠올리는 건 어불성설이리라. 눈을 감고 도쿄 시부야를 상상하지 않으면 빌어먹을 한국에서는 하루도 견디기 힘들었다.

이제는 왜 한국에 왔는지도 가물거린다.

이때 전화가 걸려왔다. 매일출판사입니다, 라는 문구가 화면에 보였다.

이름도 그럴싸하게 지었다. 매일每日, 마이니치. 누군가 이름으로 장난을 치고 싶던 게 분명했다. 한국이라면 〈한겨레신문〉이나 〈경향신문〉처럼 진보나 좌파로 분류될 신문명을 한국 작전명에 써먹다니. 문득 속으로 욕을 하고 말았다. 씨발, 매일 매일이 전쟁이다.

전화를 받자 대뜸 말한다.

"인사동에서 떴다는 첩보야. 모파상. 그런데 작전의 양상이 달라졌어. 다른 게 걸린 것 같아. 나머지는 알아서."

뭐라 대꾸도 하기 전에 뚝 전화가 끊어졌다. 한 번 더 욕을 하게 된다. 이럴 때 일본말을 해주면 얼마나 좋아.

그때 곁으로 한 무리의 일본인 관광객이 지나갔다. 귀를 쫑긋 세우고 그들의 말을 듣게 된다. 잠실, 어쩌고 엑소, 어쩌고 하는 걸 보니 콘서트에 왔나 보다.

좋은 삶이다. 즐길 수 있는.

스마트폰으로 모파상을 검색했다. 하나쯤은 검색에 걸릴 줄 알았는데 아무 글도 없었다. 오랜만에 몸으로 때우게 생겼다.

차를 빼려다 익숙하지 않은 인사동 지리가 떠올랐다. 지하철역으로 향했다. 아이폰 카드커버로 카드검색대를 통과했다. 이런 면에서는 한국의 IT 인프라는 세계적이다. 충무로역에서 3호선을 타고 10분여 만에 안국역에 도착했다. 인사동 입구에서부터 한 시간 넘게 거리를 쭉 훑었지만 모파상은 보이지 않았다.

수도약국 옆 골목길 모서리에 중국산 짝퉁 문화재를 파는 가게가 보였다. 동으로 만든 촛대를 감상하는 척하며 주인에게 일본어로 물었다.

"이거 얼마입니까?"

주인은 전덕남의 질문에 오사카 억양으로 "삼천 엔." 하고 말했다.

"졸라 비싸, 열라 비싸."

한국어로 말했다. 그러자 주인이 씩 웃었다. 혼잣말인지 들으라고 하는 소리인지 "못된 한국어를 배웠네." 하고는 열없이 웃었다.

일본어를 안다는 사실을 확인하고 다시 일본어로 물었다.

"혹시 모파상이라는 가게를 아세요?"

이번에도 주인은 오사카 사투리를 섞어 말했다.

"여기로는 못 가고 저 위에서 골목을 몇 번 꺾어서 가야 돼. 강록 화랑이랑 고래 사이 골목. 그런데 이거 살 거야, 말 거야? 이천 엔에 줄게."

알았으니 됐다. 전덕남은 소귀에 경 읽듯 엉뚱한 한국어를 말했다.

"맛있게 먹었습니다."

온 길을 되돌았다.

인사동 입구를 향해 되돌아 걸었다. 쌈지길까지 올랐지만 주인장이 말한 가게는 보이지 않았다. 간판 하나하나를 놓치지 않으며 천천히 걸었다.

인사동 초입에 다다라서야 강록江錄과 고래古來, 한자가 보였다. 그 사이에 좁은 골목길이 보였다. 주저 없이 골목 안으로 접어들었다. 어차피 골목은 끝이 있는 법이다. 인내심을 잃지 않고 집 하나하나를 관찰했다. 이런저런 가게들로 일반적인 가정집은 없는 듯했다. 그러나 골목을 한 번 꺾자 가정집이 나타났다. 눈에 띄게 간판도 줄었다.

정말 있기는 한 거야. 절로 일본어 욕이 튀어나왔다. 하달된 지령은 틀린 적이 없었다. 의심이라기보다 푸념이었다. 12년 2일이 된 한국 생활, 이런 골목을 뒤지며 욕을 하게 될 거라 상상이나 했을까.

간판이 줄어든 탓에 성큼성큼 걸으며 골목을 또 한 번 꺾었다. 좁은 골목을 제법 걸어 들어왔다 생각했다. 어느새 골목은 막바지에 다다랐다. 놓친 것일까. 생각하며 골목 끝에 이르자 사람 몸 하나가 겨우 지나갈 만한 좁은 틈이 보였다. 혹시나 하며 틈을 지나쳐 나오자 다른 골목으로 연결되었다. 어떻게 할까, 잠시 고민하다 이어진 골목을 전진했다. 그때 연한 하늘색으로 칠한 담벼락에 오래 전 쓴 듯한 희미한 한자가 보였다.

모파상模琶商!

헛웃음이 났다. 두 번 찾아오기는 힘들겠다. 그렇다 해도 이색적인 한자 조합이었다. 비파 모양 가게라니.

가게 문을 두드렸다. 안에서는 인기척이 없었다. 새시 너머는 커튼으로 가려졌다. 벽에 적어놓은 한자 외에는 어떤 것도 알아내기 어려웠다.

스마트폰을 꺼내 시간을 확인했다. 오후 4시 21분. 어중간한 시간이었다. 그렇다고 이런 변두리 골동품 가게에 브레이크타임이 있을 리 만무해 보였다.

제기랄. 절로 욕이 나왔다. 인사동이라는 특수성을 무시하고 말았다. 이런 오래된 상가는 새로운 사람의 진입이 원천적으로 힘들다. 이 말을 뒤집으면 인사동에는 앞 집 숟가락이 몇 개인지도 아는 사람들이 모여 있다는 뜻이 된다.

멍청한 실수를 저질렀다.

가게 주인이 촛대를 이천 엔에 준다고 할 때 산다거나 사지 않겠다는 일본어를 했어야 옳았다. 비록 오사카 사투리라고 해도 일본어로 대답한 주인에게 "맛있게 먹겠습니다."라고 대답한 것은 주인장을 한국식으로 놀린 것에 지나지 않았다. 일본인이었다면 몇 번이고 고맙다는 인사를 건넸을 것이다.

일본어를 알던 가게 주인은 어렵지 않게 이곳 모파상에 전화를 걸었을 게 뻔했다. 그렇다면.

생각을 굳힌 전덕남은 새시를 살폈다. 일반적인 자물쇠였다. 지갑에서 문을 따는 핀 모양의 철사 두 개를 꺼냈다. 단 두 번의 시도에 철컥, 문이 열렸다. 재빨리 문을 열었다. 순간 청명하게 울리는 풍경 소리에 화들짝 놀랐다. 다급하게 문 안으로 몸을 밀어넣고 한숨을 내쉬었다. 그 순간 눈이 맞았다. 육십 대 후반 정도로 보이는 노인이었다.

"오늘은 장사를 그만하려는데……."

노인의 목소리는 마치 겨울바람 같았다. 그만 나가라는 듯 노인이 손등을 바깥으로 밀어냈다.

"장난은 그만두시죠."

전덕남은 노인을 향해 여름태풍 같은 목소리를 날렸다.

"통성명이나 하지. 나는 장지유라고 하네. 자네는?"

"아오타 노리오. 한국에서는 전덕남이라고 부릅니다."

"앉게나."

노인은 당당했다. 안쪽으로 몸을 옮기려던 노인이 성큼 걸어 나와 소파에 앉았다. 청전덕남靑田德男, 아오타 노리오 역시 노인의 맞은편에 앉았다.

"당신이 행동하는 여부에 따라 고통은 줄어들 수도 있고 늘어날 수도 있습니다. 참고로 말씀드리면 제 선배 중 한 분이 유관순을 고문했던 사람에게서 기술을 배웠다고 합니다."

"그래, 그렇구먼. 어디서 왔나? 나를 찾아온 일본인은 너무 오랜만이어서 말이네."

가만, 오랜만에 찾아온 일본인이라니. 그렇다면 이 사람은 주요 감시 대상이었다는 말인가. 재빨리 스마트폰을 꺼냈다. 블랙이라 부르는 앱을 클릭해 남자가 말한 이름을 입력했다. 남자는 검색되지 않았다. 머릿속이 분주해졌다. 감시 대상에서 빠졌다는 건 남자가 무용지물이 되었거나 아오타의 등급으로는 볼 수 없는 적색 분류 대상이라는 뜻이다.

그런데 왜?

적색 분류 대상이라면 아오타보다 높은 등급, 최소 블랙이나 고스트급이 전담마크를 하고 있어야만 한다. 남자의 일거수일투족, 전화부터 가족을 감시하거나 위치에 따른 위성사진도 필요에 따라 찍는다. 필요 여부에 따라 24시간 내내 CCTV를 해킹해 남자를 감시하고 있을지도 모른다.

빠가야루! 욕을 내뱉었다. 12년 만에 찾아온 임무가 어쩌면 쓰고 버리는 임무, 내가 죽으면 끝나는 데드미션이란 뜻이었다. 최대한 빨리 머리를 회전했다. 결론은 무난하게 다다른 것일까. 무리는 없어 보였다. 그러나 확신도 없었다. 그 어떤 결론도 가정에 불과했다.

모르겠다. 단순히 신경이 날카로워졌는지도. 답을 찾아야만 한다.

"무작정 찾아와서 미안합니다. 제게는 정보가 없어요. 당신이 정보를 줄 거라고 했고요."

"무슨 이야기인지 모르겠는데."

알고 있다는 반증이다. 아니라면 저렇게 여유롭기는 힘들다.

"알고 계실 겁니다. 그리고 시간 끄는 건 그만두세요. 저나 어르신 서로에게 좋을 것 없습니다."

아오타는 발목 뒤에 숨겨둔 단검을 꺼냈다. 폭 1.2센티미터 길이 9.7센티미터에 불과하다. 수없이 반복된 실전, 습격과 살인을 통해 검증된 전투에서 가장 치명적이면서도 활용도가 높은 규격이었다.

"손톱부터 뽑을까요? 아니면 손톱 아래부터 시작할까요?"

"자네 날 우습게 생각했구먼. 그런 협박 따위는 통하지 않을 거라네."

장이라는 노인과 아오타의 기싸움이 활활 타올랐다. 노인이라고 얕보았던 건 아니었다. 가늠할 필요가 있었다. 요즘 애들 말로 전투력 만렙, 인정.

그즈음 너무 성급했다는 사실을 깨달았다. 노인과 마주한 것은 로또에 당첨될 확률보다 낮았을 것이다. 그 낮은 확률이 현화했다.

이때 띵동, 스마트폰이 울렸다. 앱 알림이었다. 블랙 앱이었다.

"보자, 자네에게 정보가 하달되려나 보군. 그걸 확인하기 전에 잠시 이야기를 나누겠나? 그래도 늦지 않을 걸세."

노인은 인자했다. 혜안도 뛰어났다. 노인의 싸움기술에 말려들었다. 어쩌면 패한 싸움이었다. 노인의 말처럼 잠시다. 노인을 믿어보기로 했다. 그의 말처럼 '잠시'만.

"먼저 묻지. 나 같은 사람을 상대하겠다고 내각조사실에서 나왔을 리는 없을 거야."

노인이 잠시 호흡을 골랐다. 떠보고 있었다. 그렇다 해도 해줄 말도, 행동도 없었다. 아오타는 계속하라는 손짓을 했다.

"한국에 사는 전덕남, 한국인으로 살 정도라면 자네는 특정 사람이나 물건이 나타낼 때까지 기다리는 임무가 있었을 거야. 그게 나타난 거고. 짐작 가는 바가 있네."

노인의 말에 순간 주먹에 힘이 불끈 들어갔다.

"거듭 말하지만 자네의 행동 여하에 따라 협조는 가능할 거야. 그렇지만 협박은 통하지 않을 거라네. 자, 여기서 묻지. 자네는 삼신기단인가?"

노인이 이겼다.

아오타 노리오, 전덕남은 삼신기단이었다. 그리고 그의 임무는!

장지유

아오타의 눈이 흔들렸다. 제대로 짚은 것이다. 녀석은 삼신기단이었다. 일단 조금 더 놈을 흔들 필요가 있었다.

"자네 칠지도는 알지?"

"백제가 천황에게 진상한 칼이지요."

"틀렸네. 틀렸다는 건 어쩌면 자네가 더 잘 알 거야. 칠지도가 제작되던 시기의 백제는 678년 백제 역사 중에서 가장 안정적일 때였네. 최전성기라고 해도 틀리지 않고. 해상왕국, 교역왕국을 꿈꾸던 백제가 왕권이 미치던 지역에 하사한 칼이 칠지도라네. 아마 민족학자들 중에는 백제의 식민지에 칠지도를 하사했다 주장하는 사람도 있을 거야. 그리고 여섯 개의 칠지도가 더 있다는 게 정설이지만 발견된 것이 하나뿐이라네."

"허위이고 날조입니다."

"그렇게 생각하게나. 진실은 보려는 자에게만 보이는 법이니까. 삼신기단에 대해서 이야기해볼까?"

장지유는 남자가 두른 거짓의 갑옷을 벗겨내야만 했다. 승부였다!

일본 천황은 태양신의 후손이라고 일컬어진다. 이때 태양신이 후손에게 세 가지 상징적인 보물을 내려주었다. 이 세 가지가 삼신기三神器로 검과 구슬, 거울이라고 한다. 천황의 상징적인 보물인 만큼 일반인에게는 공개되지 않는다. 이런 까닭에 진위 여부, 존재 여부에 대한 소문이 무성했다.

"이 삼신기 중 구슬은 하나가 아니었지. 그리고 구슬을 모아 넣은 방울이 있었다고 하지. 자네가 열고 들어온 문에 달린 풍경처럼 청아한 소리를 냈다고도 하고. 현대에 이르러 천황이 삼신기를 공개하지 못하는 건, 삼신기가 없기 때문이라네."

히익. 아오타의 입에서 탄성이 터졌다. 당황한 모습이었다.

'쿠사나기의 검, 야타의 거울, 야사카니의 곡옥'이라고 알려진 일본의 삼신기. 그러나 천황의 삼신기는 행방이 묘연하다는 설이 지배적이다. 쇼와천황이 2차대전 패전을 발표하고 승전국인 연합군이 일본에 주둔했을 때 사라졌을 거라는 데 힘이 실린다. 다만 진실은 누구도 모른다.

"더 말해볼까? 메이지천황은 조선을 대동아의 첨국, 가장 초석이 될 나라로 여기며 상징적인 보물 하나를 통감인 이토 히로부미에게 들려 보냈다고 하지. 그게 바로 삼신기 중 하나인 방울이었어."

"그만, 그만하십시오. 어르신에게도 저에게도 득이 될 것 없는 이야기입니다."

약간은 절망이 담긴 목소리였다. 천황의 삼신기가 고대 조선의 치우 천황의 삼신기를 모방한 것이라는 이야기까지 할 필요는 없어 보였다. 거짓으로 두른 겉옷이 헐거워졌다 느꼈다.

장지유는 이즈음에서 한 발 물러서기로 했다.

"자네에게는 삼신기가 필요할지 모르지만 우리에게는 필요가 없다네."

우리⋯⋯, 아뿔싸!

"우리나라에는 필요가 없다고 정정하지."

목소리가 떨리지 않기를 바라며 숨을 골랐다. 잠시 일어나 가게 매장에 있는 간이 냉장고에서 물을 꺼냈다. 종이컵을 두 개 꺼내 아오타에게도 따랐다. 목을 축인 뒤 아오타를 보았다.

"자, 여기서 자네와 나, 결정해야만 하네. 자네가 협조적이라면 나와 함께 곡옥이 담긴 방울을 찾을 수 있을 거야. 그게 아니라면 자네는 나를 죽여야만 하는 상황에 내몰리겠지. 아오타, 자네는 아무것도 얻는 것 없이 실패에 직면하게 될 걸세. 자네 상관에게서 왔던 문자를 열어 봐. 내가 준 정보보다 나은 게 있는지."

장지유는 아오타에게 확인하라는 의미로 손바닥을 펴 보였다. 다분히 연출한 모습으로 물을 마셨다. 물 한 모금에 안도를 절감했다. 절체절명의 순간이 멀리 달아났다는 사실도 직감했다.

장지유는 남자를 처음 본 순간, 이제는 끝장났다고 생각했다.

공즉시색. 끝이라는 생각을 비집은 틈이 보였다. 남자의 눈에는 응어리진 고독이 뿌리째 심어져 있었다. 색즉시공.

고립은 의심을 낳는다. 세월은 의지를 소멸시킨다. 장지유가 그랬다. 아오타가 그렇다. 장지유는 오랜 시간 노인의 그림자인 삼신회를 쫓았다. 노인은 왜 장지유를 주세용의 맞은편에 두었을까. 마치 박보장기에 맞물려버린 차와 마처럼. 나중에야 어렴풋이 깨달았다. 베일에 싸인 일본의 삼신기단의 맞은편, 삼신회 역시 박보장기의 차와 마라는 사실을.

"자네는 생각보다 진솔하구먼. 노리오라는 이름을 그대로 덕남이라고 쓸 필요는 없었을 텐데."

전화기를 살피던 아오타가 잠깐 고민하는 듯했다.

"어머니가 한국인이었어요. 아버지가 하대를 했다고 하더군요. 결국 폭력에 견디지 못하고 한국으로 돌아갔다고 하고요."

이번에도 떠보는 질문이었다. 역시 아오타는 고립되고 의지가 약해졌으며 의심에 갇혔다. 하등 의지가지없는 상황일 것이다. 아오타를 머뭇거리게 만들 종국에는 죽음이 도사리고 있을 것이다. 아니다, 틀렸다. 버려지는 것에 대한 두려움이 큰 것이다. 은연중에 어머니 이야기를 꺼낸 것이 힌트였다.

"좋네. 아오타. 그렇다면 이렇게 하는 건 어떻겠나? 내가 자네 어머니를 찾아주지. 대신 자네는 이곳에 오지 않은 것처럼 돌아가주면 안 되겠나?"

시간을 끌려면 어쩔 수 없었다. 여기서 한 발 더 나아가야만 했다.

"아니 이렇게 하세. 내가 어머니를 찾을 테니 자네는 야사카니의 곡옥이라고 알려진 청동 방울을 찾게나. 그것도 내가 돕지. 어떤가?"

전화기를 뒷주머니에 넣은 아오타가 장지유를 노려보았다.

"고생하셨어요. 어르신이 하신 이야기, 거의 다 맞았습니다. 아니 말하기 쉽게 구십 퍼센트라고 하죠. 나머지 십 퍼센트!"

순간 상의 안주머니에서 전화기가 부르르 진동했다. 다행이다. 윤정이 이곳을 빠져나갔다는 문자메시지였을 것이다. 저도 모르게 웃음이 머금어졌다.

"딸에 대한 이야기가 있던가? 괜찮아, 잊어버려. 내 나이도, 또 내가 지금까지 살아 있는 것도 공짜로 딴 계급장은 아니니까."

허세였다.

천천히 고개를 뒤흔드는 아오타의 목에서 우드득 소리가 났다.

"처음부터 시간을 벌려 행동하시는 줄 알고 있었습니다. 저는 모파상에 가보라는 명령을 받았을 뿐이지 어르신의 따님을 죽이라는 명령을 받지는 않았거든요. 필요하다면 저에게 그렇게 하달이 됐겠지요. 어르신에게서 무언가를 얻어내라는 뜻이었겠지요. 충분히 얻어냈습니다."

"뭘 말인가?"

"어머니를 찾아주겠다. 그 말씀은 어르신이 한국 땅에 그만큼 영향력을 미칠 수 있을 정도의 조직과 어느 정도의 자금이 있다는 말씀이지요."

깨달았다. 아오타의 전문 분야, 흔히 말해 군대식 표현인 주특기는 정보 취득이었다. 몸을 쓰는 녀석이 아니었던 것이다. 이런 녀석에게 미주알고주알 떠들고 말았다.

"더불어 이 인사동 바닥에만 해도 어르신을 지지하는 세력, 네 세력이라고 표현하겠습니다. 이 세력이 제법 깔려 있다고 보아야겠지요. 더불어 제가 이곳을 들어올 때 미로를 헤매는 느낌이었습니다. 다른 도망할 곳이 없었다면, 이곳은 도망칠 수 있는 시설이 있다고 보아야겠지요. 반대로 지금쯤은 제가 곤궁에 처했다고 말할 수 있겠습니다."

"틀리지 않네."

"어르신께서 삼신기단에 관심을 가지셨다는 것은 과거 언제든 그것과 연관된 일이 어르신에게 있었다는 반증이겠지요. 제게 야사카니의 곡옥에 관해 언급하신 것은 그것과 전혀 무관하지 않은 실마리가 있었기 때문일 겁니다.

받겠습니다. 제가 어르신을 죽이지 않는 대신 어르신의 제안을 받겠습니다."

이기고 지고는 무의미해졌다. 결과적으로 아오타와 장지유의 싸움은 50대 50의 기세가 되었다.

"나 역시 자네 말을 조금 분석해보자면, 자네 혼자만이 이 일에 투입된 것은 아닐 것으로 파악이 되네. 맞나?"

아오타는 긍정도 부정도 하지 않았다.

"죽이거나 죽일 필요가 없다는 뜻으로 오늘의 대화는 받아들이겠네. 다만, 협상 창구는 오로지 나와 자네로만 국한하세나. 대신 거짓은 전하지 않겠네."

"좋습니다. 저는 야사카니의 곡옥만 있으면 됩니다. 다른 것은 무의미합니다. 무의미한 것을 위해 힘을 쓸 필요는 없지요. 저 이외에 다른 창구가 어르신을 접촉하려 들지 모릅니다. 그런 부분은 제가 제지하겠습니다."

"딜?"

"딜!"

장지유는 아오타에게 오른손을 내밀었다. 탁자 위에 있던 칼은 어느새 치워진 뒤였다.

"참, 어르신. 부탁 하나… 아니 정확히 말씀드려야겠습니다. 제 어머님은 일본 어디인가에 볼모로 잡혀 있습니다."

"한국이 아니었구먼. 찾아주면 되겠나?"

아오타는 딱 이 순간, 무언가 할 말이 있는 듯한 표정으로 바뀐다.

"아무도 모르게 하겠네. 지금까지 모파상이 드러나지 않은 것만 해도 이곳이 얼마나 은밀한지 알 거야. 이틀 전이네만, 드러날 만한 일이 생겨버렸어. 누구도 모르게 찾아보지. 약속하겠네."

"그거면 됩니다."

장지유가 탁자 밑에 있는 메모장을 꺼냈다.

종이를 한 장 북 찢었다. 거기에 휴대전화 번호를 써넣었다. 번호를 적은 종이와 함께 메모장을 내밀었다. 아오타는 메모장에 이름 하나를 썼다. 이인혜李仁惠.

이인혜라. 장지유는 이름에서 무언가 기시감을 느꼈다. 그러나 그 기시감에 대해 떠올리기도 전에 아오타가 자리에서 일어섰다. 아오타는 살짝 목례를 한 뒤 이제 완연하게 어두워진 골목 속으로 몸을 숨겼다.

하. 절로 긴 한숨이 새어나왔다. 죽음에 미련은 없었다. 그러나 현장

은 언제나 긴장으로 가득하다. 긴장을 이겨내지 못한다면 답은 은퇴뿐이다. 이인혜, 이름이 주는 기시감은 조금 가셨다. 장지유는 문득 지난 세월이 참으로 길었다는 감상이 스쳤다. 이제 일흔 중반에 접어드는 나이, 늦게 얻은 딸아이도 또 양자로 얻은 아들도 다 좋았다. 한국의 문화재를 지키는 일은 역사를 지키는 일이라 자부했다. 지금껏 잘해왔다. 아오타 노리오의 엄마를 찾아주는 일이 은퇴하는 일감으로 안성맞춤이라는 생각이 들었다. 자잘한 욕심이 덩달아 고개를 들었다. 일본에는, 장지유의 첫사랑이 있었다. 그녀는 지금도 혼자일까. 슴벅, 눈을 감았다 뜨며 생각을 밀어넣었다.

휴대전화를 꺼내 문자메시지를 확인했다.

'아빠, 지하 통로가 경복궁까지 이어지네요. 고종이 덕혜옹주를 얻은 곳 아닌가요?'

아직 멀었다. 궁인 양 씨가 덕혜를 얻은 곳은 덕수궁이다. 덕혜옹주의 어머니는 이때 복녕이란 당호를 받았다. 저래서 어떻게 수장고를 지키겠다고. 그나저나 지하 비밀통로가 길기도 하네. 문득 딸아이가 덕혜를 떠올린 건 명성황후 때문이 아니었을까. 워낙에 다급한 상황이었으니 책으로 배운 지식 따위 엉킬 만하지 않은가.

3

아베노 히로시

명성황후는 죽었다. 인지적으로 죽은 것인지 역사적으로 죽은 것인지는 모른다. 다만 역사에서 명성황후는 비참한 말로를 맞았다. 헛된 희망인지 호사가들이 지어낸 말인지 알 수 없지만 명성황후가 살아 있을 거라는 소문이 나돌았다.

아베노 히로시는 애석했다. 정복의 야욕이 만들어낸 어마어마한 비극 앞에 눈물 흘린 적도 많았다. 다만 명성황후가 도피했을지도 모른다는 것에는 유력한 정확이 있었다.

끙, 힘을 짜내 3단 서랍장을 옆으로 치웠다. 참나무 특유의 무게감이 어깨에 전해졌다. 구마모토 출신 무사가 말한 옷장 아래, 발로 힘껏 차보라고 말했다. 발로 힘껏, 내려서 찬 바닥 한 쪽이 살짝 위로 솟는 게 보였다.

"화살을 맞은 상처가 아프지 않으십니까? 말씀하시면 제가 처리하리다."

"그래요, 그럼."

남무천이 의도를 알아차리고 바닥을 뜯어냈다. 무천이 뜯어낸 바닥은 딱 남자 한 명이 지나갈 만한 자리였다. 저곳으로 명성황후가 피신했던 것일까.

임진년 난이 발발했을 때, 경복궁은 전소되었다. 이후 새로 개축된 경복궁에는 십이지의 방향에 따라 궁궐의 주요 위치를 감안해 탈출로를 만들었다. 이 탈출로는 기문과 둔갑을 적용했다. 정확한 정보가 없이는 막히거나 헤매다 길을 잃기도 한다. 탈출로는 왕족과 최측근 몇몇에게만 전해진 비밀이었다.

"단아를 내리고 무천이 먼저 내려가세요."

아베노는 두 사람을 향해 단호하게 명령했다.

곧바로 치운 서랍장으로 움직였다. 화살을 맞은 어깨에 격통이 전해졌다. 활이 거추장스러워 힘을 다해 부숴버렸다. 서랍장 안에 손을 뻗어 특수한 한지와 붓을 꺼냈다. 음양사들끼리 전통을 주고받을 때 쓰는 비서秘書를 위한 종이와 먹물이었다. 황제의 가방을 활짝 열었다. 종이 아래에 스며들 투명한 먹물로 인해 가방에 발라둔 한지가 울지 않도록 특수한 한지를 빈틈없이 놓았다.

재빨리 그러나 의지를 모아서 한 자 한 자 써내려 갔다.

'대한제국 융희황제의 명을 받들어 무천이 쓰노라.

서력 1910년 4월 2일에야 온전히 명을 받들게 되었도다.

조선의 마지막 남은 모든 유산이 황제의 명에 의해 봉인되도다.

9년 11년이 지나면 100년을 봉인하리라.

다만 하나, 조선에 日이 다시 덧씌워지니 걷힐 날을 알 수 없노라.'

아베노는 그가 보았던 조선에 대해 일필휘지로 써냈다.

"아 참, 단아야."

아베노는 비밀 탈출구에서 머리가 올라온 단아를 보았다. 단아의 표정에는 급박한 위기가 그대로 보였다. 위기가 무색하게도 홍조를 띤 단아의 볼이 예뻤다.

잘 들어라. 다짐을 두자 단아가 입술을 감쳐물었다. 눈을 꼭 한 번 감는가 싶더니 대차게 고개를 끄덕였다.

"황제를 위해 내가 해줄 수 있는 마지막이다. 그러니 절대 잊어서는 안 된다. 알겠느냐?"

의심을 한 것은 아닌데 다시 한 번 다짐을 두게 된다. 그만큼 중차대한 사안이었다.

아쉽게도 황제는, 조선을 구해내지 못한다. 그러나 이 땅의 사람들, 민초의 의지가 모이고 모여 반도를 덮을 때 민초들의 나라가 서게 된다.

"황제의 의지를 감출 수 있는 백년비책이다."

아베노는 단아의 귀에 대고 속삭였다. 한 마디 한 마디, 의지를 다했다.

"외웠느냐?"

단아가 고개를 끄덕였다. 여전히 앙다문 입술에서 아베노와는 다른 의지가 느껴졌다.

"단아야, 미안하다. 너에게 길고도 긴 밀명을 주고 말았구나. 단아 너도, 또 아들과 손녀도……"

이런 때는 아베노가 보는 미래가 불공평했다.

"어쩔 수 없이 이 일에 얽매이겠구나. 미안하다."

품에서 꺼낸 비녀를 단아의 머리에 꽂았다. 아베노는 단아의 볼을 살짝 건드렸다.

남무천이 아니었다면 어땠을까. 단아가 아닌 궁녀가, 오늘 그를 보필했다면 어떠했을까. 날이 좋지 않았다면, 그래서 벚꽃잎을 볼 수 없는 날이었다면 달라졌을까. 운명이라는 건. 채 일 초도 되지 않는 사이, 그가 가정한 과거와 미래가 날아다니기를 반복했다.

부질없다.

아베노는 단아의 볼에서 손을 떼어냈다. 그가 적은 비서가 담긴 가방을 단아에게 내려주었다. 고개를 내밀었던 단아가 가방을 받기 위해 아래로 내려가 손을 올렸다.

마지막 손길.

아베노는 가방을 전하며 일부러 단아의 검지를 살짝 건드렸다. 손끝으로 말했다. 단아야 마지막이다.

순간 번개 같은 손놀림으로 빼냈던 마루조각을 끼웠다. 단아가 비명을 내질렀다. 같이 갈 거라 지레짐작했을 것이다. 끼운 판자 위로 다시 서랍을 움직여 덮었다. 매섭게 내지르는 듯했던 단아의 목소리가 조금씩 멀어졌다.

남무천에게도, 단아에게도 살아생전 빚을 지고 말았다. 그 순간 집경당을 에워싸는 발소리가 들렸다. 한두 걸음 차이로 집경당 장지문을 박살내며 누군가가 뛰어 들어왔다. 어린 내관이었다. 그를 보자 아베노는 크게 웃고 말았다. 너에게는 내가 화살을 날린다!

얼어붙은 표정이 된 어린 내관이 천천히 그에게 걸어왔다.

저주!

음양사들이 가진 비책 중에는 저주가 있었다. 사람의 혼을 빼놓는다고도 해서 귀혼술鬼魂術이라고도 불린다. 서양의 과학이 메이지시대에 급격하게 유입되며 저주의 실체를 과학적으로 밝히려는 노력이 글로 전해졌다. 음양사의 저주와 가장 가까운 단어는 최면이었다.

귀혼술의 단계는 세 가지다. 가장 빠른 시간에 상대의 혼을 빼놓는 것, 마치 귀신이 명령을 내리듯 혼이 빠진 사람의 뇌에 명령을 새겨 넣는 것, 마지막은 수련 단계에 따라 다르지만 오랫동안 명령을 유지하는 것이다. 세 가지에 통달할 즈음이면 죽을 때라고 해서 음양사들 사이에서는 지사술知死術이라고도 불린다.

아베노에게는 시간이 없었다. 혼을 빼앗긴 어린 내관에게 다가가 뇌를 파먹을 만큼 저주를 퍼부었다. 어린 내관이 정신을 잃고 쓰러지는 게 보였다.

"진 내관!"

어린 내관의 곁으로 나이든 내관이 소리치며 부서진 장지문으로 다가왔다.

시간이 있을까?

아베노는 한 번 더 운명을 시험하기로 했다. 사력을 다해 귀혼술을 짜냈다. 그것이 최면이든, 지사술이든. 동시에 아베노를 향해 사방에서 화살이 날아들었다.

하나, 둘, 셋. 이후로는 셀 수 없을 정도의 화살이 아베노의 몸에 꽂혔다. 아베노는 망부석처럼 바깥에 서 있는 나이든 내관을 향해 크게 웃었다. 나이든 내관이 그 자리에 얼어붙는 모습을 보고 확신했다. 저주가 시작된다.

나는 죽지만 너도 죽은 것이나 다름없다!

주일한

미친 듯이 뛰었다.

'경북궁 같다'고 말했다. '같다'는 말에 코웃음을 쳤지만 목숨이 위태로울 때만 사용하기로 했던 문자메시지 '94'가 양아버지에게서 전해졌다. 그제야 장난이 아니라는 사실에 공포가 엄습했다. '물에 빠지면 어머니를 구할래, 나를 구할래?'라는 장난스런 연인의 질문이 현실이 되었다. 양아버지에게는 정체불명의 괴한이 잠입했고, 윤정은 윤정대로 지하실 미로의 뚜껑을 열어 사라지고 말았다.

드문드문 끊어지는 목소리로 윤정이 전화를 걸었다. 윤정의 목소리는 절박했다. 그러다 끊어졌다. 뒤이어 양아버지에게서 문자가 도착했다. 94!

지하실이 어디로 이어지는지 미리 살펴볼 걸 그랬다는 후회가 밀려들었다. 위기감이 없었기 때문이다. 적이 사라진 군인은 그만큼 나태해지는 법이다. 일한이 딱 그랬다.

모파상을 향해 인사동으로 달려가는 중에 양아버지의 문자메시지가 뒤이어 도착했다.

'매뉴얼대로'. '매뉴얼대로' 라는 말은 위험상황에 닥쳤을 때 가까운 사람이 또는 움직이기 쉬운 사람이 윤정을 먼저 피신시킨다는 수칙이다.

어머니 대신 연인을 구하는 상황인 것만 같아 헛헛한 웃음이 삐져나왔다. 방향을 어디로 가늠해야 될지 몰라 결국 모파상으로 방향을 돌렸을 때 윤정에게서 전화가 걸려왔다. 다급하게 전화를 받았다.

"오빠, 지하 통로 끝에 다다랐는데 여기 경복궁 같아."

"그럼 이렇게 하자. 내가 너에게 위치추적 가능하게 신청할 테니까 무조건 오케이 해, 알았지?"

전화를 끊자마자 스마트폰으로 위치추적을 신청했다. 상대방에게 '수락 신청을 할까요?' 하는 문자메시지를 보내자마자 '수락 신청'이라고 답신이 왔다.

위치추적을 확인하자 지도가 떴다.

"뭐야 이게!"

경복궁 상단 지역에 화살표가 떴다.

인사동 수도약국 사거리에서 대각선 방향으로 뛰었다. 골목을 최대한 빠르게 진입해 경복궁으로 향해야 했다. 종각역에서 안국동사거리 방향 4차선 도로가 나왔다. 급격하게 뛴 만큼 발걸음도 급격하게 느려졌다. 폐에서는 피 냄새가 났다. 눈에 보이는 빈 택시에 뛰어들었다. 경복궁이요, 말하자 기사의 인상이 굳어졌다. 지갑에서 만 원짜리를 꺼내 얼른 건넸다.

"미친 듯이 빨리 가주세요, 네? 급합니다. 사람이 죽어가서요."

외친 뒤 다시 한 번 스마트폰을 꺼냈다.

그제야 위치를 정확하게 확인했다. 향원정 근방이었다.

택시가 광화문에 서자마자 냅다 뛰었다. 보지 않아도 알 수 있을 정도로 익숙한 길이다. 그만큼 일한은 경복궁에 대한 애착이 강했다. 감히 사랑한다 말할 수 있는 곳이다. 웬만한 사람보다 좋았다. 그곳 향원정 근처에 윤정이 있었다. 모파상에서 도망쳐 왔다는데 어떻게 경복궁에서 신호가 뜰까. 의문을 뒤로 밀어내며 뛰고 또 뛰었다.

향원정 근처에 다다라서 다시 스마트폰을 확인했다. 향원정과 함화당 근처에 화살표가 정지해 있었다.

"윤정아, 어디야?"

크게 소리쳤다. 주변을 지나치던 몇몇 관광객이 의아한 눈길로 일한을 흘깃 보았다. 먼저 향원정 근처를 살폈다. 굳이 곳곳을 살피지 않아도 될 만큼 시야가 확보되었다. 윤정은 보이지 않았다. 몇 번이고 이름을 불렀지만 기척이 없었다. 스마트폰으로 화살표를 확인하며 움직였지만 마치 허방을 누르듯 화살표를 지나쳐 오갔다.

잠시 자리에 서서 위치추적에 관한 주의사항을 검색했다. 오차범위가 ±10미터라고 표시되었다. 향원정 향원교와 함화당 근처라면 ±10미터에 함화당까지 포함되는 것 아닐까. 번뜩 생각이 스치자 함화당 안으로 뛰어들었다. 함화당에는 몇몇 사람들이 사진을 찍고 있었다.

"장윤정, 어디야?"

마치 놓쳐버린 애인을 부르듯 조심스레 윤정을 불렀다. 칸칸이 이어지며 꺾인 함화당을 지나 집경당에 이르렀다.

"윤정아, 오빠다. 어디 있니?"

목소리가 절로 간절해졌다. 부르고, 다시 부르며 집경당 주변을 맴돌았다.

윤정아! 외침이 집경당 어디에선가 부딪치나 싶은 찰나, "오빠!" 하는 간절한 소리가 희미하게 울렸다.

주변을 살폈다. 커플로 보이는 관광객이 주변에서 사진을 찍다 모퉁이를 돌아나갔다.

재빨리 집경당에 오른 일한은 조심스레 열린 문들을 닫았다.

"윤정아! 어디야? 응?"

소리가 났나 싶은 방향으로 가까이 가며 물었다.

여기, 여기! 평상시 윤정의 목소리보다 한 옥타브는 높은 목소리가 바닥에서 울렸다.

"바닥을 두드릴게. 바로 위에서 들린다 싶으면 그때 위를 쳐 봐."

일한은 바닥을 거칠게 두드렸다. 모르는 사람이 봤다면 집경당 바닥을 수리하려는 목수로 보았으리라. 집경당을 기어 다니다시피 하며 꼼꼼하게 바닥을 두드렸다. 그때 집경당 서쪽에서 북쪽 방향 3분의 2지점 바닥에서 약하게 두드리는 소리가 났다.

바닥을 향해 소리쳤다.

"윤정이니?"

"응, 오빠."

"여기 아래야. 그런데 어떻게 여는지를 모르겠어."

말이 끝나기 무섭게 바닥이 툭 튀어져 올라왔다. 직소 퍼즐 같은 바닥을 집히는 대로 떼어냈다. 바닥은 더 이상 직소 퍼즐의 조각이기를 거부했다. 꿈쩍하지 않는 바닥에서 손을 떼보니 바닥에 사람 크기만 한 구멍이 생겼다.

윤정아, 외치기도 전에 머리가 쏙 구멍으로 나왔다. 거미줄을 뒤집어쓰고 먼지가 머리 곳곳에 묻었다. 힘을 주어 윤정을 끌어올렸다.

윤정은 지하에서 나오자마자 일한에게 외쳤다.

"모파상은?"

"윤정아! 지하로 되돌아가자, 그게 더 안전할지 모르겠어."

"또 들어가자고? 싫어 나. 그냥 가자, 응?"

"일단."

뱉어놓고 재빨리 마룻바닥 조각을 끼웠다. 어둠을 헤맸을 윤정을 배려하지 못했다. 다 끼운 뒤 일어나 윤정의 몸에 묻은 먼지를 털었다.

"뛸 수 있겠니?"

윤정이 잔뜩 힘을 주고 고개를 끄덕였다.

윤정의 손을 잡고 집경당을 빠져나왔다. 다행히 폐장 직전이었다. 폐장을 맞아 빠르게 궁을 나서는 무리에 끼일 수 있었다.

길을 건너자마자 택시를 탔다. 안국동에서 좌회전을 해 수운회관까지 내달렸다. 수운회관 근처 화랑으로 들어갔다. 급작스런 방문에 화랑 주인인 땡중의 눈이 커졌다. 다음에, 하고 제지한 뒤 화랑 뒷문으로 나왔다. 미로처럼 연결된 인사동답게 아는 사람만 아는 길로 모파상까지 뛰었다. 놀랐을 텐데도 윤정이 묵묵하게 뒤따랐다. 너머로 불안이 계속해서 뒤따라왔다.

골목을 꺾어 모파상으로 뛰어들었다. 잠겨있을 거라 생각했던 문이 너무나 쉽게 열렸다.

"아버지!"

문을 열며 동시에 외쳤다. 일한보다 먼저 공포와 불안이 문 안으로 뛰어든다. 그때 불쑥 서지류를 모아둔 서가에서 허리를 숙였다 일어서는 장지유가 보였다. 일한은 다리에 힘이 풀리며 주저앉고 말았다. 경복궁으로, 다시 경복궁에서 모파상까지. 거의 한 시간을 쉬지 않았다.

소파에 앉자마자 피곤이 몰려왔다. 곁으로 다가와 앉는 윤정도 크게 한숨을 내쉬며 눈을 감았다. 맞은편으로 양아버지 장지유가 자리에 앉는다.

"다행이야, 우리 모두 다행이야."

장지유는 체념도 회한도 서린 복잡한 모습이었다. 분명 어떤 위험한 순간이 닥쳤던 것이리라.

"무슨 일이라도?"

"아마 그 가방 때문이지 싶은데……."

"가방이 왜?"

눈을 감았던 윤정이 상체를 앞으로 내밀었다. 가방 때문이란 말에 잔뜩 긴장한 윤정의 모습이 안타까웠다. 아버지의 말처럼 가방 때문이라면, 윤정은 아버지를 위험에 빠지게 했고 그녀 자신마저 백 년은 족히 넘었을 비밀통로로 도망치는 신세가 되었다. 그야말로 가족이 풍비박산에 이를 뻔했다.

일한은 저도 모르게 윤정의 손을 꼭 쥐었다.

장윤정

가방 때문이라는 말에 가슴이 철렁했다. 고민하는 듯하던 아버지가 말을 꺼냈다.

"정치나 군사적인 첩보에 미국의 CIA나 일본에는 내각정보조사실 따위가 있다면 문화재를 지키기 위한 비밀단체도 존재한다. 미국까지는 모르겠지만 일본은 삼신기단이라는 비밀단체가 있다고 하지. 나도 실체로 본 적은 없었다."

아버지의 말에는 실제로 보았다는 의미가 담겼다. 윤정은 아버지와 눈을 맞추었다. 고개를 끄덕인 아버지가 이야기를 이었다.

"삼신기단이 움직였다. 실체를 드러냈어. 이곳 모파상에서."

삼신기단? 들어본 적도 없는 이름이다. 도대체 아버지는, 정사가 아닌 야사라는 그늘에 숨어 무엇을 하고 다니신 걸까? 지금은 아들인 일한 오빠까지 야사의 그늘에 끌어들였다.

손을 쥐었던 일한이 갑자기 손에 힘을 주었다. 윤정이 손을 빼내려 힘을 주자 바투 쥐며 속삭인다. 진정해.

"삼신기단이라니 무슨 소리야?"

그래도 아버지를 빼닮은 성격 탓인지 옳지 않은 일이나 틀린 일, 무엇보다 싫은 일에는 목소리가 높아진다.

"네가 그러니까 늘 지하에서 먼지가 많은 자리에만 머무는 거야. 좀 융통성 있게 굴어."

"오빠라도 달랐을까? 오빠도 내 옆자리였을 걸."

"뭐 그건 인정."

"됐다. 다들 내 이야기 새겨들어라."

아버지는 치우천황의 삼신기에 빗대 일본 천황의 삼신기를 이야기했다. 이어진 역사와 칠지도에 잠시 머무는가 싶더니 폭포처럼 떨어져 강점기로 이야기가 이어진다. 대동아, 즉 아시아는 하나라는 명분 아래 일본의 식민지화를 이르는 말이다. 이를 위해 야사카니의 곡옥이 조선으로 넘어왔을지 모른단다. 더불어 삼신기단은 세계에 흩어졌을지 모를 일본 천황의 삼신기를 찾거나 보존하는 단체라고.

"아빠 백 년이 지난 이야기가 지금 와서 왜 문제가 되는 건데?"

"모르긴 몰라도 윤정이 네가 가져온 가방이 백 년을 깨운 거야."

말도 안 돼. 낮게 외치는 순간 몬동이 떠올랐다. 못된 똥덩어리. 설마 녀석이? 고개를 세차게 내저었다.

"그래, 윤정이 네가 늘 나를 꼬집는 야사의 그림자에 옮겨오게 된 게 바로 그런 의문 때문이었다. 어쨌든 그 가방은 두 가지 의문에 대한 열

쇠가 될 게야."

"대한제국 융희황제 순종이, 그가 필사적으로 묻어둔 마지막 보물에는 어쩌면 야사카니의 곡옥이 묻혀 있을지도 모른다는 것이죠?"

"그렇지. 비록 구전일 뿐이라고 하지만 이토를 따라온 음양사가 있었고 통감인 이토는 천황에게서 밀명을 부여받고 상징적인 삼신기 중 하나를 이땅에 들여왔다고 하니까."

아버지와 일한이 번갈아 말했다.

"어쩌면 윤정의 손에 가방이 들어왔던 건 조작이었을지도 모른다는 거군요. 아버지나 저를 아는 누군가……."

일한의 말끝이 흐려졌다. 윤정이 기억하는 한 아버지와 일한이 함께 실전에 나선 적은 없었다. 아버지는 아버지대로, 일한은 일한대로 따로 움직였다. 단지 이곳 모파상을 알았다고 해서 역시 두 사람을 엮는 것도 어려웠다. 그렇다는 건, 딱 한 사람을 떠올리게 한다. 일한의 친아버지 주세용. 그러면 가능하지 않았을까.

윤정이 용기를 냈다.

"제가 말려든 걸까요? 저를 통해 아빠나 일한 오빠에게 접근하려는 누군가……. 이 말은 결국 가방을 제 눈에 띄게 한 사람, 아빠 말처럼 삼신기단이라면 그들은 가방에 있던 비서의 내용도 파악했다는 게 되잖아요."

말을 할수록 윤정의 목소리가 떨렸다.

"그들이 할 수 있는 방법을 죄다 동원했는데도 찾아내지 못해서 그것을 저에게 가져다주었다면, 그들은 아빠도 마찬가지고 오빠의 존재도 확실히 파악하고 있다는 뜻이잖아요. 그죠?"

빼낸 줄 알았던 일한의 손이 윤정의 손등에서 온기를 전했다. 꼬옥 움켜쥐는 일한에게서 틀리지 않았다는 사실을 직감했다.

"일단 일한아, 너는 가방 속 비밀기록에 대해 알아낸 게 있느냐?"

"아쉽게도 일반적인 것 외에는 없어요."

윤정은 이제 외우고 있는 문구를 떠올렸다.

'대한제국 융희황제의 명을 받들어 무천이 쓰노라.

서력 1910년 4월 2일에야 온전히 명을 받들게 되었도다.

조선의 마지막 남은 모든 유산이 황제의 명에 의해 봉인되도다.

9년 11년이 지나면 100년을 봉인하리라.

다만 하나, 조선에 日이 다시 덧씌워지니 걷힐 날을 알 수 없노라.'

"1910년 4월 2일이죠. 이날은 융희황제가 의민태자, 즉 영친왕을 가르쳤던 일본인 스승이 죽어 부의금을 보낸 날이었어요. 이 말은 어떤 의미에서 융희황제 스스로 일본에 대해 굴욕적인 속박을 인정한다는 뜻이 됩니다.

'서력 1910년 4월 2일에야 온전히 명을 받들게 되었도다.'라는 문구에서 온전히 명을 받들게 되었다는 뜻은 어쩌면 그런 외형적 의미와 반대로 확실히 전세를 뒤집기 위한 결심을 굳혔다는 의미로 해석할 수 있을 겁니다. 반면 왜 이때 조선에서는 사용하지 않던 서력을 썼는지가 의문입니다. 이게 중요한 첫 번째 단서라고 봅니다."

윤정은 '1910년 4월 2일'을 강조하듯 머릿속에 새겼다. 일한이 호흡을 고르는 윤정을 기다렸다 이야기를 이었다.

"'조선의 마지막 남은 모든 유산'이라는 말에서 유추할 수 있는 것은 이것이 융희황제, 즉 순종의 재산이 아니라 고종의 재산이라는 겁니다."

고종의 열두 금 항아리에 대한 이야기는 보물사냥꾼이나 호사가들 사이에서 무시로 회자된다. 창덕궁 인정전 뒤뜰을 1977년 5월부터 약 4개월 동안 파헤쳤다는 풍문 역시 고종의 금 항아리를 찾기 위해서였다. 이보다 더 오래전에는 일본 경무국이 궁궐 내부에 온돌로 지어진 곳곳을 파헤쳤다고 한다. 풍문에 등장하는 고종의 금 항아리는 총 열두 개로 약 85만 냥이라고 한다. 현재 시세로 1조 5천억 원에 해당하는 어마어마한 금액이다.

"그런데 마지막 남은 모든 유산, 즉 마지막 유산이라는 이야기가 흥미를 끕니다. 무엇이 마지막 유산이라는 걸까요? 그걸 모르겠습니다. 일단 이건 넘어갈게요. 100년을 봉인한다는 말 앞에 9년과 11년이라는 시간이 등장합니다."

윤정은 9년과 11년이라는 말을 시간에 대입했다. 1919년과 1930년이 된다. 1919년은 3·1만세운동이 있었다. 만세운동의 단초는 고종의 승하였다. 독살설이 돌았다. 지금도 독살설에는 적지 않은 지지자들이 있다. 3·1만세운동은 강점기 정책 흐름을 단번에 바꾸었다. 일본이 지도자가 아닌 조선 백성을 무섭게 보는 계기가 되었다. 다만 1930년은 언뜻 떠올려봐도 역사적으로 언급할 만한 사건이 없었다.

윤정이 떠오르는 대로 1919년과 1930년에 대해 말했다.

아버지 장지유와 주일한이 윤정의 말을 경청했다. 잠시 틈을 두었다 일한이 윤정의 말을 받았다.

"아버지도 금세 떠올리신 거겠지만 윤정이 말한 정도가 전부입니다. 그런데 정말 놀란 것은 바로 마지막 문구였습니다.

'조선에 日이 다시 덧씌워지니 걷힐 날을 알 수 없노라.'

저는 이 말이 강점기를 의미하는 줄 알았습니다."

"에? 아냐? 맞잖아?"

"그러면 굳이 조선이라고 표현해놓고 왜 날 일日 자를 한자로 썼을까?"

일한이 윤정에게 되묻는 의도를 알 수 없었다. 그게 어쩼다는 건데?

"잘 생각해 봐, 윤정이 너도. 흐름이 다르다는 걸 알 거야. 첫 문장은 대한제국이라고 표현했잖아. 명확하게 날짜와 조선의 유산, 뒤로 황제라는 표현이 다시 등장해. 그래서 여러 유의미한 추측이 확신 단계로 갈 수 있는 근거가 마련돼. 그런데 마지막 문장만큼은 의아했어.

조선에 日이 다시 덧씌워지니…….

이 말을 그냥 말 그대로 떠올려봤어. 우리는 지금에 와서 지도를 아니까 한반도라는 표현을 쓰지. 그러나 우리나라를 다들 뭐라 불렀을까. 조선이나 고려라고 하지 않았을까. 그냥 우리나라, 거기에 한자인 날 일 자를 다시 덧씌운다? 이게 무슨 뜻일까? 이게 어느 순간 그림이 되어 팍 꽂히는 거야."

"그림?"

윤정은 순간 오소소 소름이 돋았다. 그림이라니. 그렇다는 건 한반도 지도 위에 말 그대로 날 일 자, 日을 덧씌운다. 그 말은!

"한국이 두 동강 난다는? 즉 지금의 한국을 예언한 말이다?"

"빙고!"

윤정은 너무나 놀라 아버지를 보고 다시 일한을 보았다. 일한의 말은 이 다섯 문장을 쓴 사람이 백 년 뒤의 조선, 즉 한반도의 모습까지도 내다보았다는 뜻이 된다.

"맙소사!"

"저절로 감탄사가 터지지? 내가 얼마나 놀랐을지 이제 상상이 되니?"

"자 이만 정리하자."

길다면 길었고 놀랐다면 놀란 이야기에 아버지가 가위를 댔다.

"우리 셋은 지금부터 따로 서로의 일을 해야만 할 것 같다. 삼신기단의 남자 이름은 아오타 노리오. 한자로는 靑田德男, 한국 이름으로는 전덕남이라고 하더라. 이 남자는 나를 죽이기 위해 이곳에 왔었다."

"…네? 아버지가 얼른 도망치라고 해서 미친 듯이 지하 통로를 빠져나갔지만 그런 일이 있는 줄은 몰랐어요. 암살자였다는 말이에요?"

"틀리지 않을 것 같구나. 그렇지만 나는 아오타와 약속을 했다. 아오타가 곡옥, 즉 청동 방울을 찾게 해주는 대신 나머지 일에는 관여하지 않기로. 정확하게는 여기 이 모파상에 오지 않은 것처럼 돌아가주는 약속이랄까. 아니구나, 이 말도 틀렸다. 아오타의 어머니 이인혜를 찾아주는 그게 조건이었다."

윤정은 아버지의 이야기도, 또 앞섰던 일한의 이야기도 걷잡을 수 없이 커져가는 것만 같아 불안했다.

"아오타의 어머니를 찾아주는 조건으로 우리 일에는 직접적인 관여는 않는다, 대신 삼신기 중 하나인 곡옥, 즉 곡옥을 넣은 청동 방울이 등장하면 회수해간다. 그렇게 이해하면 되겠습니까?"

일한이 물었다.

아버지가 일한과 윤정에게 살짝 고개를 끄덕였다.

"그래서 각자 일을 분담할 수밖에 없어. 나는 이인혜를 찾으러 일본으로 간다."

일본? 아오타의 어머니를 찾으러?

"일한은 어떤 경우에라도 저 다섯 문장의 비밀을 알아내라. 그래서 보물이든 깡통이든 진품이든 가품이든 뭐라도 찾아내. 알겠니?"

이례적인 명령이자 다짐이었다.

"알겠습니다."

"마지막으로 윤정이 너는, 무슨 수를 써서라도 이 가방을 네게 전달한 사람을 찾아내라. 미인계든 뭐든 써라."

그러려던 건 아닌데 일한의 눈치를 보게 된다.

"싫어, 미인계 같은 거."

"속 편한 소리 하지 마라. 언젠가는 이런 날이 한 번은 올 거라 생각했을 거다. 대신 뭐든 힘든 건 일한이에게 의지해라."

"그건 할게."

아무리 딸이라도 여자의 마음은 갈대!

"나는 이인혜를 찾는 일과 일한이 문장의 비밀을 알아내는 일, 그리고 윤정이 네가 가방 전달자를 찾는 일이 모두 하나의 일이라는 느낌을 받았다. 아니 확신이 있다. 셋 중 누구라도 먼저 수수께끼를 풀어내는 사람이 저 문장에서처럼 황제의 명에 의해 봉인된 조선의 마지막 유산에 다가갈 거라 본다. 준비 됐지?"

아버지의 목소리는 따뜻하고도 무거웠다.

일한과 아버지를 둘러본 윤정은 크게 한 번 고개를 끄덕였다. 결국 그 말이었나, 문제는 세 개지만 정답은 하나일지 모른다. 이런 일을 오래 해왔던 아버지는 동시다발적으로 일어나 다른 것처럼 보이는 일이 하나라고 말해주고 싶었던 것이다. 일한이 여전히 손을 쥐고 있다는 사실은 그제야 알아차렸다.

일한의 손 역시 따뜻하고 무거웠다.

박연희

내일 오전 사단장이 온다는 첩보에 대대가 발칵 뒤집혔다.

개미 한 마리라도 얼씬하지 못하게 하라는 대대장의 엄명에 일반병들이 개미가 돼버렸다. 화장실에서 지린내라도 날라, 복도에는 흙이라도 굴러 다닐라 바닥을 기고 화장실을 핥듯 청소를 했다. 총기 손질에 A급 군복 다림질, 군화에 광내기 등 기본적인 개인 정비도 사병들은 죽을힘을 다했다.

사병 하나가 이렇게 말했다. 사단장이 오는 게 이정도인데 대통령이 온다면 우리 모두 죽겠다, 라고.

하루가 지난 아침, 대대장은 라텍스 장갑을 끼고 대대 곳곳에 검지로 선을 그어댔다. 대대장이 걸어 다니는 곳마다 장교에 이어 사병들이 불려나왔다. 고성이 오갔고 사병들에게 얼차려가 주어졌다. 명령 불이행.

대대원 전체가 솜털이 설 만큼 긴장했던 오전이 지나 점심이 되었다. 대대장이 사단장 전속부관에게 전화를 걸었다.

"사단장님이 아직 오시지 않았습니다. 어떻게 된 겁니까?"

같은 중령 계급이지만 육사가 아닌 삼사관 학교 출신으로 한 살 어린 부사관에게 따지듯 물었다. 호봉이 한 호봉 높은 부사관은 잠시 이죽거리는가 싶더니 "가신 지 꽤 됐습니다."하고 각 잡힌 목소리를 냈다.

"아니 오시지 않았는데요……."

순간 주변에 병풍처럼 아우른 장교들을 쳐다보았다. 장교들 역시 대대장처럼 어리둥절한 표정이었다. 아뿔싸. 박연희!

대대장이 엉덩이에 불이라도 붙은 듯 사단장을 찾아나선 시간, 박연희는 사단장과 진성욱 셋이 한 조가 되어 사진 속 장소에 있었다.

"응, 맞아. 여기야 여기."

사단장은 그때가 생각이라도 난다는 듯 감회에 젖었다. 어떻게 이 길을 기억하는지 모르겠다며 두 사람을 향해 웃었다.

못 찾는 게 어쩌면 당연했다. 사단장이 기억해낸 장소는 남방한계선 바로 위였다.

아버지와 사단장은 남방한계선에서 휴전선까지 이르는 부대원들만의 길을 점검하는 중이었다. 관심사병 중 하나가 그곳에서 북한군을 목격했다고 보고했다. 관심사병이 한 말이 파문을 일으켰다. 관심사병이 목격한 장소가 휴전선과 남방한계선 사이, 3사단이 책임을 지고 지켜내야 하는 계웅산 정상 부대 내부 주둔지였기 때문이다. 또한 계웅산이 끝나는 지점은 3사단과 15사단의 경계지이기도 했다. 사태가 대내외적으로 걷잡을 수 없이 커질 수 있었다.

박연희의 아버지는 대대장에게서 심각한 질책을 받았다.

세 개 소대가 작전구역을 설정해 남방한계선을 경계로 나뉘어졌다. 한 개 소대는 남방한계선 이남을, 두 개 소대는 휴전선까지 숲길을 살피기로 했다. 이때 소대가 전진한 빈자리와 남방한계선을 지키는 작전구역 사이에 두 사람이 점처럼 섰다. 조금씩 북상해 두 사람은 남방한계선을 넘었던 것이다.

박연희의 아버지가 문득 일회용 카메라를 가져왔다며 기념사진을 찍자고 말했다.

"그래서 이 사진이 남게 되었던 거야. 나는 이게 현상이 된 줄도 몰랐어. 이렇게 보니 새롭구먼. 그런데 이상하게 아버지 이름이 기억이 안 나. 기억 속에서 밀어낸 건지, 아니라면 정말로 잊어버린 건지. 박 대위님, 박 대위님 하던 것밖에 떠오르지 않더라고."

사단장이 북쪽을 바라보다 사진으로 시선을 옮겼다.

"지금 대한민국을 봐봐. 그때나 지금이나 달라진 게 있는지. 빨갱이 새끼들은 호시탐탐 미사일을 날려대지. 바로 저기, 눈에 보이는 저기 초소에서는 소총을 든 북한군이 우리를 보고 있을 걸. 개새끼들."

박연희는 눈살이 찌푸려지려는 걸 간신히 참았다. 살아가는 목적이 다르니 어쩔 수 없는 것이다.

"박민규입니다. 박민규 대위."

더듬더듬 아버지의 이름을 말했다.

"그래 맞아, 박민규 대위. 내가 그 이름을 너무 오래 잊고 살았군."

이해할 수 없었지만 또 한편으로는 그럴지 모르겠다는 생각도 들었다. 완전히 잊고 살았을 테니.

서 있는 곳에서 전술지도를 펼쳐 주변을 살폈다. 좌측으로 6백 미터 고지인 계웅산이 보였다. 정확히 휴전선을 관통하는 산이었다. 우측으로는 남대천이 보였다. 남대천 1.5킬로미터 아래에 휴전선 155마일 정중앙이라고 일컬어지는 승리전망대가 있었다. 계웅산 동쪽, 승리부대 15사단이 주둔한 곳이다. 승리전망대는 민간인이 진입할 수 있는 최북단 지역 중 하나였다.

주변을 살피며 몰두한 잠시, 가까이 다가온 사단장이 속삭이듯 말한다.

"난 그때 박 대위님이 아버지를 찾기 위해 일부러 일을 키웠다고 생각했어. 어떤 근거인지는 모르지만 자네 아버지는 분명히 아버지가 묻힌 곳을 찾아냈던 것 같아. 자네가 아버지 이름을 말한 뒤부터 이상하게 장막을 쳤던 것 같던 기억이 밀물처럼 떠오르는구먼."

"할아버지가 묻힌… 곳 말입니까?"

살아 있었다는 얼마 전 이야기와 배치된다. 사단장 역시 은연중에 아버지를 믿지 않았던 것이 틀림없다.

"그래."

"혹시 어디라고 말씀을 하셨습니까?"

"아니. 그렇지만 이게 힌트지. 여기 이곳에서 북한군을 찾겠다고 작전을 펼쳤던 거."

말해놓고는 사단장이 시계를 보았다.

"자 나는 여기까지. 내가 할 수 있는 일은 다 해준 것 같아. 나머지는 이제 박 대위가 알아서 하라고."

"저… 사단장님. 왜 아버지는 이곳에 할아버지가 있을 거라고 믿었는지, 아니면 왜 이곳에서 할아버지를 찾아야 했는지 말해주었습니까?"

"…글쎄다. 그것까지는 기억나지 않는다. 만약에라도 기억하게 되면 내가 자네에게 전화하마. 그러면 되겠나?"

"알겠습니다."

박연희가 사단장을 향해 경례를 올렸다. 곁에 있던 진성욱도 재빨리 경례를 했다.

"자네들도 오늘은 이만 철수하지."

돌아서던 사단장이 명령했다.

사단장이 움직이자 주변에서 위장 근무를 서던 사단장 휘하 본부중대가 몸을 일으켰다. 중무장하고 철저하게 보호색으로 모습을 감추었다 현실 세상으로 나타났다.

문득 그런 생각이 들었다. 아버지 역시 이 지역에 동화되려 보호색으로 위장했다면 과연 찾아낼 수 있을까?

사단장이 앞장을 섰고 두 사람이 뒤따랐다. 사단장의 앞과 뒤에는 각

두 개 소대가 경호를 맡았다. GOP가 있는 대대 근처에 다다르자 사단장을 기다렸던 부사관이 지프차에서 내렸다.

"별일은 없고?"

"박 대위 직속상관인 대대장에게서 전화가 왔었습니다. 사단장님이 나타나시지 않아 당황한 눈치였습니다."

"그래?"

고민하는 듯하던 사단장이 박연희와 진성욱을 지프에 태웠다. 곧바로 박연희가 근무하는 대로 향한다. 대대장이 막사 앞까지 마중을 나왔고 대대장실에서 티타임을 가졌다. 예외라면 그 자리에 박연희와 진성욱이 참석했다는 것이다.

소파 상석에 앉은 사단장이 일회용 녹차를 마시며 세 사람을 아울렀다.

"에, 내가 좀 미안하게 됐네. 절차를 좀 무시했어. 박 대위와 저기 진 병장에게 특별히 임무 하나를 맡기느라고. 특별하다고 해도 내 개인적인 임무이니 자네 부대에서 조금 예외로 운용해도 괜찮겠지?"

자네 부대라고 사단장이 대대장을 한껏 예우했다. 사단장의 부대라는 말이 더 맞을 텐데도 대대장은 진심으로 기뻐하는 듯이 느껴졌다.

"여부가 있겠습니까? 사단장님 명령 실행하도록 조치하겠습니다."

"자 그럼 점심을 먹을까?"

이번에는 대대장의 얼굴이 일그러졌다 웃음으로 돌아오는 게 보였다. 아마도 점심을 거나하게 먹은 것이리라. 누군가 그랬다. 부대에서는 점심을 두 번 먹을 수 있는 것도 능력이라고.

자연스럽게 사단장과 대대장은 식당으로 향했다. 사단장이 자네 둘은 이제 알아서 해, 하고 명령해준 덕분에 대대장과 먹어야 될 눈칫밥에서 빠질 수 있었다. 그래도 사단장이 간 뒤 대대장의 추궁은 피할 수 없을 것이다.

오후가 되어 대대 정훈장교실에는 적막이 감돌았다. 대대장은 어제와 오늘의 피로가 한꺼번에 몰려들었는지 이른 퇴근을 해버렸다. 부대 역시 태풍이 휘몰아친 뒤처럼 고요했다. 정적인 분위기 속에서 박연희는 조금씩 생각을 정리해보았다.

왜 나에게는 아버지를 찾는 것이 사명처럼 되었을까?

박연희는 이 물음만은 어떻게 해볼 수 없었다. 누군가 세뇌라도 한 듯 무조건 아버지를 찾아야만 한다는 생각뿐이었다. 아버지는 누명을 썼다. 부대원을 살해한 악마로 바뀌어. 아버지의 머리에 난 뿔이 보였다.

아빠! 아버지의 뿔을 보며 경악했다. 수류탄을 든 아버지가 안전핀을 뽑았다. 마치 조약돌을 굴리듯 수류탄을 박연희에게로 사뿐히 내던졌다. 아빠. 비명을 내질렀다.

"대위님! 대위님!"

진성욱의 목소리가 악마로 변한 아버지를 깨웠다.

"악몽을 꾸셨나 봅니다. 계속 인상을 찡그리시더니 급기야 비명을 지르셨습니다."

"어, 내가?"

악몽은 생생했고 비명은 여전히 귓가에서 맴돌았다. 충격적인 꿈이었다. 아버지가 악마로 변하다니.

"깜빡 졸았나 보네. 그런데 왜?"

"생각해보니까 아버님이 그곳에 갔다는 건 뭔가 확신이 있었다는 반증 아니었을까요?"

"확신?"

반증이라고 물을 걸 그랬다.

"네. 분명 남방한계선을 넘었다고 했습니다. 그 말씀은 휴전선과 남방한계선 사이 어디인가에서 찾아야 할 무언가가 있었다, 라고 추측해볼 수 있을 겁니다. 아버님께서 아버님을 찾았다는 이야기는 어쩌면 꾸며 낸 이야기가 아닐까요? 물론 그때 말씀하신 이야기는 기억납니다. 할아버지를 찾았다는 어렴풋한 기억. 그건 가짜일지도 모르지 않습니까?"

기억은 조작되고 왜곡된다.

"충분히 있을 수 있는 이야기야. 더욱이 나는 할아버지에 대해 어떤 이야기도 듣지 못했어. 지금도 할아버지 이야기는 정말 거짓말 같아."

물론 딱 한 번 각인된 기억이 있을 뿐이다. 아버지는 펑펑 울며 할아버지를 찾은 것 같아, 하고 말했다. 그 기억 때문일까. 아버지의 죽음도 아버지와 관련된 그 무엇도 믿기 어려웠다.

"그래도 모르겠다. 아버지는 분명히 할아버지를 찾은 것 같다고 했으니까. 시기가 묘하게 비슷하기는 하지만 딱 그때라고 단정하기도 어려워. 그때 함께 작전에 나간 사병이라도 있다면 다른 증언이나 의혹에 대해서도 물을 수 있을 텐데……."

벌써 25년이 지난 이야기다. 아버지가 근무하던 시절에 사용했을 관련 서류는 모두 폐기 연한이 지났다. 사병과 관련된 서류 역시 남아 있는 게 없다.

결국 남방한계선을 더듬는 바보 같은 방법밖에 없다는 말일까.

"아 참! 최 원사님 있는 데 말입니다."

"최 원사님?"

"네. 부대 홍보관 맡고 계시는."

진성욱이 근무하는 부대에는 역사와 전통을 잊지 말자는 의미로 부대

홍보관을 운영한다. 말로는 홍보관이지만 실제로는 전역을 한 부대원들이 간혹 부대에 들르고 싶을 때 그들을 맞아주는 장소다. 최 원사는 얼굴마담 역이고.

"최 원사님이 왜?"

"아 장교들은 모르실 겁니다. 거기에 전역하는 사병들이 반드시 들릅니다. 거기에 보면 '영광의 3사단 꿈의 대대'라는 방명록 같은 게 있습니다. 처음 자대 배치를 받을 때, 마지막으로 제대 직전 사단 본부대로 전출되기 전에 방명록 같은 데다 자신에 관한 이야기를 씁니다. 혹시 모를 전우회를 위해서 주소도 쓰고요."

주소라! 그렇다면 아버지가 근무하던 시기 이 대대에 근무했던 사병들을 찾아볼 수 있을지도 모른다.

"가자, 얼른."

"아, 어쩌죠? 저 실은 대위님 퇴근하시라고 깨워드리러 온 겁니다. 시간이⋯⋯."

"뭐야, 벌써 8시가 넘었네."

"일단 내일 가보시는 걸로."

진성욱이 믿음직했다. 아버지 이후 처음으로 남자에게 눈길이 갔다. 마음이 움직이는 듯했다. 다만 이런 이상한 감정은 뒤로 미루기로 결심했다. 아버지를 찾은 이후 그때로.

아오타 노리오

노인의 혜안에 놀랐다. 아오타는 내부의 적과 싸우고 있었다. 노인은 내부의 적을 거대하고 무섭게 만들었다. 혜안은, 기회 역시 부여했다. 백전노장이라는 말이 딱 어울리는 사람이었다. 지금까지 품어왔던 의심이 노인으로 인해 단번에 증폭되어버렸다.

어머니에 대해 조사하고 싶었다. 그럴 때마다 스스로를 억눌렀다. 믿을 만한 사람이 나타나면 어머니에 대한 조사를 맡기리라 다짐했다. 저런 칠순의 노인 말고. 그러나 당해본 뒤 깨달았다. 사람을 나이나 외모, 남녀 따위로 구분하는 방법은 어리석다는 것을. 덧붙여 국적으로 나누는 것 역시.

노인은 무난히 결론에 도달했고 경악할 만한 제안을 건넸다. 어머니를 찾아줄 테니 모파상에 오지 않은 것으로 해달라고. 그러며 아오타에게 의심 하나를 심었다. 어쩌면 아오타 혼자만이 이 임무에 투입된 것은 아닐 거라는.

의심은, 또 심어진 의심 역시, 점점 커져서 아오타를 먹고 말았다.

아오타는 벌써 10시간 넘게 모파상으로 향하는 골목을 지켜보고 있었다. 아오타가 노려보는 골목 입구를 한 여인이 가렸다. 스미마셍, 하고 눈을 맞추는 것으로 보아 물건을 사려는 일본인이었다.

"네 왜 그러시죠?"

한국어로 말하자 향나무로 된 부채를 집어 든다. 향나무 사이사이를 얇은 비닐 끈으로 묶어놓은 싸구려였다. 저걸 팔천 원이나 받다니. 아무리 관광지에서 돈을 쓰려는 관광객을 볼모로 붙잡듯 하는 기념품 가게라지만 시쳇말로 이건 에러였다.

일본어로 넌지시 말했다.

"그거 일주일도 못 써요. 저걸 사세요. 저게 진짜 좋은 부채입니다."

전주에 사는 부채 장인이 서울에 올라와 막걸리 값이 급하다며 맡기고 간 13개 중 남은 2개였다. 주인은 저걸 10만 원에 팔았다. 모르는 채 1만 원만 받을 예정이었다. 하나쯤 없어진다고 5만 개 가까운 관광상품이 늘어선 가게에서 어찌 알아차리겠는가.

손가락 하나를 펼치며 여인을 보았다. "천 엔."하고 말했다.

"살게요, 저 부채."

아오타가 부채를 건네자 여인이 돈을 건넸다. 여인이 아오타에게 가까이 오라며 손짓했다. 아오타가 다가가자 여인이 귀에 대고 속삭였다.

"부채는 당신께 선물로 드릴게요."

속삭인 여인이 천 엔을 건넨다. 채 1초나 될까, 여인이 인파 속으로 사라졌다. 그제야 깨달았다. 여인이 부채를 선물한다는 말은 한국어였다.

당했다!

몇 걸음 앞으로 뛰었지만 인파를 헤치기에는 역부족이었다. 제기랄. 가게로 돌아와 부채를 펴보았다.

그래 선물 받은 셈 치지 뭐. 그래도 역습으로는 더할 나위 없었다. 완전히 당했다. 절레절레 고개를 흔들며 손에 쥔 천 엔을 펼쳤다. 순간 바닥으로 두 번 접은 종이 한 장이 툭 떨어졌다. 떨어지는 종이를 재빨리 낚아챘다. 종이를 펼쳤다.

나 모파상 장지유네. 난 오늘 일본으로 떠난다네. 자네 뒤에만 두 명이 붙었어. 그 가게 알바도 그만두게나. 그냥 숨어. 지금 그 여인처럼. 앞으로 그 여인이 자넬 도울 걸세. 그럼!

추신 : 뭣 하면 모파상으로 쳐들어가게나.

몰랐다. 의욕이 앞섰다. 아니 의욕만 앞섰다. 모파상을 드나드는 비밀

통로가 있다고 해도 그건 모파상 사람의 통로다. 보통사람이라면 아오타가 그랬듯 맞은편 골목을 반드시 지나칠 거라 생각했다. 그래서 시작한 알바였는데, 말짱 황이 됐다.

의문이 생긴다. 두 명이 붙었다니. 지금껏 몰랐다. 습관적으로 미행 여부를 챙겨왔다. 단순히 방심이라고 여기는 것은 어불성설이었다. 몰랐다는 건 아오타보다 나은 상대라는 뜻이었다. 그제야 실감이 났다. 아오타는 처음으로 전쟁터 한복판에 섰다.

조금 고민했다. 어떻게 하는 것이 맞을까.

장지유와 대면하며 아오타는 큰 깨달음을 얻었다. 아오타에게 곡옥을 찾는 것은 두 번째 임무였다. 아오타의 임무는 황족 살해였다.

조선 황족 살해!

처음 이 명령을 하달 받았을 때는 아무 생각이 없었다. 조금 시간이 지나 해야만 하는 일이라고 자신을 종용했다. 명령의 황당함에는 몇 번이고 혀를 찼다. 한국에는 이제 황족 직계가 없다. 융희황제 이후 영친왕 대에 대한제국은 망했다. 영친왕은 황태자로 격하되었다. 일본 천황에게 명령을 받아야만 왕이 되었던 굴욕에 대해 한국이나 역사학자는 왜 바른 역사를 세우려 하지 않을까.

따지고 들자면 지금에 와서는 '황족'이라는 말도 틀렸다. 황실이 유지된다면 황족이 맞겠지만 대한민국은 왕권도, 황권도 없다. 엄밀히 말하자면 폐위된 황족의 후손이라는 말이 맞는 것이다. '비둘기 집'을 불렀던 이석 씨를 비롯해 확인된 황족은 10여 명이다.

왜 한국은 이에 대하여 논하지 않을까.

무의미한 역사 늘이기보다 김구를 위시한 상해 임시정부를 현대적인 국가의 토대로 인정하고, 이와 연계해 민주주의 이념을 실천하려는 자주 독립국가에 대한 위상 확립이 옳은 것이 아닐까. 1948년 8월 15일을 정부수립일로 가르칠 것이 아니라!

한국에 온 지 12년. 이제 임무는 없는 거라 여겼다. 허황한 일일지 모른다고 지레짐작했다. 제대로 불씨가 당겨졌다. 지금에 와서 임무나 명령 따위 아무래도 좋았다. 12년을 처박아둔 누군가에게 존재 가치를 어필한다는 건 무용한 일이다. 12년을 넘기는 동안 한국에서 감흥을 준 사람이라면 빅뱅이 전부였다. 거기에 노인이 숟가락을 얹었다.

뱅뱅뱅. 빅뱅의 노래처럼 폭발시켜보는 것이다. 노인의 충고처럼 모파상으로 쳐들어가서.

기념품 가게를 나와 맞은편 골목으로 뛰어들었다. 손에는 부채를 쥐고 있다는 걸 그제야 깨달았다. 마치 무기처럼 손에 쥔 부채의 감이 좋았다. 재빨리 모파상을 향해 뛰며 부채를 꼭 쥐었다. 사람 하나가 지나갈 만한 좁은 곳으로 접어들었다. 그때 노인이 말한 의도를 눈치 챘다.

아오타는 좁은 골목을 두 손으로 지탱한 뒤 발에 힘을 주었다. 힘으로 버티며 벽을 올랐다. 높은 건물이 없는 인사동 특성 때문인지 금세 건물 지붕에 올랐다. 석면이 포함된 슬래브 지붕이라 위태로웠다.

지붕에 올라 주변을 살폈다. 움직임이 제한돼 억지로라도 가만히 있을 수밖에 없었다. 옥상에 오른 지 1분쯤 지나자 한 남자가 골목을 꺾어들었다. 슈트 차림이었다. 이십대 후반이나 삼십대 초반, 많아도 삼십대 중반을 넘지 않을 것 같았다. 키가 크고 어깨가 떡 벌어졌다. 팔이 제대로 허리 근처에 붙지 않고 허공을 오갔다. 꽤 많은 시간을 벌크업에 할애하는 남자다. 몸을 쓰는 직업, 시간이 남아도는 직업이라면 아오타와 같은 부류다. 두 명이라고 했다. 조금 더 지켜보기로 했다.

좁은 골목으로 접어드는 사람은 이후로 없었다. 반대로 모파상으로 향했던 남자가 씩씩거리며 돌아오는 게 보였다. 남자가 골목으로 접어 들어올 때 머리 위로 뛰어내렸다. 남자의 어깨에 올라타 관자놀이를 몇 번이나 가격했다. 충격으로 쓰러질 만한데도 남자는 버티고 버텼다. 급기야 팔꿈치로 관자놀이를 내리 찍었다. 몇 번이고, 몇 번이고.

남자의 발아래가 흔들리는 게 느껴졌다. 아오타는 관자놀이를 향해 일격을 가했다. 비틀거리던 남자가 완전히 중심을 잃고 쓰러졌다. 그 탓에 아오타 역시 가파르게 주저앉아 바닥에 나뒹굴었다. 주먹에 잔뜩 힘을 주고 행여 모를 남자의 반격에 대비했다. 반격은 없었다. 남자는 완전히 정신을 잃었다. 남자가 누운 골목이 비좁아 보였다.

아오타는 남자의 소지품을 뒤졌다. 지갑을 꺼냈지만 신분증이나 남자를 증명할 만한 게 아무것도 없었다. 아오타는 슈트를 반쯤 벗겨 셔츠를 뜯어버렸다. 어깨를 보았다. 천연두 예방주사 자국이 없었다. 일본인이라는 뜻이다. 1970년대 중반부터 일본은 천연두 예방접종을 실시하지 않았다. 저 나이의 한국인이라면 응당 왼쪽 어깨에 '불 주사'라 불렸던, 동그란 상처 하나가 있어야 마땅했다.

일본인이 왜 나를?

의문에 대한 답은 쉽게 떠오르지 않았다. 결국 남자를 고문해야 한다는 걸까?

아오타는 남자의 머리채를 낚아챘다. 남자를 질질 끌다시피 하며 모파상으로 향했다. 새시를 건드렸다. 너무나 어이없이 열리고 만다. 모파상의 새시는 왜 이리 무게감이 없는 걸까.

남자를 끌고 모파상으로 들어갔다. 포박할 무언가가 필요했다. 입구 옆 종이박스 위에 놓인 스카치테이프를 꺼냈다. 슈트 상의를 벗기고 남자의 팔을 뒤로 꺾어 손목 부분에 테이프가 다 될 때까지 감았다. 버틸지는 의문이었다. 벗긴 슈트 상의로 다리를 묶었다. 최대한 압박했지만 이 역시 임기응변이었다. 남자를 완벽히 공포에 떨게 할 장소는 없을까?

남자가 깨기 전에 모파상을 살펴야 했다. 모파상 2층에 올랐다. 채 33제곱미터도 되지 않을 공간으로 장지유 노인의 생활공간이었다. 아래로 내려왔다. 카운터 너머를 가린 천이 보였다. 천을 젖히자 벽이었다.

잘못 짚은 건가.

의아해하며 벽을 툭 쳤다. 소리가 울린다. 되돌아서다 의아함이 커졌다. 소리가 울린다는 건 공간이 있다는 뜻이다. 몸을 돌려 노크를 하듯 벽을 두드렸다. 위에서 아래로, 좌에서 우로. 허리 아래부터 소리가 달랐다.

허리를 숙여 천으로 가렸던 부분을 다시 살폈다. 문이라는 확신이 섰다. 손잡이는 없었다. 어떻게 여는지를 모르겠다. 그러다 모노륨 바닥 한 곳이 유난히 잘 닦여 반짝이는 곳이 보였다. 그곳에 발을 가져다대고 힘껏 밀었다. 벽이 아래에서부터 뒤로 들어갔다.

아오타가 남자에게 다가갔다. 아직 의식이 돌아오지 않았다.

아오타는 남자의 머리채를 다시 한 번 낚아챘다. 남자의 머리채와 허리띠를 잡아 지하로 내려갔다. 지하에서 남자 냄새가 났다. 며칠이나 사람 흔적이 없다는 느낌이 들었다. 무엇보다 벽 한 곳이 열려 있었다. 저곳으로 나간 뒤 돌아오지 않았거나 다시 닫을 정도의 여유가 없었다는 뜻이다. 그래, 저 벽 뒤다.

남자와 함께 벽 뒤로 들어왔다. 스마트폰 플래시 모드로 주변을 비추었다. 통로였다. 어디로 향하는지는 알 수 없었다. 다만 남자를 가두기에는 제격이었다. 남자를 통로 벽에다 앉힌 뒤 기다렸다. 몇 분쯤 지났을까. 충격이 컸던 듯 남자는 눈을 몇 번이나 슴벅거리며 주변을 둘러보고 있었다.

"지하야. 널 가둘 거고. 여기는 누구도 오지 않는 비밀통로야. 천천히 굶어죽어 가겠지. 그러면 된 거야. 나를 미행한 벌로는."

고집인지 아집인지 끝까지 한국말로 말했다. 정신을 차린 듯한 남자는 아오타를 노려보다 고개를 돌렸다. 아오타는 아무 말도 하지 않고 통로를 나왔다. 벽을 당겨 닫았다. 모파상의 새시와 달리 무척이나 무거웠다. 문이 다 닫힐 무렵 남자가 소리치는 게 들렸다.

"말할게, 전부 말할게."

아오타는 다시 벽을 밀어 열었다. 최대한 적은 양의 빛이 들어오게끔 벽을 닫았다. 죽음 앞에 어둠은 공포의 다른 이름이다.

"전부. 오케이?"

"알았어. 전부."

"일단 너부터."

"내각정보조사실 소속 특수요원."

에? 일본의 엘리트 정보요원이라고? 그런데 나를 왜?

"왜 나를 쫓는다는 거지?"

"네가 다시 일본에 들어올지 몰라서. 이번 조짐들 때문에."

일본인이 왜 나를, 어렴풋하던 골목에서의 의문에 답이 정해지는 듯했다.

아오타 노리오, 전덕남은 한국인이 되었다. 일본에서의 자취는 사라졌다. 누구도 전덕남을 이제 일본인으로 보지 않는다. 삼신기단이라는 핑계로, 잠입 밀명이라는 구실로 일본인 아오타 노리오는 한국인이 되어 추방당했던 것이다. 제기랄! 그걸 이제야 깨달았다니.

"내가 왜 이곳에 내쳐졌어야 됐지?"

"그것까지는 나도 몰라."

"왜 모파상이 레이더망에 걸린 거지?"

"걸린 게 아니야. 걸었던 거지. 찾아야 할 게 있었으니까."

"나를 통해 찾았으면……."

한심해서 웃음이 났다. 불과 몇 초 전 한국에 버려졌다는 사실을 알아차렸으면서.

"다시 처음부터. 당신 이름은 뭐지?"

"나카가와 이치로那賀川一郎. 3급 요원."

단독 작전권이 없는, 명령으로 움직이는 요원이다. 뭘까. 미로에 갇힌 듯한 느낌은. 장지유와 대면했던 모파상의 일이 떠올랐다. 12년을 한국에서 멸시받듯 처박혔던 주제에도 덕남은 마지막까지 숨기려고 했다. 그 마지막에서 마지막에는 알량한 자존심이 토씨 하나까지 장지유에게 진실해지는 것을 허락하지 않았다. 장지유는 그것을 꿰뚫어보고 거짓 위에서 이야기를 진행시켰던 것이다. 마치 진흙 속에서 싹을 틔우는 꽃을 기다리듯이.

"당신은 아마 죽을 때까지 진실을 말하지 않을 거야. 그렇게 훈련 받았으니까. 진실을 실토한다는 명분으로 나에게 의심과 거짓을 심으려고 들 거니까. 그냥 여기서 죽어."

거짓부렁 따위 들을 필요가 없다고 판단한 아오타는 냉정하게 행동했다. 나카가와의 구두를 벗겼다. 양말을 벗겨 녀석의 입에 욱여넣었다. 상비해두는 파스를 안주머니에서 꺼냈다. 나카가와의 입을 파스로 봉했다.

"그럼."

벽을 닫고 모파상 지하로 나왔다. 떠올리기 싫지만 아우슈비츠와 같은 수용소에서 저런 실험을 했다. 얼마쯤 뒤에 진실을 토해내는가. 48시간이 한계였고 이보다 더 버틴 사람은 미치거나 죽었다. 일본도 조선인을 상대로 실험을 했다. 또 중국인과 동남아시아 사람들을 상대로도. 이 자료를 미국이 사갔다. 가격은 전범에 대한 석방. 731부대를 지휘했던 이시이 시로는 말년에 기독교에 귀의했다.

계단을 오르며 저절로 욕이 터졌다. 좆같은 세상.

당분간 모파상을 거점으로 사용하자. 나카가와의 말처럼 레이더망에 걸린 것이든 건 것이든, 모파상에 있어야 일본의 소나가 아오타, 아니 한국인 전덕남을 탐지할 것이다.

4

장윤정

의심이 커지면 의혹이 되고 의혹이 커지면 미혹에 빠진다. 미혹에 빠진 사람은 최면을 넘어 귀신에 홀린 사람처럼 행동하게 된다고 한다.

"그런데 왜 저 화면이 필요한 거야?"

보안팀장이 느물거리며 물었다.

"개인적으로 좀 필요해서요. 안 될까요?"

"안 되지 그럼."

의심이 커졌지만 귀신에 씐 사람처럼 팀장이 막아섰다. 화면 너머에 빼앗겼던 마음을 억누르며 주변을 살폈다. 보안팀장의 주먹에 잔뜩 힘이 들어갔다는 사실을 이제껏 보지 못했다. 치사한 방법을 쓰는 수밖에.

"저희 아버지도 저와 같은 일 하는 거 아시죠?"

"모르는데."

"아마 알 거라고 봤는데요. 아버지가 이 방면에 발이 넓으세요. 완전 넓으세요. 제가 아버지에게 이곳에 저런 사람이 들어왔는데 보안팀장님이 몰랐다고 한마디 하는 날에는."

"하는 날에는?"

"알아서 생각하세요."

다 안다는 듯 큰소리치는 거야. 실은 하나도 모르지만. 홱 뒤돌아섰다. 마음은 화면을 살펴보고 싶어 죽을 지경이었다. 하필 보안팀장이 이 시간에 올 게 뭐람.

따각따각 힐 소리가 보안팀 바닥에 울렸다. 출입구까지 다다랐다. 무거운 철제문의 손잡이를 꾹 쥐었다.

"아니 요즘 애들은 하나같이 말을 잘라먹어. 몰랐다고 하는 날에는 어떻게 되느냐고?"

뒤에서 쩌렁쩌렁 보안팀장의 목소리가 울렸다. 됐다. 치사한 방법이 통했다.

새치름하게 뒤로 돌았다. 팀장은 장윤정에게 딱 눈을 고정했다. 장윤정도 팀장의 눈을 맞받았다.

"마음대로 봐. 대신 아버지의 넓은 발이 미치지는 않게 하는 거, 언론에도 공개되어서는 안 되지만 무엇보다 관장님이 아시면 안 돼, 오케이? 그러면 나 윤정 씨에게 복수할 거야!"

보안팀장이 으름장을 놓았다. 그래 보아야 패배한 자의 절규일 뿐이다. 이겼다.

보안팀장이 옆으로 비키며 자리를 권했다.

"도와주실 거죠?"

슥 자리에 앉으며 물었다. 어차피 혼자는 못한다. 왜 나에게 이런 끔

찍한 일이, 팀장이 눈으로 말한다. 그렇지만 곁으로 다가와 고개를 끄덕였다.

CCTV가 지하 수장고에 있는 것은 당연했다.

지하 수장고는 품고 있는 문화재가 엄청난 만큼 이중 삼중의 보안장치가 가동된다. 그중 수장고를 여닫는 문 역시 마찬가지인데 문이 열리고 닫힐 때마다 시간이 기록된다. 거기에 더해 수장고에 출입하려는 그어떤 연구원도 방문 목적을 기록해야 한다. 둘을 역순으로 대조하며 확인했다. 못된 똥덩어리 몬동이 윤정에게 가방을 가져왔던 하루 전, 문이 열린 디지털 기록은 108번, 수기로 작성된 기록이 107번이었다. 이를 보안팀장도 놓치고 선임연구원도 놓쳤다. 타성에 젖은 탓이다.

CCTV를 다시 돌려 보았다. 군인이었다. 군복을 입었고 야상까지 걸쳤다. 지하 수장고에 들어왔다 나간다. 모자를 푹 눌러쓴 데다 카메라 각도로 인해 얼굴은 전혀 보이지 않았다.

"왜 얼굴을 알아볼 수 없죠?"

조금 전까지 치근대던 보안팀 직원에게 윤정이 손바닥을 비볐다. 다음에 식사 한 번 하는 조건으로 CCTV 좀 볼 수 있게 해달라고. 보안팀 직원은 윤정에게 몇 번 농담을 던지다 순찰을 나갔다. 손바닥을 비빌 때와는 확연히 다른 목소리가 나왔다. 선인의 말은 틀린 게 없다. 구린 놈이 제 발 저리기 마련이라고. 아니었나?

"저게 사용연한이 오 년이야. 매년 한 번씩 검사해서 별일 없으면 오년 더 연장 가능하고. 처음 구입할 때 일괄로 입찰한 업체가 이십팔만 화소짜리를 납품한 거야. 그걸 누군가가 사인한 거고. 우리도 늘 조마조마했어. 이런 일 터질까 봐. 삼 미터만 떨어져도 얼굴을 알아볼 수가 없잖아."

보안팀장의 말에는 억눌린 감정이 담겼다. 이런 일에 대한 사소한 하나까지 보안팀에게 맡겨두는 게 맞았다.

"그런데 저 군인, 키가 그렇게 크지는 않아."

"정말요?"

"어이, 껄떡바리."

-네, 팀장님.

팀장이 윤정이 식사자리를 약속했던 남자에게 무전을 쳤다.

"너 수장고 앞으로 가서 문 앞에 서 봐."

-예 써!

"역시 구린 놈이 제 발 저려요, 그죠?"

"구린 놈이 화부터 먼저 내는 거고, 도둑이 제 발 저린 거지. 장 연구원 속담은 젬병인가 봐?"

열없이 팀장이 웃었다.

"에이 참신하잖아요."

둘러대며 윤정도 웃었다. 제 발 저려 발등 찍을 뻔했다.

화면에는 껄떡바리가 수장고 앞에 서는 게 보였다.

"저 자식 애는 착해. 좋은 여자나 좀 소개시켜주라고. 어릴 때부터 어머니가 아버지한테 많이 맞았대. 남편에게 맞는 여자만 보면 눈이 돌아간다나? 그래서 경찰에서 잘린 거야."

에? 몰랐다. 파블로프의 조건반사라면 조건반사인 셈이다. 학습에 따른.

"저 친구는 자네가 좋다기보다 자네의 구김 없는 성격이 좋은 거야. 그러니 너무 나쁘게만 보지 말아주고."

뭐, 핑계 없는 비석은 없는 법.

껄떡바리가 화면 안에서 손을 흔들었다.

"오케이 거기. 지시할 때까지만 좀 서 있어."

-네.

대답을 한 뒤 손가락으로 동그라미를 만들었다.

윤정은 화면에 있는 껄떡바리와 정지화면의 군인을 번갈아 보았다. 껄떡바리보다 키가 작았다. 정확하다고는 볼 수 없지만 군인의 키는 껄떡바리의 코 아래 인중 위치까지로 보였다.

"키가 몇이래요?"

곧 무전기에서 186센티미터, 라는 답이 돌아왔다. 손바닥을 펼쳐 코끝에서부터 정수리까지 재보았다. 거의 손바닥 크기에 맞먹는다. 윤정이 여자니 남자의 손바닥 길이와 비슷할 것이다.

윤정이 하는 모양새를 보더니 팀장이 자신의 손바닥을 펼쳐 새끼손가락에서 엄지까지 길이를 잰다. 나는 손바닥이 큰 편이야, 라며 22센티미터라고 말한다. 그렇다면 군인의 키는 오차 범위를 감안한다 해도 168에서 172센티미터 정도이지 않을까.

시간상으로는 몬동과 겹친다고 해도 틀리지 않을 것이다. 몬동은 왜 다음날 다기 세트를 가지고 나왔을까.

그때 껄떡바리가 문을 열고 보안팀으로 들어왔다.

"너는 윤정 씨 알 거고, 쟤 이름은······."

"알아요, 김교덕. 그래서 김껄떡."

윤정의 말에 멋쩍은지 모자를 벗으며 뒷머리를 긁는다.

"자네는 저 군인이 어떻게 보여?"

들어오고 나가는 영상에, 얼굴은 전혀 보이지 않는다.

"저 영상 말고 다른 영상을 보려면?"

"일이 커질 거야. 자네 선에서는 앞으로 CCTV영상을 본다는 게 불가능할 거고. 또 그날 근무를 섰던!"

팀장이 껄떡바리를 슬쩍 흘겨보았다.

"저 녀석부터 나, 그리고 심지어 윗선 상당수까지 옷을 벗겠지."

"19금 농담인가요? 웃어야 하나 싶어서."

윤정의 말에 보안팀장과 껄떡바리가 굳은 얼굴로 억지웃음을 지었다.

"좋아요. 그럼 저 도와주실 수 있겠어요?"

이즈음이면 윤정은 두 사람이 벗어날 수 없는 곳까지 다다랐다 판단했다. '못 먹어도 고'라는 말은 이럴 때 써야겠지만 참았다.

"우리 셋이 비밀을 공유하는 거죠, 대신 여기서 이야기가 새어나간다면 우리 셋 중 하나일 거니까, 자기 무덤 파서 눕는 거고요. 어때요?"

콜, 보안팀장이 껄떡바리를 보았다. 껄떡바리도 고개를 끄덕인다.

시계를 보았다. 7시가 넘어간다. 아무래도 길어질 거라는 예감을 지울 수 없었다.

"저녁은 제가 쏠게요."

윤정이 카드를 내밀었다. 30분 뒤 푸짐한 중국음식이 보안팀 소파에 차려졌다. 고량주 두 병으로 세 사람의 기분이 한껏 고무되었다. 껄떡바리가 빈 그릇을 치우자 다시 CCTV에 세 사람의 눈길이 쏠렸다.

군복을 입은 남자를 찾는 게 목표였다. 처음에는 한 화면을 세 사람이 한꺼번에 보았다. 그러다 세 사람이 화면을 나누었다. 세 화면을 보다 급기야 여러 화면을 더 나누어 보게 된다. 기껏해야 개관시간인 10시부터 폐관시간만 살피면 된다고 판단했다. 그래서 정문 출입구에 걸린 CCTV만 살폈다. 몇 번을 되돌렸지만 지하 수장고 입구에 찍힌 군인으로 판단되는 사람이 없었다. 보안팀장이 요소요소에 걸린 CCTV를 분

할해서 확인했다. 두 개였던 화면이 세 개로, 급기야 국립중앙박물관 CCTV 전체를 돌려보기에 이르렀다.

"이거 원. 어떻게 된 걸까?"

보안팀장의 눈에 의혹이 넘쳤다. 그 역시 만만하게 보았던 것이리라. 윤정도 그랬다. 국립중앙박물관이다. 이런 곳에 누가 숨어든다는 것은 국가정보원에 도둑이 숨어든다는 것과 다름 아니었다.

"어떻게 된 거긴요, 국립박물관 보안에 심각한 결함이 있다는 거죠. 그나저나 무슨 일일까요, 이게?"

이때 자장면 배달부가 그릇을 가지러 왔다. 고개를 돌려 보안팀 벽면 시계를 확인하니 10시가 조금 못 되었다.

"저기요, 저기. 배달하는 아저씨. 여기 어떻게 들어오세요?"

"예?"

급작스런 윤정의 질문에 배달원이 놀란 듯했다. 금세 영업용 웃음으로 바뀌더니 설명한다.

직원용 출입구. 경비 제지 없음. 박물관 내 직원 야근하는 곳은 빠삭하게 외움.

"제가 아무리 들락날락해도 신경도 안 써요."

영업용 웃음이 사람 좋은 너털웃음으로 바뀐다. 이곳에서 그림자라면, 바로 저런 사람이다. 윤정의 눈이 엄청나게 커졌던 모양이다. 껄떡바리가 윤정 씨, 하고 부를 때에야 눈이 아프다는 걸 알아차렸다.

윤정과 보안팀장은 껄떡바리를 보안실에 남겨둔 채 배달원을 따라나섰다. 배달원 몇 걸음 뒤를 따르는 동안 주요 요소 이외에는 CCTV가 없었다. 직원들 출입구에 직원용 통로다. 사생활 침해를 우려해 웬만한 포인트를 제외하고는 무방비로 노출되었다.

만약 이곳으로 배달원을 위장해 들어와 화장실 같은 적당한 곳에서 시간을 때웠다면?

"자, 그럼 갈게요."

배달원이 시켜주셔서 감사하다며 거듭 인사했다. 그러다 무슨 생각인지 되돌아선다.

"근데 아까 CCTV에 이 여선생님이 군복 입고 서 계신 거였슈? 그거 보는 줄 알았구먼요."

허억. 윤정은 생각지도 못한 괴성을 내질렀다. 여…자? 군인인데?

전덕남

모파상에는 신기한 것들이 많았다. 문화재라고 부르기에는 애매하지만 그에 준하는 것들이 제법이었다. 철판 조각을 붙여서 만든 태엽 깡통 로봇과 골드스타에서 처음 만든 라디오가 있었다. 1권부터 9권까지 별책부록과 사은품까지 구비된 〈우뢰매〉라는 잡지에서는 웃음이 터졌다. 여유가 느껴졌다. 모파상의 의도를 알 것 같았다. 치열하게 살아온 삶을 조금 비켜나 여유를 가지고 싶었던 것 아닐까 하는.

아오타는 여유라는 말에 갑자기 인생이 섞여드는 것을 느꼈다.

한국에만 12년, 무위도식하는 세월을 보냈으면서 여유가 있었을까?

아니, 없었다.

매일 자신에게 하달될 임무만을 생각하며 보냈다. 나중에는 별것 없는, 즉 아무 명령 없는 삶이 그냥 스트레스로 전락했다. 우울증이 극심해졌고 자살을 생각한 것도 한두 번이 아니었다.

나카가와 이치로. 지하에 처박아둔 그는 어떤 좌절에 빠져 있을까. 저곳에서 희망을 생각한다는 건 불가능하다.

4시간 후면 나카가와를 가둔 지 28시간이 된다. 아오타가 생각하는 맥시멈이다. 더 둔다면 미치거나 죽을 수단을 찾게 되리라. 빛이 없는 세상이란 그런 것이다. 그런데 이곳 모파상에서 웃고 있는 자신이 기이하고 또 후련했다.

여유.

왜 나에게는 여유가 없었을까? 그런데 또 쉽게 답이 떠올랐다. 명령을 핑계로 한국에 유배되었기 때문이다. 기본적으로 아오타는 일본인이다. 한국어를 아무리 능수능란하게 구사한다고 해도 일본어를 말하지 않는 데에서 오는 스트레스는 생각보다 컸다.

이 모든 게 계획이었다면?

일반적인 사람들처럼 적당한 실의와 적당한 우울을 운명이라 여기고 술과 도박, 여자에 빠져 살다 급기야 알코올 중독이나 도박, 여자로 인생을 탕진하고 자살에 이르게 된다면? 아오타를 이곳에 처박은 누군가가 정말이지 바라마지않는 시나리오가 아니었을까!

나는 죽지 않았다. 아직도 살아 있다. 그리고 이곳 모파상에서 웃고 있다.

지하와 2층 곳곳에는 버려둔 듯 무심하게 컵라면이 굴러다녔다. 기생하듯 먹었고 기념품 같은 문화재를 보며 즐겼다. 20년은 더 된 해적판 《드래곤 볼》을 보며 오랜만에 낄낄거렸다.

희한한 곳이다. 이곳 모파상은. 그러다 간판에 대해서도 생각해보았다. 왜 모파상일까. 비파 모양의 가게라면 웃기지 않은가. 가게가 비파 모양으로 생겼을 리가 없다. 특히 이곳 대한민국에는 비파 연주가 실전

되었다. 문득 비파 모양이 배처럼 생겼다는 사실을 깨달았다. 실전되지 않는 비파, 이를 배와 연결시키자 조선과 대한민국 그 사이에서 필사적으로 전통을 전하려는 사람들의 이야기로 바뀐다.

모파상이라.

사뿐히 일어섰다.

나에게는 그 어떤 사람도 죽일 권리가 없다. 내가 정의라는 이름으로 사람을 죽인다면, 과거 역사에서 학살과 전쟁으로 수많은 과오를 덮어 온 자들과 다를 바 없어진다.

나는 학살자가 아니다.

생각을 정리한 아오타가 카운터를 넘었다. 그때 카운터에 있던 책자 하나가 바닥으로 떨어졌다. 《병합 기념 조선 사진첩》이라고 적힌 일본 책자였다. 일본과 조선 사이의 병합을 기념한 책자로 조선 입장에서는 이완용, 이재극, 조중응, 권중현, 송병준 같은 매국노들의 사진이 개선 장군 마냥 하나하나 찍혀 굴욕적이었다. 백 년이 족히 넘은 책자가 이곳에 있다는 사실도 의외였다. 몇몇 사진을 넘기다 고종의 사진이 보였다. 문득 고종이 자신과 닮은 것 같다는 엉뚱한 생각이 들었다. 피식 웃으며 책자를 카운터에 돌려놓았다.

지하로 향했다.

벽을 밀기 전, 기척을 살폈다. 필사적으로 무어라 말하려는 나카가와의 목소리가 들렸다. 웅얼거리나 싶은데 점점 실체를 띠더니 귀에 와 박힌다. 살려줘, 살려줘. 생각보다 나카가와의 의지가 약하지 않았다. 조금 전 살려주겠다는 마음과 달리 살려주었다 죽게 될 거라는 확신이 강하게 들었다.

4시간만 더.

결론을 내리고 돌아서려는데 턱 아래가 선득했다. 칼이 들어왔다. 멍청하게도 이리 방심하고 있었다니.

두 손을 들고 항복을 표했다.

"장지유 노인께서 이곳을 써도 좋다고 하셨어. 나는 전덕남이라고 하고."

칼을 겨눈 사람은 빈틈없는 자세로 정확히 등 뒤에 자리를 잡았다. 아무리 번개처럼 반격하려 한다고 해도 대정맥이 반으로 갈라지리라. 심장은 금세 위력을 잃고 30초가 채 못 되어 초콜릿과 양파에 중독된 개처럼 잠시 파닥거리다 사망할 것이다.

"혹시 장지유 씨께 아오타 노리오에 대해 듣지 못했나? 그게 나야. 노인과 약속을 했다."

"아오타라는 증거는?"

남자는 아오타를 모른다. 장지유가 메모를 전한 두 사람 중 하나는 아니라는 뜻이다. 더구나 억양에서 한국인이라는 사실을 숨길 수 없었다.

"벽을 열어 봐."

이런 작은 말 한마디가 정보가 된다. 남자가 벽을 안다면 그는 모파상의 사람이라는 뜻이다.

"나를 습격하려다 다친 사람이 있을 거야. 나카가와 이치로. 내각정보조사실 소속 3급 요원이라고 했고."

남자는 정확히 칼을 겨냥해 비밀통로가 있는 벽 쪽으로 몸을 틀었다.

"열어."

"네 시간 뒤에 열면 안 될까? 저 녀석 아직 팔팔하더라고. 스물네 시간을 가둬뒀는데. 저 녀석 아마 자위대에서 차출되었나 봐. 대단해."

"들어가."

"아, 잠깐만. 내 오른쪽 뒷다리에 칼이 있을 거야. 난 당신이 모파상 장지유 씨의 아들 장일한이라는 데 내 운을 걸었어. 일단 칼을 빼서 가져가. 난 당신을 공격할 의도가 없으니까."

"됐어."

목에서 칼이 스르르 빠져나갔다. 침착한 척했지만 실전에서 목숨을 잃을 뻔했다.

"방심했어, 아오타."

"이제부터는 그냥 덕남이라고 불러. 난 한국인으로 살려고 결심했으니까."

뒤를 돌자 장일한이 뚱한 눈으로 바라보았다.

"이제야 알았어. 일본이 나를 내쳤다는 걸. 멍청했지 뭐야."

"좋아. 덕남. 내가 형인 거 같으니 말은 깔게."

"하여튼 한국사람 아니랄까 봐. 좋아, 형."

덕남이 오른손을 내밀었다. 일한도 오른손을 내민다.

"한국에 와서 형이란 사람이 처음 생겼네. 어쨌든 반가워."

"너 삼신기단이라고 하지 않았나? 그런데 방심했어. 일층에 한 놈 더 있으니까 이곳으로 데리고 오자."

"내가 데리고 올게."

아오타 노리오, 이제 전덕남이 되기로 한 그가 일층으로 올랐다. 일층에는 빨랫줄로 완전히 구속당한 남자가 바닥에 끙끙대고 있었다. 재갈까지 물려진 모습에서 자비라고 찾아볼 수는 없었다. 운명이 있었다면 간발의 차이로 행과 불행이 비켜간 것이 아닐까. 문득 그런 생각이 스쳤다.

남자의 머리채를 틀어쥐고 계단으로 밀어버렸다.

계단 부서져. 장일한의 목소리가 지하에서 울렸다. 아래로 재빠르게 내려갔다. 장일한이 벽을 밀고 있었다. 열린 문으로 남자를 물건처럼 밀어넣었다.

"저 녀석은 변절자. 아마도 국정원 떨거지였나 봐. 돈에 붙은 거고."

벽을 닫으며 장일한이 부연했다.

"내가 그렇게 중요한 사람이었나? 이놈저놈 따라다닐 정도로?"

"시기가 묘했어."

장일한이 메모를 꺼냈다. 메모에는 선뜻 이해하기 힘든 다섯 줄의 문장이 적혀 있었다.

'대한제국 융희황제의 명을 받들어 무천이 쓰노라.

서력 1910년 4월 2일에야 온전히 명을 받들게 되었도다.

조선의 마지막 남은 모든 유산이 황제의 명에 의해 봉인되도다.

9년 11년이 지나면 100년을 봉인하리라.

다만 하나, 조선에 日이 다시 덧씌워지니 걷힐 날을 알 수 없노라.'

"뭡니까, 이게?"

"너를 움직이게 만든 것!"

"나? 나를 움직이게 만든 거라니?"

"넌 정보기관에 맞먹거나 준하는 곳에 있으면서도 아는 게 하나도 없었어. 알지?"

장일한은 어떻게 해서 덕남이 이제야 결론에 다다른 일을 선뜻 말하는 걸까.

"아 놀라지는 마. 이 일을 매일 하다 보면 정보를 읽는 눈이 생기니까.

그것을 돈으로 바꾸면 변절자가 되는 거고, 순수하게 사용한다면 착한 사람이겠지."

"착한 사람?"

신선했다. 착한 사람이라니.

"네가 정보가 없다는 건 나를 장일한이라고 부르는 데서도 유추할 수 있어. 난 주일한이야. 아버지께는 양자로 입양된 거고. 법적으로만 장 씨를 써."

아무렇지 않다는 듯 장일한, 아니 주일한이 벽에 가둔 남자 둘을 가리켰다.

"두 사람 중 하나가 이 메모를 심었을 거야. 덕남이 네가 움직여야 했던 이유고. 저들은 이 답을 찾아내지 못했어. 나 역시 거의 접근은 한 것 같은데 아직 모르겠고."

"일단 일층으로 가자. 굳이 저 머저리들에게 우리 이야기를 들려줄 필요는 없을 테니까."

다시 일층으로 올랐을 때 덕남은 깜짝 놀랐다. 좁은 가게 안에 한복에 수염을 기른 유생으로 보이는 노인과 양복을 입은 노인, 그리고 덕남 정도 또래의 여인이 있었다.

일한과 덕남이 자리에 앉자 비좁았다.

"오빠, 저 남자?"

"아. 아오타 노리오, 아니 전덕남 씨. 나이가 윤정이 너랑 동갑이더라."

나이를 말한 적은 없었는데. 게다가… 여인의 표정이 묘하게 바뀌었다.

"여기 양복 입으신 분이 금석학에서 대한민국 일인자이신 고인수 교

133

수님, 유학자이신 아니다, 암호학자라고 해야 하나 전용문 선생님. 선생님 여기는 전덕남이라고 일본에서 귀화한 화족입니다."

화족? 무슨 소리를 하는 거지?

"분초를 다투는 상황이니 메모에 집중하겠습니다. 이 메모는 융희황제, 순종의 측근이 남긴 것으로 생각됩니다. 지금껏 어디인가에 있던 유물을 누군가가 국립박물관 수장고에 심었습니다."

"가방은 저를 통해 여기까지 왔습니다. 먼저 박물관 수장고에 심어졌다면 최근일 텐데 아무리 해도 가방을 들고 들어간 흔적을 찾을 수는 없었습니다. 두 번째로 지금에 와서 저에게 가져다주었다면 왜 지금인지 설명이 어렵습니다. 저를 모파상, 아니 바한모와 같은 비밀 문화재지킴이들과 연결시킬 만한 사람은 드뭅니다."

일한은 덕남을 떠볼 때 두 사람 중 하나가 심었을 거라 말했다. 반면 여자는 최근에 가방이 수장고에 들어간 흔적이 없다고 말한다. 여러 가능성을 상정하고 일한과 여자가 쫓았지만 현재는 가방이 왜 나타났는지는 모른다는 뜻이다.

"이 메모의 진위는 저와 윤정이가 보증합니다. 제가 해석한 데까지만 보자면 이 메모를 쓴 사람은 혜안을 가졌습니다. 메모에는 1910년 4월 2일에 썼다고 적혔습니다. 그러나 마지막 문장에서 한반도의 분단을 예고하고 있습니다."

"예지안을 가진 자인가. 역사에 더러 존재했었네."

일한이 '日이 덧씌워진다'는 대목을 설명했다.

"융희황제의 명을 받든 무천이라는 사람에 대해 조사했습니다. 찾기가 어렵더군요. 역사서에서 거의 기록이 지워진 인물이었습니다. 그런데 의령 남씨 족보에 남무천이라는 사람이 있었습니다. 1873년 생으로 무관에 오른 인물이라고 합니다."

"그렇다면 기록이 없다는 건 말이 안 되는데?"

"없었습니다."

"조작되었다?"

전용문에 이어 고인수가 이야기를 주고받았다.

"네. 이후로 남무천의 기록은 어디에도 찾을 수 없었습니다. 자 다시 세 번째 문장으로 향하면, '조선의 마지막 남은 모든 유산이 황제의 명에 의해 봉인되도다.'라고 쓰였습니다."

주일한의 말을 금석학자 고인수가 되받았다.

"난 저 문장에는 신빙성이 없다고 보네. 여러 구전이나 친일파, 특히 을사오적을 비롯한 그 측근들이 황실의 재산 상당수를 빼돌렸어. 이 일은 일한이 자네도 알 거라고 보는데……."

"그렇지만 금괴라면 신빙성이 있지요. 상당한 증언들이 확보된 사안이니까요."

"금괴요?"

참지 못하고 덕남이 이야기에 끼어들었다.

윤정이라는 여자가 고종의 열두 항아리, 금괴에 대해 간략하게 설명했다. 85만 냥, 대략 1조 5천억 원이라는 말에 입이 쩍 벌어졌다. 고도로 산업화와 자본의 집약으로 영화 한 편 수익이 1조를 우습게 넘기는 지금에 비할 금액이 아니었다. 단순 비교가 아니라 물가상승률에 더해 복리 이자를 감안한다면 훨씬 큰 금액으로 바뀔 것이다.

"보물을 금괴로 한정한다는 건 난센스 같은데."

금석학자인 고인수가 제동을 걸었다. 금괴의 가치를 넘어서는 유물도 없는 것은 아니다.

"나도 고 박사 의견에 동의하네. 금괴를 숨긴다는 건 당시로 보자면 너무 품이 많이 들어. 거추장스럽고. 오히려 가치가 높은 서지류나 미술품이 타당하지 않을까? 최근에 벌어졌던 《훈민정음 상주본》 사태만 해도 그렇지. 단 한 권의 책에 일조 원을 불렀지만 반박하기보다 가치를 인정하는 분위기였으니까."

고인수의 반론에 유학자인 전용문이 의견을 덧댄다. 두 사람의 입장에서는 그렇게 생각할 수 있겠다. 하지만 어떤 보물이 금괴보다 가치가 더 나갈 수 있단 말인가. 이곳 대한민국에서!

"저 죄송하지만 제가 말해야 할 타이밍 같습니다. 저는 일본의 전통과 문화를 수호하는… 이 말은 이제 의미가 없겠군요. 어쨌든 저는 천황의 삼신기를 수호하고 관리하는 삼신기단이었습니다. 제 임무는 두 가지였죠. 하나는 허락되지 않은 황족을 멸하는 것."

아하 이런. 일한이 애매한 목소리를 냈다. 그 탓에 잠시 이야기가 멈추었다.

"두 번째는 천황의 삼신기 중 하나인 야사카니의 곡옥에 대한 행방을 찾는 일이었습니다. 제가 획득했던 유력한 정보에 의하면 곡옥이 저 날 1910년 4월 2일 함께 사라진 것으로 압니다."

덕남은 자신이 가진 마지막 패를 깔 때가 왔다고 생각했다.

"통감인 이토가 데려왔던 아베노 히로시라는 음양사가 있었습니다. 그 음양사는 궁에서 생활했던 것으로 구전됩니다만 어느 날 급작스레 사라집니다. 조선인 내관이 그랬다는 설도 있지만 그때 궁에는 온통 일본에 아첨하려는 사람들이 그득할 때였다는 건 누구보다 여기 계신 분들이 잘 알 겁니다. 아베노 히로시는 어떤 세력에 의해 사망한 것으로 봅니다. 그런데 그가 가지고 있던 것이 바로 야사카니의 곡옥입니다."

"그것과 메모는 별개로 여겨지네만?"

전용문이 이해가 가지 않는다는 표정으로 말했다.

"아베노 히로시, 비록 역사에서 불명예 퇴장을 합니다만 그의 별명이 바로 백년안이었습니다."

"백년안이라면, 혹시 백 년 뒤를 본다는?"

"네, 맞습니다. 그는 미래를 보는 눈으로 아버지를 살렸고 메이지시대를 예견했으며 약관도 되지 않는 나이에 음양사라는 자리에 오른 입지전적인 인물이었습니다. 갑자기 사라졌고요."

"그렇다면 이 메모가 가리키는 장소가……"

"네. 야사카니의 곡옥이 있는 장소일 겁니다."

"농담인데요, 그럼 아베노라는 음양사는 2010년 이후는 보지 못한 걸까요?"

윤정이라는 여자였다. 역시 분위기 파악을 잘 못한다.

"그렇잖아요, 1910년, 2010년. 나머지 시대는 후손이 알아서 하라는 걸지도 모르잖아요?"

여자의 말에 사람들이 웃었다. 함께 미소를 짓고 있는 자신에게 덕남은 흠칫 놀라고 말았다.

"자, 이제 배경은 깔렸으니 장소를 추정해보지요."

일한이 분위기를 잡았다. 고인수와 전용문이 번갈아 말한다.

1910년 4월 2일이라는 날짜에 집중하자며 몇 가지 이야기를 꺼냈다.

1910년은 경술년이다. 4월은 기묘월, 2일은 정유일에 해당한다며 두 사람은 앞을 다투듯 설명을 덧붙인다. 하얀 개가 보이고 노란 토끼와 빨간 닭이 어울리는 날. 두 사람은 날짜를 재빨리 숫자로 치환했다. 47. 16. 34.

여기까지 말한 두 사람은 다시 약속이나 한 듯 입을 닫았다.

"일단 숫자로까지 치환을 시켰다는 게 중요해요. 그리고 메모에는 숫자가 더 나옵니다. '9년 11년이 지나면 100년을 봉인하리라.'라고."

마치 심판을 보거나 중재를 하는 사람처럼 일한이 능숙하게 설명했다.

'47. 16. 34'에 이어지는 '9. 11. 100'이라는 숫자.

"첫 주어진 환경에서 더하거나 빼면 나올 수 있는 숫자들이 97, 65, 마이너스 3, 마이너스 65, 마이너스 29 정도네요. 곱하기까지 가버리면 숫자의 단위가 너무 커져서 그건 아닌 것 같아요."

여자가 자리에서 딱 부족한 부분을 메워주었다.

"저, 날짜. 1910년 4월 2일은 변하지 않을 숫자, 즉 기준 숫자일 겁니다."

덕남이 의견을 말했다.

"정수라는 건가, 그러면 9와 11, 100이 변수가 되는 건가요?"

이번에도 여자였다.

"너희 둘, 생각보다 괜찮은 조합이다. 덕남이랑 윤정이, 내외하지 말고 서로 지금부터라도 친해져."

일한이 덕남과 윤정을 콕 찍어 말하는 통에 얼굴이 붉어졌다.

입을 비죽 내민 윤정이 메모지를 꺼내더니 숫자를 적었다.

47	16	34
9	11	100

윤정이 써놓은 메모를 보자 확연히 눈에 들어오는 글자가 있었다.

47과 9였다. 47에서 9를 빼면 38이 된다. 상징적인 숫자가 되는 것이다.

"38선?"

"어째서 그 말을 꺼내는 거지?"

금석학자인 고인수가 의아하다는 듯 물었다.

"윤정 씨가 쓴 숫자요. 저렇게 보니 빼기나 더하기 하라는 문제처럼 보여서요. 빼기만 하면 38, 5, 마이너스 66이라는 숫자가 나와요."

"그럼 더하기를 하면 56, 27, 134가 되네요."

"머리 좋으시네요."

말하자마자 윤정이 덧붙이는 통에 덕남은 저도 모르게 추임새를 넣고 말았다.

"가만가만. 메이지시대에도 위도 경도를 표시했나?"

암호학자인 전용문이 물었다.

재빨리 윤정이 스마트폰을 꺼내 검색했다. 위도 경도 사용은 생각보다 오래되었던 모양이다. 윤정이 고개를 끄덕였다.

"백 년을 내다본 사람이 너무 쉽게 문제를 냈구먼."

"그러네요. 한국을 관통하는 경도는 127도. 지구과학 시간에 나오는 이야기죠. 저 숫자들을 적당히 맞히면 127이라는 숫자도 나오겠군요."

지레짐작한 전용문과 고인수가 결론을 내렸다.

윤정이 스마트폰을 꺼내더니 위도 38 경도 127을 검색하는 듯했다. 곧바로 주소를 불렀다.

"연천군 전곡읍 마포리 산33번지."

"답 나왔네요. 갔다 올게요."

"그래, 몸 쓰는 일은 일한이 하게."

금석학자인 고인수가 먼저 일어섰다. 고인수를 따라 전용문도 일어선다. 두 사람이 악수를 나누더니 나란히 모파상을 나섰다.

두 사람이 나가자 모파상 객장에는 세 사람만이 남았다.

"저, 하나 여쭐게요. 제가 화족이라는 말은 뭡니까?"

"아. 거짓말이었어. 자네가 자네에 대해서 제대로 안다면 그즈음에서 발끈할 줄 알았거든."

"제대로 알다니요?"

"참 그전에 자네 명령이 뭐라고 했지?"

"삼신기를 찾는 거요?"

"그거 말고."

"황족을 멸하는 거요?"

장지유

한국 관광객이 많은 오사카에서 관광객으로 위장했다. 한국 민단에 있으면서 기자로 자리를 잡은 국정원 직원을 만났다. 그에게 이인혜와 아오타 노리오에 대한 조사를 부탁했다.

장지유는 오사카에 있는 재일교포가 운영하는 인력업체를 찾았다. 그곳 역시 유사한 일을 했다. 불법체류자, 범죄자 등 경찰력이 미치지 않는 사람들을 음성적으로 조사할 수 있는 몇 안 되는 곳이었다.

먼저 연락이 온 곳은 인력업체 사장이었다. 이미 90이 넘은 여장부로 아직도 일본에 귀화하지 않은 몇 남지 않은 강제 징용자였다. 일본이 패전한 뒤 그녀는 한국으로 돌아가는 대신 일이 필요한 조선인들을 모았다. 거품 경제로 일본이 한순간 경제 절벽에 직면하기 전까지 그녀는 승승장구했다. 20층이 넘는 빌딩을 3채나 가졌고, 그 외 자잘한 재산을 합치면 수백억 엔을 넘게 보유한 자산가로 변신했다.

오사카 신사이바시 인근, 오피스텔 건물 꼭대기 층에서 박복순을 만났다.

"오랜만이네."

그녀의 곁에는 예순일곱 살인 장녀 미츠코가 보필하고 있었다. 장지유는 두 사람에게 정중하게 인사했다.

"우리 조카님도 많이 늙으셨소."

"이모님이 정정하셔서 다행입니다."

박복순이 징용시절에 잠시 인연이 닿았던 사람이 장지유의 어머니였다. 그녀가 장지유의 어머니를 언니라 부르며 잘 따랐다고 한다.

"영 찾기가 껄끄러웠어요. 이인혜 씨, 결국은 찾았습니다."

박복순이 전화기를 건넸다. 선불폰이라고 한다. 중요한 것은 안에 담긴 사진이었다. 주소와 사진으로 볼 때 온천지역을 찍은 것 같았다.

"조카님이 그곳에 가면 바로 억류될 겁니다. 너무나 외진 장소이고, 인적이 드물어서 타지에서 온 사람은 눈에 띄게 됩니다."

못 본 사이 오히려 한국어가 늘었다.

사진 속 장소는 유노히라 근처 마을이었다. 유노히라는 제법 이름난 온천 관광지였다. 그러나 사진 속 장소는 유노히라에서 한 시간을 들어가야 했다. 한국으로 치자면 태백산맥 근처 오지에 속할지 모르겠다. 사진 몇 장을 보는 사이 박복순의 딸인 미츠코가 차를 내왔다. 차를 내왔다고 생각했는데 최신 정보를 업데이트해왔던 모양이다.

"우리 사람이 거기에 들어가 있습니다. 지금 일본은 어디든지 일꾼이 필요하니까요. 바로 접근할 수 있는 위치까지 갔다고 합니다. 다만……."

차를 마시다 미츠코와 눈을 맞추었다. 한때이기는 하지만 연인이 될 뻔했다. 장지유와 미츠코는 말하자면 일한과 윤정 같은 사이였다. 미츠코는 지금도 혼자 살고 있었다.

"늘 느끼는 거지만 정말 경이로운 정보력입니다. 내각정보조사실에서 이곳을 안다면 휘하에 두려고 할지 모르겠습니다. 국정원도 마찬가지이고요."

이 말에 박복순도 미츠코도 입을 가리고 웃었다. 정말 딱 닮은 모녀지간이다.

"하루 이틀 정도만 지켜봐주실 수 있겠습니까? 비용은……."

"됐어요. 쓰고 죽어도 모자랄 만큼 돈은 벌었어요. 우리 조카님에게는 이제 돈 받기도 그렇지요? 잊지 않고 우리를 찾아준 것만 해도 고마워요. 볼 날이 이제 얼마나 남았다고."

박복순에 이어 미츠코가 말한다.

"그런데 좀 의외였어요. 이런 외진 곳은 역사서에나 등장하는 곳이거든요. 특히 유노히라 부근 시라쓰나白綱라는 곳은 일본인들도 대부분 모르는 장소입니다. 이런 외진 지역에 사람들이 모여 사는데 늙은이들이 그리 많지 않았다는 겁니다."

고개가 저어졌다. 미츠코의 말이 이유 모를 불안을 조성했다고 할까.

"저, 미츠코 양. 신중에 신중을 기해달라고 해주십시오. 무언가 좀 불안합니다. 제가 전화로 설명을 다 못했습니다만 이들은……."

"삼신기단이라고 하셨죠. 그렇지만 저희도 바보는 아니랍니다. 이곳은 담이 없는, 즉 인지로 만든 감옥입니다."

"감옥이요?"

"네. 감안하고 가 있는 겁니다. 저희도 처음에는 관광객으로 위장했다가 저희가 운용할 수 있는 최고의 사람들을 다시 보냈습니다."

아. 절로 감탄사가 터졌다.

"물론 이인혜 씨를 찾는 게 쉽지 않았습니다. 어느 순간 주소지가 끊어지기를 반복했고 성이 두 번이나 바뀌었어요. 삼신기단이 아닌 국가 단체에서 관리하는 게 분명합니다."

"데리고 나온다는 게 말처럼 쉽지는 않겠군요."

지팡이를 기둥처럼 꾹 지르누르던 박복순이 살짝 고개를 끄덕였다.

그날 저녁은 오랜만에 미츠코와 함께였다. 어머니에게 양해를 구한 미츠코가 활짝 웃으며 장지유에게 팔짱을 꼈다. 주책이라는 소리를 들을 것만 같았다. 그러나 장지유는 팔짱을 빼내지 않았다. 오히려 더 단단히 힘을 주거나 미츠코의 손 위에 손을 얹기도 했다. 둘이 스스럼없던 오래전으로 돌아간 느낌이었다.

한국식으로 정식이 나오는 가게에서 디저트로 식혜와 떡이 나왔을 때였다.

"처음에는 오빠를 많이 원망했어요. 저에게는 한 번도 틈을 주지 않던 사람이 급작스럽게 결혼을 한다고 해서. 그렇지만 저도 이제 반추할 나이가 되었지요. 행복했던 인생이라고 생각합니다. 혹시 결례가 되지 않는다면 오빠의 딸을 제 가족으로 두고 싶기도 합니다."

무슨 소리인가 싶었다. 가만, 프러포즈? 얼굴이 벌겋게 달아올랐다. 허. 낮은 탄식이 터졌다. 묵묵히 지나는 세월을 바라보며 이제 살만큼 살았다고 생각했을 따름이다.

"저기 미츠코. 그렇게 되면 복잡해질 일이 한두 가지가 아닐 터인데."

"어머, 오라버니. 그건 제몫이 아닌 걸요. 그건 그 사람들의 몫이지요."

이때 전화가 걸려왔다. 타이밍 참.

미츠코가 얼른 전화를 받으라 손짓했다. 번호가 낯선 것으로 보아 일본에서 건 전화였다.

"김상조입니다."

"아, 김 선생. 잠시만요."

내일 만나기로 했던 국정원 직원이었다. 잠시 전화 수신부를 손으로 가렸다. 미츠코랑 눈을 맞춘 장지유는 그녀에게 고개를 끄덕였다.

"미츠코, 내 대답은 예스야. 이제 은퇴하려고 하니까. 너무 엉뚱한 걸 중요하다고만 믿고 살았어. 그래, 내 대답은 예스야. 그리고 잠시만."

다시 전화기를 얼굴에 가져가는데 미츠코의 눈에 말랑말랑해 보이는 눈물이 고이는 게 보였다.

"김 선생 무슨 일이십니까? 웬만하면 내일…!"

"조심하셔야겠습니다. 이인혜 씨. 보통사람이 아니었습니다. 우리도 지금까지 그 어떤 끈도 없어서 놓치고 있던 사람이었습니다. 이정혜 씨의 딸이었습니다. 이덕혜 씨의 손녀입니다."

귓가가 갑자기 멍멍해졌다. 이정혜 씨의 딸, 이덕혜 씨의 손녀. 그게 누구더라. 그런데 전화기 너머로 이야기를 들었는지 미츠코의 입이 풍선처럼 커졌다. 그녀는 풍선을 터뜨릴 듯 두 손을 막무가내로 입으로 가져간다.

"황손!"

"황손?"

미츠코의 말에 먹먹하던 귓가가 쩡 울리며 이명이 생겼다. 덕혜의 딸

정혜, 정혜의 딸 인혜라면!

덕남이 말한 인혜라는 이름의 기시감이 이거였단 말인가.

조선의 마지막 역사는 구석구석이 슬프고 어지러웠다. 조선 5백 년 성대한 역사의 마지막이 이리도 초라할 줄은 누구도 몰랐을 것이다. 하지만 왕족에게 약속이나 한 듯 불행이 닥친 것 또한 예측할 수 없는 변수였다. 고종의 갑작스런 죽음도 그렇지만 세 번이나 딸을 유산하고 낳은 덕혜의 우울증에 이은 조현병은 그야말로 충격적이었다. 그뿐일까. 영친왕 정도를 제외한 거의 모든 황족은 불행한 말로를 맞았다. 조선에서 마지막을 보낸 영친왕이라지만 그의 생전 굴욕은 이루 말할 수 없을 정도였다. 덕혜의 딸이었던 소 마사에宗正惠, 정혜는 조센징이라는 따돌림을 당한 뒤 어머니를 미워하기에 이르렀다.

명성황후를 시해한 날, 명성황후로 추정되는 시체에는 윤간도 모자라 하급 낭인들까지 시체를 욕보였다고 한다. 차마 왕족, 황족의 마지막 역사를 어찌 말로 다 하겠는가.

재야사학자, 비주류 역사학자의 몇몇 연구에는 조선 왕실에 광범위하게 비소, 붕산, 수은을 포함한 상당한 독극물이 사용되었을 정황이나 추정 등이 계속해서 연구되고 있다. 1919년 사망한 고종에 대한 독살설은 상당한 설득력이 있었고, 그의 아들이자 2대 대한제국 황제인 융희, 순종 또한 특정 시기 이후 바보처럼 사람이 변해버렸다는 풍문이 나돌았다. 반면 독립운동에 몸담으며 황실 가계도에서 멀어졌거나 격하된 황족의 경우 특정 병이나 소문에서 비교적 자유로웠다는 점에서 황실과 관련된 악의적 소문이나 나쁜 병 등은 일제에 의해 철저히 조작되었을 가능성이 높았다.

영친왕과 덕혜옹주는 통한의 역사를 보낸 뒤 조선으로 영구 귀국하여

말년을 보냈다. 그러나 이들과 달리 일본에서 뼈를 묻고 사라진 황족이 바로 덕혜의 딸 정혜였다. 그녀는 아버지 소 다케유키로 인해 '소 마사에'로 불린 화족이었다. 소 다케유키는 메이지시대 작위를 받은 백작 가문이었다. 다만 정혜가 스스로에 대한 의식이 또렷해진 뒤 어머니를 직접 병원에 입원시키는 등 적지 않은 변화를 보였다. 또한 그녀가 선택한 남자와 결혼에도 이른다. 결혼한 이듬해인 1956년, 그녀는 '자살하겠다'는 유서를 남기고 사라졌다.

일본의 알프스라 불리는 애마나시 현 고마가타케 산에 정혜를 찾는 수색대가 꾸려졌다. 수색이 허사로 끝난 7년 뒤 정혜는 실종에 이른 사망으로 처리된다. 그런데!

"장 선생님께서 이인혜를 조사해달라는 말을 제가 너무 쉽게 생각했던 것 같습니다. 입이 가벼운 몇몇 정보원들에게도 이야기가 들어간 것 같습니다. 아무튼 조심하십시오. 내일 만나 뵐 장소는 제가 따로 연락드리겠습니다."

미츠코는 김상조의 말을 자분자분 듣고 있었다.

"1956년의 일본은 어땠을까요?"

문득 미츠코에게 묻고 말았다.

"워낙에 오래 지났고 어릴 때라 정확한 말씀을 드리기는 어렵습니다. 그렇지만 이 시기부터 일본에는 희망이 싹튼 시기였습니다. 패전으로 오랫동안 불행할 것이라는 예상이 한국전쟁으로 인해 완전히 빗나갔거든요. 미군이 한국전쟁에 사용할 물건들을 가까운 데서 조달해야 했고 그러기 위해 일본에 현금을 지불했으니까요. 이게 일본을 다시 일으켰습니다. 일본은 올림픽을 유치하고 더 지나서 만국박람회까지 개최하지 않습니까."

"한국의 마지막 남은 피까지 빨아 일본이 일어섰다. 문득 그런 생각이 듭니다. 한국은 강점기도 모자라 한국전쟁까지 겪으며 완전히 쓰러졌거든요. 이후로 40년 넘게 독재에 군사정권까지. 이루 말할 수 없는 역사의 폐해 속에 있었으니까요."

장지유가 미츠코를 보는데 고개를 숙이려고 한다.

"아니요, 아니요. 미츠코와 같은 개인의 잘못이 아닙니다. 절대 아닙니다. 그러니 고개 숙이지 마세요. 이제는 우리가 더 나은 미래를 설계해야 하지 않겠습니까? 동반자 같은."

일흔이 넘은 나이에 주책이다 싶지만 덥석 미츠코의 손을 쥐었다.

"즐기며 갑시다. 마지막까지."

이때 벌컥 문이 열렸다. 척보아도 '야쿠자예요'라고 쓴 듯 온몸을 문신으로 감은 듯한 남자 몇몇이 문 바깥에 서 있었다.

"일단 따라갈까요?"

오히려 미츠코가 먼저 일어섰다. 불행은 행운 중에 오는 것이라 했다. 틀리지 않나 보다. 김상조가 경고한 일이 이리 쉽게 벌어질 줄 몰랐다. 장지유도 미츠코를 따라 일어섰다.

야쿠자들은 신사적이었다. 한정식 식당을 나오는데 주인장이 어쩔 줄 몰라 했다. 오히려 미츠코가 주인을 안심시켰다. 건물을 나오자 렉서스 승용차 4대가 보였다. 차 바깥으로 야쿠자들이 나온다. 개 중에 검은 양복을 빼입은 두목 격이 보였다. 차에 오르려다 미츠코가 보스로 보이는 녀석에게 다가갔다.

몇 마디를 건네는가 싶은데 검은 양복의 얼굴이 사색으로 변했다.

두 사람이 이야기를 하는 도톤보리 상가 인근으로 어느새 사람들이 몰려들었다. 사람들이 몰려드나 싶은데 수많은 차량들 역시 상가 인근을 감싸고 있었다.

"미츠코, 미츠코?"

장지유는 상황을 갈마보다 미츠코에게 다가갔다.

"오빠가 그랬죠, 즐기며 가자고."

"응, 마지막까지."

"즐겨보자고요. 저런 피라미들이 오빠를 데려가려고 하다니. 자존심 상하게."

내게 있어 왕족이라면 그대구나. 문득 그런 생각이 들어 장지유는 웃고 말았다. 너무나 그리운, 웃으면 눈가에 삼수변 주름이 지는 여인 역시 보내줄 때가 되었다. 일련의 사건들이 스쳐갔다. 아오타 노리오가 장지유의 편이 된 것이 분명했다. 그렇지 않고는 피라미 야쿠자들이 사전 준비도 없이 들이닥쳤을 리 없다. 장지유에게 약간 겁만 주면 될 거라 여겨졌던 것이다.

간략하게 정리한 내용을 일한에게 전화로 알렸다. 일한은 말없이 듣기만 했다. 전화를 끊는데 일한이 툭 한마디를 던졌다. 아버지, 고모님이랑 잘해보세요.

"미츠코, 이렇게 된 이상 이인혜를 빨리 구출해냅시다. 그래야 될 것 같아요."

"그러면 같이 가실까요?"

미츠코가 우아하게 손을 내밀었다.

주일한

"그래, 황족을 멸하는 거. 덕남이 너, 황족이더라."

순간 덕남이 얼어붙은 표정으로 바뀐다. 진실을 모르고 있는 게 분명했다. 도대체 저 녀석을 이곳에 유배시킨 이유는 뭘까?

호기심을 이기지 못한 윤정이 다가왔다. 두 사람은 오늘 처음 만난다.

"농담이야. 쫄기는. 아 참. 너희 둘 정식으로 소개할 시간이 촉박했다. 뭐 서로 알겠지만."

"됐어. 소개는 무슨. 전덕남 씨 반가워요. 저는 오빠 동생 장윤정. 동갑이라니 친구로 지냅시다."

윤정이 오른손을 내밀었다. 여전히 어리바리한 표정인 전덕남이 주사맞기 싫은 표정으로 손을 내밀었다.

"참 위도 38, 경도 127 위치 근처에 한반도통일미래센터라는 곳이 있던데?"

무언가 불길한 말이었다. 그곳에 먼저 자리를 잡은 단체가 있다? 그렇다는 건…….

"일단 가보고 생각하시죠. 저는 기자 직함도 있습니다만."

덕남이 말한다.

"지하는 어쩐다?"

"두 사람이니까 그리 위험하지는 않을 겁니다. 서로 경계도 할 거고. 혹시 물이 있습니까?"

일한은 매장 냉장고에서 생수를 건넸다. 생수를 든 덕남이 재빨리 지하로 사라졌다. 뚱한 표정이던 윤정이 종잡을 수가 없다며 지하에 눈길을 고정했다. 일 분이 조금 지났을까. 덕남이 다시 일층으로 올라왔다.

"왜?"

"뭐… 양말 냄새나는 물을 마셨어도 물은 물이겠죠?"

"양말 냄새나는 물? 웩."

과장된 몸짓을 해보이고는 윤정이 먼저 바깥으로 나갔다.

윤정과 일한은 땡중이 하는 화랑을 가로질렀다. 중국 모조품으로 사기를 치려던 땡중이 얼른 눈을 내리깔았다. 윤정에 이어 덕남까지 화랑을 가로질렀다. 수운회관 방면으로 나와 오피스텔 건물 지하로 들어갔다. 윤정이 사는 오피스텔이다. 엎어지면 코 닿을 거리지만 와본 적은 없었다.

10년은 넘게 탔을 경차 앞으로 다가가자 덕남의 인상이 구겨졌다.

"왜 이렇게 인상을 구겨요?"

"제 얼굴이 에이폼니까? 구기게?"

티격태격하는 두 사람의 모습이 귀여웠다.

"너희들 그러다 정분나겠다. 잘해 봐."

"뭐야, 이 오빠는? 며칠 전에 그 일은? 책임지지 않겠다는 거야?"

"아 두 분이 그런 사이셨군요. 몰랐습니다."

구겨졌던 인상이 단번에 펴진다. 문득 이런 게 사람 사는 일이라면, 이런 일로만 티격태격했으면 좋겠다는 생각이 들었다. 차에 오르자 윤정이 내비게이션에 주소를 입력했다.

"정확하게 위도 38도 경도 127도는 연천군 전곡읍 마포리 산34번지야. 여기에서 가장 가까운 곳이 한반도통일미래센터래. 실제로는 8백 미터쯤 떨어져 있고."

윤정이 한반도통일미래센터를 검색하고 설명했다. 통일부 산하인 일종의 청소년 연수원으로 통일에 대한 체험관이라고 한다.

조선의 마지막 유물, 대규모 터파기 공사, 보물을 훔치고 훔쳐가는 상상이 어우러지며 보물을 파내는 사람들의 모습으로 바뀐다. 섣부른 생각은 버리자, 일한은 질끈 눈을 감았다 떴다.

차는 금세 도로를 따라 바람을 갈랐다. 이야기를 듣던 덕남이 윤정에 이어 말한다.

"그런데 저는 조금 이상해요. 아무리 다섯 문장을 해석하기 위해 뛰어난 분들을 모았다지만 이렇게 쉽게 장소가 특정될까요?"

거친 배기 음은 엔진이 데워지자 조금 잠잠해졌다. 반대로 머릿속은 어느 때보다 시끄러워졌다. 일한도 마음에 걸리던 부분이다. 이 정도라면 메모만으로 장소를 한정할 수 있다. 다시 말해 가방에서 한지의 비밀만 찾아낸다면 이후 과정은 일사천리라는 뜻이다.

일한은 윤정이 가방을 찾아낸 과정에 이어 한지를 해석해내기까지를 설명했다. 지난하지는 않았지만 세심한 과정과 직관, 특별한 기기를 이용했기에 가능했다.

"여기까지는 물리적 트릭. 그러나 지금부터는 어떨지 몰라. 덕남이가 말한 아베노의 백년안이 가짜일지도 모르고, 실제라 해도 도굴이 끝났을지도 모르니까. 우리가 아는 거라고는 그게 전부. 이제부터는 물리적인 싸움 외에 심리적인 싸움도 함께야. 그리고 저 뒤에 미행하는 차량도 함께고."

윤정은 내비게이션을 적절히 활용해 의정부로 접어들었다. 장암IC를 지나 동두천으로 향하는 길이었다.

"제가 배신할 거라는 생각은 안 해보셨습니까?"

"그런다는 건 또 자네 어머니를 볼모로 두는 거니까."

너무나도 간단한 답을 물었다. 그리고 녀석은 화족이라 부른, 정확히는 황족이라 부른 의미를 모르고 있었다. 사실 이로 인해 일한 역시 큰 의문에 빠졌다. 어머니를 볼모로 일본 어디인가에 붙잡아둔 거라면 녀석을 굳이 한국에 처박아둘 필요가 있었을까? 녀석은 일본 역사와 관련되어 큰일을 한다는 사명감에만 사로잡혀 12년을 넘게 허송세월했다. 대역 죄인이었다면 능지처참했지, 굳이 한국에 둘 필요는 없을 것이다.

덕남에 대한 수수께끼는 잠시 묻어두기로 했다.

차는 북상을 거듭해 어느새 동두천에 다다랐다. 뒤에는 일정 간격을 유지한 채 차 한 대가 뒤따랐다. 흘금 보기는 했지만 차는 바보 같을 정도로 우직하게 따라왔다.

미행이 아닌가?

의문은 결과로 해결하면 된다. 무엇보다 총이 없는 대한민국이다. 미행하는 차가 적이라면 웬만해서는 엇비슷한 조건에서 결투를 벌일 수 있다.

"그런데 참!"

운전을 하던 윤정이 말을 꺼냈다.

"지하 수장고에 침입한 군인이 있었어. 어제 오늘 그거 보느라고 밤새고, 보안팀장님이 오늘도 그것 관련으로 내가 필요하다고 거짓말 해주셔서 하루 쉬는 거야. 그런데 이상한 게."

"어, 아아. 윤정 씨. 뒤돌아보지 말고 운전하면서 말하세요."

덕남이 짜증을 낸다. 무서웠던 모양이다.

"저는 군인이 가방을 들고 들어갔다가 빈손으로 나오는 줄 알았거든. 그런데 그냥 들어갔다가 그냥 나오는 거야. 마치 귀신처럼. 일단 보안팀장님하고 거기 껄떡바리라고 있는데 두 사람은 입 다물기로 했어. 아무리 생각해도 이상해."

이것 역시 의문이겠다. 덕남과 윤정 각기 하나씩. 기억하기로 했다.

차는 어느새 동두천을 지나 연천으로 접어들었다. 선사시대 유적이 있는 곳이다. 곳곳이 관광지로 잘 만들어졌다. 오후에서 저녁으로 접어들었다.

"우와, 이런 데 오니까 매운탕 땡기지 않아요?"

"땡기기는 한다. 일단 급한 볼일부터 마친 뒤에."

일한이 뒤를 가리켰다. 미행하는 차. 어쩔 수 없이 한반도통일미래센터를 먼저 방문해야 할 것 같았다. 직접 대면하든 따돌리든 해야 할 것이다.

"근처에 다른 건 없어?"

"아까 봤을 때 산34번지가 위도 38에 경도 127이었어. 그 남동쪽에 보건소가 있었고 북동쪽에 한반도통일미래센터가 있었어.

"보건소라. 덕남이 너, 기자 신분도 있다고 하지 않았나?"

"네. 제니어스 미디어 한국지부장으로 되어 있습니다."

"거기 청소년 연수원? 수련원? 뭐 그런 거랬지?"

응. 윤정이 핸들을 꼭 쥔 채 대답했다.

"좋아, 그럼 일단 기자단으로 일박 하자. 나머지는 차차 대응하는 걸로."

연천에 접어들어 얼마 지나지 않아 한반도통일미래센터라는 곳에 도착했다. 미행하던 차량은 센터 입구 근처에서부터 따라오지 않았다.

센터에 도착해 별다른 제지 없이 주차에 이어 통일관까지 도착했다. 오로지 온라인 예약으로만 숙박과 연수가 가능한 곳이라는 설명이었지만 덕남의 기자증이 위력을 발휘했다. 덕남은 센터 야간을 책임지는 관리자에게 다국적 국가에 홍보를 하려 한다는 설명까지 덧붙여 방 두 개를 얻어냈다. 통일부 산하 기관인 만큼 좋은 기사에 늘 굶주리고 있을 것이다.

방을 얻고 센터에서 저녁식사를 마쳤다. 식사를 마치자 관리자가 다가왔다.

"내일 센터장님과 미팅을 잡아 드릴까요?"

"일단은 먼저 둘러보겠습니다. 워낙에 넓어서 하루만에 다 체험할 수 있을지 모르겠네요."

덕남이 립 서비스를 했다.

저녁을 먹자마자 센터 주변을 둘러본다는 구실로 세 사람은 바깥으로 나왔다. 주변은 그야말로 휑뎅그렁했다. 미행하던 차량은 어디로 사라졌는지 찾아낼 수 없었다.

"자, 본론으로 들어갈까요?"

덕남이 오히려 소리를 높였다.

세 사람은 산길을 더듬어 구글 지도가 가리키는 위도 38, 경도 127 지점에 가까워졌다. 센터에서 6백 미터 정도를 더듬어 도로를 지났고, 작은 집이 모여 있는 마을 하나를 지나쳤다. 야트막한 산을 올랐지만 남쪽을 바라보는 경사면에는 딱히 눈에 띄는 게 없었다.

"너무 평범하네요."

"무언가 상징이 있을지도 몰라. 과거에 어느 추리작가가 김해랑 마산이랑 오가는 고속도로 주변에 있는 구릉을 보고 몇 번이나 가야 무덤이 아니냐고 했었다지."

"엥, 실제 가야 무덤이었어요?"

일한은 흐뭇하게 덕남과 윤정의 대화를 들었다.

"실제 가야 무덤. 대박이지? 이십 년쯤 전에 발견됐을 걸. 그리고 웬만하면 말 놓지? 나이도 동갑이라며?"

"그렇기는 한데요, 아직 어색해서요. 그리고 저는 추측이 안 되는 사람은 좀 그렇습니다."

"추측? 천방지축이 아니고?"

일한은 덕남이 말한 윤정에 대한 인상 탓에 웃고 말았다.

"너희 둘 어울려, 잘해 봐라."

"진짜 이 오빠 정말. 며칠 전 그 키스는 뭔데 그럼?"

"두 분도 잘 어울립니다."

덕남이 윤정과 일한을 번갈아 보며 웃었다.

"키스는 좀 미룰 걸 그랬다야. 이렇게 좋은 남자가 나타날 줄 알았으면."

게다가 황족이라는데. 말하고 싶은 걸 참았다. 조금 더 확실해지면 설명해주자.

세 사람은 스마트폰 플래시를 켠 뒤 주변을 샅샅이 훑었다. 세 사람이 선 백여 미터 주변에 무덤이 있었다. 행여나 놓친 게 있나 싶어 땅을 발로 차기도 하고 나무를 흔들어보기도 했다. 분명 인공적인 구조물이나 흔적이 있어야 옳았다. 일한과 윤정, 심지어 덕남마저 이 분야에 전문가가 아닌가. 그러나 밤이 깊도록 무덤 외에 인공적인 구조물을 찾아볼 수 없었다.

관리자가 시간이 늦었는데 어디시냐는 문자메시지가 오기 전까지 세 사람은 계속해서 주변을 살폈다. 야산을 내려가 다시 센터로 돌아갔다.

관리자는 친절했다. 관계자들을 위한 홍보용 방을 내주겠다는 걸 정당하게 계산했다. 세 사람의 거짓이 언제든 관리자에게 불이익을 끼칠 수 있다. 나쁜 접점을 최소화시켜주는 게 관리자를 위해서도 좋았다.

방으로 들어섰다. 2인실 두 개였다. 나란한 방이어서 다행이었다. 옆방은 윤정이, 일한과 덕남이 같은 방을 쓰기로 했다. 금세 샤워를 마친 윤정이 두 사람 방으로 들어왔다.

"도무지 모르겠네."

"백 년이나 숨었던 곳인데 그리 쉽게 모습을 드러내지는 않을 겁니다."

윤정과 덕남이 오래 알아왔던 사람처럼 대화를 주고받았다.

"우리가 놓친 건 없을까?"

"놓친 거라면?"

무천이 썼다는, 다섯 문장에 대한 이야기를 꺼내려는 것이다.

"무난하지 않았나?"

말을 했지만 일한도 꺼림칙했던 게 사실이다. 이렇게 쉬울 수 있나, 반문하지도 않았던가.

"나는 일단 첫 문장은 크게 의미가 없다고 봐."

"저도 그렇게 생각합니다."

이번에도 둘이 이야기를 주고받는다.

"나는 아냐. 저 문장은 되새길 필요가 있어. 무천이라는 이름을 밝혔다는 건, 그 사람을 찾아내라는 건지도 몰라. 우리는 무천을 찾는 데는 실패했잖아."

"못 찾으면 찾아오겠지 뭐. 알 게 뭐야. 난 의미를 알 수 없는 게 마지막."

조선에 日이 다시 덧씌워지니 걷힐 날을 알 수 없노라.

"아니 아무리 자기가 미래를 본다고 해서 그걸 지기에 적는다는 거 자백 아냐?"

"자백이 뭡니까?"

아. 덕남은 인생의 3분의 2를 일본에서 나고 자랐다. 자백에 대해 설명했다. 자신을 너무 귀하게 여긴 나머지 스스로 자신을 자랑하는 이기주의 같은 거라고.

"근자감?"

"오호. 그거랑 좀 비슷하겠다."

"근자감?"

이번에는 일한이 되물었다. 근거 없는 자신감, 윤정이 말하고는 혀를 쏙 내민다. 말은 태어나고 성장하며 분화하고 사멸한다. 이를 적확한 목적으로 말과 문자가 맞는 글을 만들어낸 세종은 세계 역사상 유례없는 위인이 아닐 수 없다. 다만 그는 왜 그가 한글을 만든 이유를 직접 밝히지 않았을까?

생각에 잠긴 일한을 윤정이 툭 건드렸다. 다섯 번째 문장. 그래, 그래. 고개를 끄덕이며 문장에 대해 다시 생각했다.

1910년 4월 2일을 살았던 사람이라면, 미래에 쓸 지도에 대해 짐작하기는 어려웠을 것이다. 위도와 경도로 표시했던 건 도박이자 모험이었다. 다만 현대에 이르러 위도와 경도는 일반화되었다. 이를 보완하기 위해 수를 썼다면 무얼까. 9년 11년이 지나면 100년을 봉인하리라, 일까. 그러다 문득 깨달았다. 60갑자를 이용해 1910년 4월 2일을 해석했던 고인수와 전용문 두 사람은 동히 47, 16, 34라는 숫자를 짚어냈다. 여기에 9와 11, 100을 적절히 활용하자 127이라는 숫자가 생겨났다. 47에 9를 빼면 38이 된다. 16이라는 숫자에 11을 더하고 또 100을 더하면 127이라는 숫자가 된다. 34라는 숫자는 허수일까?

"너네 둘 나이가 몇이니?"

"서른넷이잖아, 알면서 물어!"

따끔하게 윤정이 일침을 가했다. 연관은 없겠지만 괜히 연관을 짓고 싶다.

다만 하나, 조선에 日이 다시 덧씌워지니 걷힐 날을 알 수 없노라. 마지막 문장이다. 한반도에 암운이 드리운다는 해석으로 부족함이 없다.

"무엇이 틀렸지? 무엇이?"

"도둑맞은 편지, 인식의 그림자."

일한에 이어 윤정이 주문처럼 중얼거렸다.

도둑맞은 편지? 인식의 그림자?

"…어!"

어! 일한과 덕남이 거의 동시에 소리쳤다.

"지금껏 숫자 하나가 더 있다는 걸 까먹고 있었어. 다른 숫자는 전부 아라비아 숫자로 표기한 반면에 딱 하나, '다만 하나'라는 숫자를 한글로 표기했잖아."

"어, 엉?"

윤정도 그제야 알아차린 것 같았다.

"윤정이 네가 그랬냐? 백년안 너무 자기 자랑하는 거 아니냐고? 모르겠다. 누가 그랬든 이런 비문을 쓰면서 자기 자랑할 사람은 없었을 거야. 완전히 놓쳤다."

하나, 1에 조선에 日이 덧씌워지는 상황이라면!

"일을 반으로 나눈다?"

일한의 입에서 저도 모르게 높은 목소리가 터져나왔다.

"일을 반으로 나눠서 답이 나온 두 숫자에 하나씩 나눠주면, 전혀 엉뚱한 장소가 나와!"

"어딘데?"

급했는지 덕남이 처음으로 윤정에게 반말을 했다.

"위도 38.5, 경도 127.5. 휴전선이야!"

윤정의 목소리가 가느다랗게 떨렸다.

단아

어느새 무천이 단아의 손을 잡고 그녀를 이끌고 있었다. 보이지 않을 텐데도 무천은 쉼 없이 앞으로 나갔다. 지하 통로는 좁았다. 어느 때는 훌쩍 키를 넘기는 길이 있는가 하면 어느 길은 기어가야 했다. 길은 어려웠다. 막다른 곳이 있는가 하면 장애물이 있는 곳도 있었다. 무천은 그때마다 동물 같은 본능으로 단아를 보호했다.

"저, 더는 못 가겠어요. 더는."

단아는 그 말을 끝으로 정신을 잃었다.

얼마나 지났을까. 단아가 정신을 차렸을 때는 어느 여염집 방 안이었다. 방은 비좁았고 지린내와 구린내가 떠다니는 듯했다. 겨우 몸을 일으켰다. 그때 단아의 옆에 죽은 듯이 누운 무천을 발견했다.

무천은 무시로 끙끙거렸다. 어두워서 실내가 잘 보이지 않아 무천의 곁으로 다가갔다. 피 냄새가 났다. 수치심을 이기며 무천의 몸을 더듬었다. 더듬으며 알아차렸다. 무천의 몸 어느 한 곳도 성한 데가 없었다. 이래서는 안 되겠다.

재빨리 일어섰다. 방 바깥으로 나왔다. 집에는 아무도 없었다. 한 자쯤 되는 툇마루를 내려섰다. 좁은 집 곳곳에 사람이나 개의 인분이 널렸다. 버려진 집이거나 사람이 없는 집인 것 같았다. 염치 불고하고 집을 뒤졌다. 도적질로 내몰린다 해도 어쩔 수 없다고 생각했다. 물을 찾았고 부싯돌도 찾아냈다. 방으로 들어가 등잔에 불을 붙이고 무천에게 물을 마시게 했다. 의식이 없는 중에도 본능적으로 무천은 물을 두 번이나 마셨다.

이때 누군가 문을 여는 소리가 들렸다. 그러려던 건 아닌데 덜컥 무서움에 방구석으로 숨게 된다.

"처자, 처자 혹시 깨어났는감?"

문을 열고 들어온 사람은 나이 든 여인이었다.

"불을 꺼야 돼. 처자랑 남편을 찾아다녀."

여인이 등잔불을 껐다.

그제야 단아가 해왔던 일이 화들짝 기억났다.

"저, 저, 혹시 네모난 가죽으로 만든 가방 못 보셨나요?"

"자네 궁녀지?"

고개를 끄덕여야 할지 아니라면 모른 체 해야 할지 망설여졌다.

"그곳에서 나온 순간 필녀가 되어서 평생 바보처럼 살아야 돼. 각오는 된 거지?"

모든 걸 안다는 듯 물어보는 여인을 향해 단아는 고개를 끄덕이지 않았다.

아무것도 모르는데 모든 걸 안다는 듯 묻는 여인이 싫었다. 눈을 감고 가만히 있었다.

"고집은 있구나. 그런 고집으로 버텨. 그러면 살아질 거야."

여인은 입술을 지그시 깨물더니 눈을 감았다. 뜬눈이 무언가에 반사되어 반짝거렸다. 그러다 또르르 굴러 내리는 눈물이 아프게 깨졌다.

"나도 그랬으니까. 그리고 가방은 잘 찾아 봐. 방 안에 있으니까."

이때 누군가가 거칠게 대문을 두드렸다. 겁을 집어먹은 단아와 달리 노인은 태연하게 나가 문을 열었다.

"혹시 여기 내시 한 놈과 궁녀가 오지 않았나?"

"내시라니요. 여기는 제 딸아이 부부가 쓰는 방입지요. 그렇잖아도 사위가 일본 낭인들에게 얻어맞아 지금 혼절을 했습지요. 이리 무서울 수가 없습니다."

노인의 말이 끝나기도 전에 누군가가 문을 열었다. 한성부 하급 관원인 듯했다. 낡은 포졸복을 입은 관원이 방안을 살폈다. 위로는 개혁을 말하지만 말단까지 이르기에는 아직 멀었다.

"사위가 의식이 없습니다요."

노인은 간절한 모습으로 관원의 뒤에 섰다.

"그 말은 내 못 믿지."

관원은 짚신을 벗지도 않은 채 방 안으로 들어왔다. 무천이 누운 이불을 젖히는가 싶더니 곤봉으로 무천의 낭심을 지그시 눌렀다.

"있네, 있어. 내시는 아닌 게구먼. 알았으니 가겠네."

관원은 한껏 뻐기는 걸음걸이로 방을 나갔다. 곧 문을 잠그는 소리가 들렸다.

"먹을 걸 좀 가져다줄 테니 있게. 문으로 나가지 말고 부엌으로 드나드는 문이 있어. 자네가 있는 집이 원래는 외양간이었거든."

여인이 돌아서 사라졌다. 무언가 사연을 간직한 듯한 여인의 모습에서 단아는 미래가 그려졌다. 나도 저럴 것이다. 이곳을 벗어나지 않는다면 십중팔구 저기서 벗어나지 못할 것이다. 한편으로 서글펐다. 전심을 다해 아베노를 보필했다. 비록 일본인이라고는 하나 그는 공평하게 사람을 대했다.

궁녀가 그러면 안 된다는 건 진즉에 배웠다. 걸음마를 시작해 궁에 들어온 이상 궁녀는 왕을 위해, 황제를 위해서만 존재해야 한다. 보이는 것으로는 어기지 않았으나 보이지 않는 것으로는 어겼다. 사람으로 여자로 대해주는 아베노 히로시에게 마음을 빼앗기고 말았다. 그랬던 아베노가 배필을 정해주었다.

사정을 모른다면 황제를 허수아비 취급했다 하지 않을까.

아베노는 격변이 일어나 세상이 바뀔 것이라 말했다. 스스로 길을 준비하라 말했다. 아베노는 필사적으로 길을 터주었다. 목숨을 부지할 길, 여자가 될 길, 성장해서 살아갈 길, 지하 비밀통로, 그 길까지.

아베노를 떠올리자 걱정이 앞섰다. 그는 어떻게 되었을까. 이대로 궁으로 돌아가야 하는 것 아닐까. 그때 끙끙거리는 신음소리가 방 안을 채웠다. 번뜩 정신이 들어 무천을 바라보았다. 무천을 보자 한숨이 났다. 마치 거대한 벽 하나를 마주한 느낌이었다. 막상 떠오른 생각과 달리 궁녀로 살아온 본능이 손길을 뻗었다. 이마를 짚은 손에서 온기가 느껴졌다. 뜨겁지는 않았다. 물을 마시기 전에 비해 한결 나아 보였다. 이 정도 미열이라면 금세 회복할 것이다.

"가방!"

평정심을 회복하자 단아는 가장 먼저 가방을 떠올렸다. 여인이 방 안에 있다고 말했다. 이제 어둠이 완전히 틈입한 방안을 살폈다. 무천이 누운 아랫목과 그를 덮은 이불. 방문 맞은편, 일어서서 손을 뻗으면 닿을 만한 거리에 선반을 만들어두었다. 선반 위에는 아무것도 없었다.

어디에 가방이 있다는 것일까?

찬찬히 다시 방을 살폈다. 불을 켰던 심지. 심지 아래에 놓인 선반.

가방은 보이지 않는다. 낙심한 채 어둠 속에 몸을 웅크렸다. 마음도 웅크려져 얼굴을 무릎 사이에 파묻고 흐느꼈다. 한참을 흐느끼는데 발치에 무언가가 와 닿았다. 화들짝 놀라 눈을 떴다. 무천의 손이었다. 힘이 없고 느렸다.

"낭자. 살아 있군요. 다행입니다."

목소리는 갈라지고 떨렸다. 기백이라고는 느껴지지 않는 무천의 목소리에 단아는 측은지심이 일었다.

"네, 살았습니다."

평소라면 생각지도 못할 대범한 행동을 하고 말았다. 무천의 손을 꼭 쥔 것이다.

"나흘을 헤맸어요. 그 때문에 살았습니다. 곧바로 지하 통로를 빠져나왔더라면 대번에 잡혔을지도 모릅니다."

나흘?

무천은 의식을 잃은 단아를 안은 채 나흘이나 필사적으로 지하 통로 출구를 찾아 헤맸다는 말인가. 단번에 측은을 떨쳐낸 감동이 밀려왔다. 아베노는 백년안을 가졌다고 사람들이 수군거렸다. 아베노가 본 것은 단아와 무천의 백년해로였을까.

"내관님, 아니 무사님이라고 불러야 하나요?"

"그대와 나에게 이름이 무슨 의미가 있겠습니까? 우리는 이곳을 나서는 순간 이름을 버려야 될 것입니다. 그렇지만……."

"그래요, 그렇지만 무사님과 저는 제가 단아라는 사실과 무사님의 존함이 남무천이라는 사실을 알고 있지요. 가슴에 새기겠습니다. 그런데 참……."

가방을 잃어버렸습니다. 벌벌 떨리며 가슴 저 밑에서 절망이 깃든 목소리가 뿜어져나왔다.

"낭자. 가방을 잃어버리다니요? 저기 있지 않습니까?"

무천이 힘겹게 손을 들어올렸다. 무천의 검지가 가리킨 곳에는 등잔이 있었다. 등잔 아래에는 흰 천으로 감싼!

"맙소사. 저것이었군요. 마치 원래부터 저렇게 있었던 것처럼. 놀랍습니다."

"이곳에 계신 주인 어르신께서 그리 살아오셨다 하더이다. 궁에서 탈출한 뒤로."

아. 그랬다는 건!

"묻지 않기로 합시다. 우리에게 우리의 사연이 있듯이 육십 즈음일 노파에게도 그녀만의 사연이 있겠지요."

단아는 유명을 달리했던 황후가 떠올랐으나 이내 기억에서 밀어냈다. 가정은 아무 의미가 없다.

"우리가 갈 곳은 정해져 있지요?"

이미 알고 있었다. 무천도 알고 있는지 묻고 싶었다.

"아닙니다. 저는 모릅니다. 음양사 양반이 단아 낭자에게만 말했습니다. 벌써 잊으셨나 봅니다."

아. 역시 음양사는 뒷일을 도모했다. 혹여 무천이 단아를 버리는 불확실성까지 염두에 둔 것이다. 고맙고 미안했다.

"저는 이제부터 황제 폐하를 만날 수도 없습니다. 이미 이 일은 모든 준비가 하나부터 열까지 마무리된 상태였습니다."

단아는 무천의 말에 또 한 번 낮은 탄식을 터뜨렸다.

이제 두 사람에게 길은 하나뿐이다. 무조건 앞으로 가는 것! 단아는 뒷머리에 꽂아둔 비녀를 뽑았다. 정확히 말해 비녀는 아니었다. 아베노는 혹시 모를 상황을 대비해 청동 방울을 커다란 비녀처럼 만들었다. 비녀의 긴 대를 반으로 쪼개면 벌어진 나뭇가지 모양의 청동 손잡이가 나타난다. 세 개와 네 개의 무리를 이룬 방울 대와 이것을 감싸 소리를 울리지 않게 보완해둔 방울보가 나온다. 아베노는 이를 칠지령七支鈴 '일곱 개의 가지를 지닌 방울'이라고 불렀다. 야사카니의 곡옥이라는 표현은 일본인들이 그렇게 부른다며 부연했다.

아베노는 마치 과거를 보는 것처럼 이렇게 덧붙였다.

"야사카니의 곡옥에는 지금에야 옥구슬이 들었어. 원래 그 안에 있던 것은 볍씨였어. 천황의 삼신기, 검은 지배를 상징했고, 거울은 다산을 상징했어. 곡옥은 풍요를 상징하지. 더불어 대륙을 통하지 않았다면 볍씨가 들어올 수 없었을 거야. 곡옥의 비밀이 그것이다. 그러니 그게 없어지면 일본은 혈안이 될 게다. 역사가 위태로워지니까. 그런 까닭에 조선인은 이루 말할 수 없는 핍박을 받을지도 모른다."

다만. 아베노의 눈이 서글퍼졌다. 이때는 몰랐다. 아베노가 나쁜 사람으로만 보였다. 무섭고 꺼려졌다. 귀신에 씐 사람이라면 아베노가 아닌가.

"곡옥을 잃어버린 일본국 역시 어느 순간 망하게 될 거야."

아베노의 말에 흠칫 놀랐다. 그는 어느 편도 손을 들어주지 않았다. 그저 역사를, 과거를, 또 미래를 관여하지 않은 채 지켜볼 뿐이었다. 비녀도 그런 물건이었다. 역사에서 벗어나 있어야 하는.

그런 비녀를 단아의 머리에 꽂았다. 귓속말로 분명한 확답을 거듭해서 받았다. 끝까지 지켜내라고. 왜 그래야 합니까. 묻고 싶었다. 단아의 물음도 이미 안다는 듯 말했다.

3년 전 봄이었다. 처음 보는 단아에게 곡옥과 다짐을 함께 받았다.

"기다리면, 그래 네가 기다려만 주면 네 손에 조선의 역사가 좌우되는 날이 올 것이다. 지금부터 오랜 동안을 조선은 핍박을 받는다. 그러나 어느 순간 공평해지는 날도 오게 된다. 그날을 위해 네가 살아 있어야 한다."

아베노는 단아의 마음에 한지를 적시는 수묵처럼 농담을 만들어 풍경이 되었다. 아베노와 지낸 3년은 그래서 좋았고 그래서 힘들었다.

비녀의 무게. 곡옥의 무게.

집경당을 빠져나오는 순간, 아베노가 속삭였다.

약속을 잊지 말아라. 늦게 이름을 불러주어서 미안하구나. 너무나 부르고 싶었기에 부를 수가 없었다. 미안하다. 거듭! 약속을 잊지 말거라.

약속!

이제야 알겠다. 백년안, 아베노가 본 단아의 미래.

"죽을힘을 다해 살겠습니다."

단아는 마치 눈앞에 아베노 히로시가 서 있다는 듯 몇 번이고 결심을 말했다. 어느새 몸을 일으킨 무천이 단아의 손을 꼭 쥐고 있었다. 아베노를 향했던 말에 무천이 대답했다. 마치 과거와 미래가 모였다 단아와 무천 앞에 점을 찍고 사라지는 듯한 순간이었다. 아베노 역시.

얼른 비녀를 다시 꽂았다. 적절한 시점에 비녀에 대해 이야기해야 하리라.

"그래요, 죽을힘을 다해 삽시다."

단아도 무천의 손을 바투 쥐었다.

"이제 우리는 시구문 바깥으로 가야 합니다. 거기에 문둥이 집으로 소문 나 아무도 오기를 꺼리는 집이 있습니다. 그곳으로 가야 합니다."

무천이 비틀거리며 일어섰다. 그의 의지가 단아에게도 전해졌다. 무천이 일어서는데 방문이 열렸다. 노인이었다.

"먹고 가. 어디를 가든 그대로는 안 돼. 먹고 가."

노인은 등잔을 받쳐둔 가방을 방 가운데 놓았다. 가방을 싼 천은 거친 삼베였다. 그 위에 노인이 쟁반을 놓았다. 밥과 백김치, 원추리나물이 전부였다.

"그럼 신세지겠습니다."

일어섰던 기세에 비해 무천이 비틀거리며 나자빠지듯 앉았다. 밥상 가까이 다가와 노인이 숟가락을 들기를 기다렸다. 노인이 숟가락을 들 자 무천이 미친 듯이 밥을 비웠다. 단아도 허겁지겁 밥을 먹었다. 문득 노인이 밥을 먹지 않는다는 사실을 깨닫고 그녀를 보았다.

"어르신은 왜……?"

"가족 같아서. 이렇게 있으니 가족 같아서 말이지."

가족 같아서. 밥을 입에 넣다 그 한마디에 오열이 터져나왔다.

가족 같아서. 얼굴을 푹 파묻고 울다 고개를 들었다. 밥알이 목에 걸려 기침이 나오려 했다. 무천이 황급히 물을 찾아 그녀에게 건넸다. 가족 같아서.

"혹시 어르신, 우리와 가족이 되는 건 어떠십니까?"

노인이 든 숟가락이 눈에 보일 정도로 떨렸다.

"그래도 될까?"

"그럼요. 그럼요."

단아가 물을 꾹 삼키고 대답했다.

"우리는 이제 새 이름도 필요합니다. 어르신의 성을 받아서 이름을 만들면 어떨까 합니다만."

"내 성 씨, 미……. 아니다. 박 씨나 진 씨는 어떤가."

노인이 눈물을 글썽거리며 말했다.

가족 같은 게 아니라 가족이 되자. 단아는 결심을 굳히고 두 사람을 번갈아 보았다. 그래. 평생 궁녀로 처소에 처박혀 늙을 운명이었다. 이리 가족이 생기니 얼마나 좋은가.

5

전덕남

아베노 히로시를 말하면서도 깨닫지 못했다. 낯선 사람들과 갑작스레 벌어졌던 회의 탓에 아베노라면 어떠했을지를 간과했다. 어제까지 아오타 노리오가 생각한 아베노는 대동아전쟁 승리의 첨병이었다. 그러나 오늘, 전덕남이 바라본 아베노의 미래라면 상식과 정의의 승리에 초점이 맞추어져 있지 않을까. 그렇다면 승산이 있을지도 모른다. 그 어떤 일본의 첩자가 한국으로 파고든다고 해도.

"저기, 형님. 그리고 윤정 씨. 지금 여기에 있다는 건 난센스 같아요. 바로 가야 하지 않을까요? 대신에 제가 디코이가 될게요."

"디코이?"

윤정이 물었다.

디코이는 교란장치다. 잠수함에서 자신을 공격하려는 미사일을 회피

하기 위해 대신해 내보내는 신호를 말하기도 한다. 미사일 입장에서 갑자기 목표물이 두 개가 되어 목표를 잃게 된다. 반대로 스파이에게는 자신이 몸을 바쳐 미끼가 되는 상황을 말한다.

"일단 우리를 따르는 미행자가 있었다는 건 알 겁니다. 그러니!"

5분 여, 세 사람은 작전 계획을 짰다.

말을 마친 덕남이 일한과 윤정, 두 사람과 함께 한반도통일미래센터 주차장으로 나왔다. 세 사람은 뒤도 돌아보지 않고 주차장을 빠져나왔다. 경차의 거친 배기 음이 신경 쓰였지만 오히려 미행자가 알아차리기에는 더없이 좋을지 모른다.

운전대를 잡은 덕남이 센터를 빠져나와 내비게이션을 조작했다. 목적지는 인사동이었다. 1킬로미터 정도를 달렸지만 우측으로 90도를 꺾는 도로가 나오지 않았다. 다시 1킬로미터 정도를 달리자 좌측으로 90도 가량을 꺾는 도로가 나왔다. 룸미러로 뒤를 보았다. 차 한 대가 어디선가 나타나 따르고 있었다.

"제가 신호를 어기고 좌회전을 할게요. 그러면 약속한 대로."

"덕남, 오케이. 나중에 보자고."

윤정이 톡톡 튀는 목소리로 대답한다.

연천의 밤거리는 한산했다. 덕남은 차를 천천히 세우는 척하다 갑자기 90도를 꺾어 회전했다. 회전해서 채 몇 미터를 가지 않아 차를 멈추었다. 약속한 대로 윤정과 일한이 차 바깥으로 튀어나간다. 좌회전을 한 탓에 중앙선을 건너야 했지만 워낙에 도로가 어두워 피아 식별조차 힘든 상황이었다.

길어야 3초, 차를 세웠다 액셀러레이터를 미친 듯이 지르밟았다. 오래된 경차라고는 해도 시원하게 나갔다.

"한국 차 괜찮은데."

조금은 엉뚱한 말을 하며 황급히 내달렸다. 룸미러 너머는 그저 어둠이었다. 그때 좌회전을 하는 헤드라이트가 덕남의 눈에 들어왔다. 서두른다면 1시간 정도 만에 인사동에 도착할 수 있을 것이다. 그동안 후방에서 뒤따르는 차가 일한과 윤정의 부재를 알아차려서는 안 된다.

늦은 오후에 왔던 길을 되돌아간다. 길은 한산했고 밤은 한가했다. 따라 흐르는 강은 소용돌이치고 홀로 내리는 밤은 굽이쳤다. 역사는 지나기만 하고 사람은 떠나기만 한다. 인간은 왜 증오하고 사랑하는 것일까.

운전대를 쥔 손에서 격통이 느껴졌다. 운전을 하면서 완전히 다른 생각에 침잠했다. 다급히 룸미러를 살폈다. 차는 여전히 간격을 유지하고 있었다. 다행이다.

어느새 의정부까지 남하했다. 그때 전화가 울렸다. 오른손을 사이드 포켓에 넣어 전화를 집었다. 발신인에 '천사 윤정'이라는 이름이 떴다. 쿡 웃고 말았다. 작전을 논의하는 도중에 잠시 전화기를 달라더니. 하여튼 엉뚱하다. 저런 동생이나 누나가 있었다면. 상상하다 놀라고 말았다. 늘 혼자라고만 생각해왔는데. 순간 룸미러에 헤드라이트가 가까워져 화들짝 놀랐다. 생각에 빠져 발아래가 느슨해졌던 모양이다.

재빨리 액셀러레이터를 눌렀다. 뒤쫓는 차의 헤드라이트에 경차 내부가 비치지 않았기만을 바랄 뿐이었다. 조금 속도를 내자 뒤따르던 차도 가까이 붙으려고 했다.

눈치 챘다!

직감했다. 저들은 의뭉스러움에 차 내부를 확인하고 싶어 한다. 교묘히 따돌리는 수밖에 없었다.

의정부에서 도봉산 방면을 관통, 종로를 향하는 대신 외곽순환도로로 차를 올렸다. 급작스런 전환에 저들은 미처 따라오지 못하고 지나쳐버렸다. 계속해서 남하해 강동대교까지 내달렸다. 강동대교를 지나 다시 천호대로까지 내려온 뒤 길동 방향으로 차를 틀었다.

어디로 갈까 잠시 고민하다 올림픽공원으로 차를 몰았다. 뉴욕 센트럴파크에 비견할 역사적 유물이자 서울의 따뜻한 심장 같은 곳. 한국체육대학교를 지나 몽촌토성역 방향으로 차를 꺾었다. 시계는 얼추 새벽 1시에 다다랐다. 적당한 곳에서 유턴해 24시간 운영하는 커피숍에 차를 댔다.

커피숍으로 들어가 아이스 아메리카노를 주문했다. 커피를 받고 단번에 마셔버렸다. 얼음을 와그작거리며 깨먹었다. 그제야 속이 좀 풀리는 듯했다. 쫓는 것도 어렵지만 쫓기는 것도 힘들었다.

새벽인데도 두어 테이블을 빼고는 자리가 찬 커피숍 내부를 보며 오히려 안도감을 느꼈다.

'어디?'

윤정에게 문자메시지를 넣었다. 한동안 얼음을 깨먹을 때까지 답이 없었다. 어쩌다 보니 우리가 되어버렸다. 윤정과 일한, 덕남까지.

우리는 지금 어디로 가고 있는 것일까? 나침반도 지도도 없이 산 속을 헤매거나 항법장치와 무전기도 없이 망망대해를 떠도는 것은 아닐까.

정처 없이.

웃음이 났다. 혼자가 아닌 우리라는 말. 이번 일이 끝나도 우리일 수 있을까. 문득 영화 한 편이 떠올랐다. 〈참을 수 없는 존재의 가벼움〉, 밀란 쿤데라 원작의 영화, 한국에서는 〈프라하의 봄〉으로 개봉되었다.

1968년 1월. 체코에는 자유로운 사회주의 바람이 분다. 마치 꿈같은 7

개월이 지날 무렵 소련이 침공한다. 끊임없는 자유를 갈망하던 사빈나를 제외한 주인공들은 허무하게도 숙청당하고 만다. '정치와 사상 앞에서 존재는 자유로울 수 있는가'에 대해 밀란 쿤데라는 체코의 '자유로운 사회주의'를 배경으로 구도가 아닌 물음을 던진다.

참을 수 없는 가벼움, 참을 수 있는 무거움. 존재란 그런 이분법으로 나눌 수 있는 것일까. 이념 앞에서 주인공 두 사람은 비극적으로 삶을 마감한다. 프랑스 배우 줄리엣 비노쉬의 사과 같은 매력에 끌려 넋을 놓고 보았던 영화였다.

지금의 나와, 바람기 가득했던 다니엘 데이 루이스와 다를 바 무엇일까. '자유로운 사회주의'와 같은 '우리'가 끝나는 시점에 서로는 서로를 숙청할 것인가. 미치도록 가벼운 존재의 무게 앞에서?

의심과 미혹.

고개를 흔들었다. 의심도 미혹도 있어서는 안 된다. 이때 문자메시지가 울렸다.

'울 친구. 혼자 고생했지? 미안 담엔 함께 뛰자고. 내가 손잡아줄게. 우리는 포천시 도착. 지금은 할 게 없네. 자리 잡는 대로 전화할게. 오구 오구 내 친구.'

모자라고 분위기 파악 못한다 싶었던 윤정인데 문자 한 통에 흐뭇해졌다. 따뜻한 여자다.

나는 언제 이렇게 따뜻했던 적이 있었나?

입 안에 남은 마지막 얼음 하나를 깨물려다 멈추었다. 다르게 살아보자.

"저기."

전화기를 보고 있는데 한 여인이 말을 걸었다. 눈을 들어 여인을 보았다. 미인이었다.

"네?"

나에게 왜? 의심과 미혹, 두 녀석이 말을 걸었다. '다르게 살아보자'던 생각이 답을 한다. 지금까지 부수고 파괴하는 삶이었다면 조화되어 녹이는 삶으로 바꾸어보자.

"…저, 라면 한 그릇 사주실래요? 소주도 괜찮아요."

조금은 상기된 여인을 보자 심장이 쿵 떨어졌다 가속하며 달렸다. 바깥에 세워둔 경차를 떠올리자 인상이 구겨진다.

"근처에 소주 한 잔 할 만한 데가 있습니까? 차를 가져오지 않아서."

말끝을 뭉개며 물었다.

"택시 타면 되죠 뭐. 나가요."

여인이 눈짓하며 바깥으로 나간다. 여인을 따라나서자 택시를 잡는 모습이 보였다.

5분이 지나지 않아 방이동 먹자골목에 도착했다. 밤이 늦었지만 이곳은 불야성이었다. 와인을 파는 퓨전 레스토랑에 자리를 잡았다. 가격에 비해 별 것 없는 와인이 나왔고 가격에 비해 형편없는 안주가 나왔다. 그에 비해 맞은편 여인은 가격을 매길 수 없었다. 매력적이었고 진솔했으며 광채가 났다. 여인이 화장실에 간 사이 바깥으로 나와 담배를 물었다.

날이 좋았다. 밤이 맑았다. 별이 있었고 거기에 여자가 있었다.

담배를 피우고 화장실에 다가가는데 문득 일본어가 귀에 들어왔다. 게이조쿠 시떼 스스메마쓰. 하이. 하이. 한국인이라 생각했건만.

인생 참.

오 헨리의 소설이 떠올랐다. 《경관과 찬송가》였을 것이다. 노숙자 소

피가 겨울을 나기 위해 죄를 짓던 순간에는 외면하던 경찰이 개과천선을 결심한 그때 소피를 구속한다는 반전소설이다. 계속 진행하겠다고? 나 역시 계속 진행해보마.

마음을 굳힌 덕남이 전화기를 꺼냈다. 윤정에게 문자메시지를 넣었다.

'꼬리가 붙은 것 같아. 알아서 따돌릴게. 그런데 미인이야.'

자리로 돌아가는데 알림음이 들렸다. 전화를 열자 윤정이 보낸 문자메시지였다.

'아따시 아깝다. 내가 봐주는 건데. 치명적일수록 달콤하다잖아. 잘해봐.'

이건 뭐니. 그런데 웃고 있는 자신을 발견하고 놀라고 말았다. '그냥' 웃고 있었다. 그래 이왕 결심했던 거, 사람답게 살아보자. 다만, 나를 사람이 아닌 다른 것으로 취급하려는 자들에게는 똑같이 대해주면 되겠지.

자리로 돌아가 앉았다. 미소를 흘렸고 진심을 다했다. 덕남은 여인과 밤에 빠져드는 것에 주저하지 않았다. 방이동 먹자골목이 대규모 모텔 단지라는 사실은 굳이 검색하지 않아도 알 수 있었다. 여인은 모텔에 가자는 제안에도 흔쾌히 응했다. 절박했구나, 나 역시 그랬다. 절박하면 한치 앞도 보이지 않게 되는 법이다.

덕남은 생각을 정리한 뒤 여인과 모텔에 들어갔다. 방에 들어서자마자 경동맥을 압박해 여인을 제압했다. 의식을 잃은 여인의 소지품을 뒤졌다. 눈에 띄는 물건은 없었다. 상황을 정리해보았다. 누가 뭐래도 덕남이 여인에게 걸렸다. 여인은 덕남의 소재를 파악했다는 뜻이다. 답은 하나밖에 없었다.

욕실로 들어갔다. 옷을 벗고 자신의 소지품을 뒤졌다. 언더웨어, 셔츠, 슈트까지. 지갑에다 구두도 뒤졌다. 없었다. 추적기 따위 보이지 않았다. 어떻게 덕남을 찾아냈을까?

거울을 보았다. 30대 중반, 탄탄한 몸을 가진 까무잡잡한 피부의 남자가 자신을 노려본다. 문득 어깨에 있는 천연두주사 자국이 눈에 들어왔다. 한국에 파견될 때 맞았던……. 문득 기억이 스쳤다. 전신마취를 한 뒤 거의 모든 의학적인 검사와 함께 갖가지 처치와 예방도 한꺼번에 이루어졌다. 늘 가지고 다니던 칼을 꺼냈다. 수건을 입에 물고 어깨를 칼로 그었다. 1센티미터쯤 깊게 그어 속을 벌렸다. 그곳에 검은 무언가가 눈에 띄었다. 6밀리미터 장난감 BB탄 크기만 했다.

허. 그럼 그렇지. 최근에는 뿌리기만 해도 위치추적이 되는 헤어스프레이 타입마저 등장했다. 이 정도도 의심해보지 않았다니. 입에 물었던 수건으로 어깨를 꾹 누르며 욕실 바깥으로 나왔다. 여인은 이제 새근새근 잠든 상태였다. 여인의 가방 바닥에 검은 물체를 붙였다. 나머지는 우연이 알아서 하겠지. 급한 대로 여인의 가방에 있던 생리대를 어깨에 붙였다.

옷을 입고 뒷문으로 나왔다. 바람이 상쾌했다. 요 며칠 리포트 한 편을 써낸 느낌이었다. 제목은 '참을 수 없는 존재의 무거움', 밀란 쿤데라의 소설 속 주인공 테레사와 토마스는 소련의 침공 이후 스위스로 도망친다. 두 사람은 어떤 의미에서 파멸할 것을 알면서도 체코로 돌아간다. 결론은 숙청! 리포트의 결론은 그것과 반대로 바꾸기로 했다. 일본으로 돌아가지 않기로.

올림픽공원 방향으로 뛰었다. 잠시 몸을 숨기기로 했다. 새벽에 차를 몰아 윤정과 합류하는 거다. 리포트의 결론이 마음에 들었다. 그리고 키스 따위, 했으면 한 거지. 일한과 연적이 되어보는 것도 나쁘지 않을 것 같았다. 보통사람처럼 사는 인생, 갑자기 마음이 부풀어올랐다.

주일한

어둠 속에서 차들이 지나가기를 기다렸다. 별다른 엄폐물이 없이 집과 집 사이에 들어가 있었지만 어둠 일색이었다. 윤정이 팔짱을 꽉 붙들었다.

"이때다 싶지?"

"어떻게 알았어? 그런데 아까 우리를 쫓던 차는 검은색 아니었나?"

"모르겠네. 어두워진 뒤라 색깔까지 기억나지는 않아."

윤정이 의뭉스러웠던가 보다. 뒤에서 따라오는 차를 제대로 보지 못한 건 사실이었다. 다만 눈앞을 스치고 지나간 차는 하얀색 BMW였다. 경험상 이런 일에 여러 개의 팀이 겹치는 상황은 드물었다.

도굴꾼을 예로 들 경우 전국을 다니며 특이한 지역을 살피고 무덤이나 기타 유적이 묻힌 곳이라 판단되는 장소를 찾는 찍새가 있다. 찍새는 기다란 꼬챙이를 들고 산 곳곳을 찔러댄다고 해서 붙은 이름이다. 찍새 다음에는 검침원이 등장한다. 찍새가 찍은 장소를 간단하게 파헤쳐 유물을 챙기거나 사업성이 있는지를 판단하는 선발대다.

도굴은 보통 찍새와 검침원만으로 끝나는 경우가 백 퍼센트에 수렴한다. 찍새와 검침원이 찾아낸 장소가 사업성이 있다고 판단되면 업체가 꾸려진다. 보통 이 단계는 크게 해먹기 위한 사기일 경우가 많다. 바람잡이 이외에 위조범이 섭외되면 무조건 사기로 가는 단계다.

여하튼 이런 도굴꾼들은 전국에 있는 무덤이나 절터 등지를 거의 백 퍼센트에 가깝게 파헤쳤다. 파헤치지 않은 곳은 역사에서 존재가 실전된 곳이다. 있는지 없는지도 모르니 '100'이라고 말해도 틀리지 않다.

팀을 꾸리고 사기든 도굴이든, 또는 도둑질을 한다고 해도 이들은 절대 두 팀을 꾸리지 않는다. 딱 한 팀, 그것으로 승부를 본다. 또한 이들의 유대감은 생각보다 강해서 쉽사리 해체되지도 않는다. 인내심도 강해서 이들은 한번 훔친 물건이 빛을 보는 시간까지 기다린다. 최근에 붙잡힌 문화재 도굴팀은 훔친 탱화와 백자 등을 30년이 넘게 창고에 보관하고 있었다.

"혹시 아버지가… 아니다, 그건 아닌 것 같다. 일단 오늘에 충실하자. 내일은 내일 생각하고."

어둠에서 나온 두 사람은 스마트폰으로 콜택시를 불렀다. 콜택시를 타고 의정부까지 나왔다. 24시간 운영하는 렌터카 업체에서 하얀색 현대 준중형 모델 자동차를 빌렸다.

가볼 곳은 이제 하나밖에 없었다.

위도 38.5도 경도 127.5도!

"일단 강원도 철원군으로 가면 되나?"

"구글 지도야."

윤정이 스마트폰을 내밀었다.

구글 지도에는 해당 위치가 마치 섬처럼 보였다. 남대천, 즉 북한에서 내려오는 하천이 타원형 섬을 감싸고 있었는데, 바로 그곳이 위도 38.5도 경도 127.5도였다.

"검색해 보니까, 철원군 김화읍 감봉리 23-1번지가 위도 38.5도, 경도 127.5도인 것 같아. 그런데 바로 그 근처에 군부대가 운용하는 전망대가 있어. 2킬로미터 이내인 것 같은데."

"전망대?"

휴전선 부근에 전망대가 있다고? 의아한 눈길로 윤정을 보았다.

"승리전망대라는데?"

승리전망대. 차를 타고 승리전망대를 입력했다. 밤 시간, 교통 정체가 없는 조건에 88분이 걸린다는 안내가 떴다.

"어떻게 할까?"

"오빠. 일단 가자. 가본 뒤에 생각하는 거지 뭐."

이런 순간에는 일한보다 윤정의 판단이 빨랐다. 사고를 치는데 행동부터 하고 생각은 나중에 하는 느낌이랄까.

핸들은 윤정이 잡았다. 가톨릭대 의정부 성모병원을 지났다. 자금 사거리를 지나 포천시 방향으로 북상을 시작했다. 습관적으로 뒤를 흘끔거리게 된다. 아무래도 미행하는 차의 영향력이 컸던 모양이다. 윤정은 배운 매뉴얼대로 운전했다. 차선을 몇 분에 한 번씩 옮기고 속도를 늦추거나 높인다.

"미행하는 차는 없는 것 같은데?"

"같은 거니, 없는 거니?"

일한은 팔짱을 낀 채 슬쩍 잠에 빠져들었으면서 괜히 다그쳤다.

포천시에 다다라 식당을 찾았다. 벌써 새벽 1시가 다 되었다. 24시간 감자탕 가게에 자리를 잡고 뼈해장국을 시켰다. 윤정이 전화를 확인하며 웃는다.

'어디?'라고 찍힌 문자메시지를 보여주었다. 이런 걸 보여주는 여자들의 심리는, 솔직히 모르겠다. 질투를 하라는 건가, 아니면 걱정하지 말라는 뜻인가.

'울 친구. 혼자 고생했지? 미안 담엔 함께 뛰자고. 내가 손잡아 줄게. 우리는 포천시 도착. 지금은 할 게 없네. 자리 잡는 대로 전화할게. 오구 오구 내 친구.'

친화력 하나만큼은 요즘말로 갑이다. 그런 윤정도 박물관에서는 꽤나 고생하는 것 같았다. 소위 '사짜'의 딸이라 그렇다. 자격증과 학위가 전문성을 능가하는 풍조가 되었다. 이는 국가나 사회가 균형을 잡아줄 수밖에 없다.

"너랑 오랜만에 밥 먹는 거 같다?"

"누가 아니래? 이런 야밤에 밥 먹으면 딱 둘이서 모텔 들어가는 각 나오는 건데. 사릉해, 홍홍홍 해가면서. 안 그래?"

원망인지 비난인지.

숟가락을 놓고 발을 뻗자 며칠을 버텨왔던 피곤이 한꺼번에 몰려들었다.

"일단 나가자."

윤정이 오히려 일한보다 대차게 행동했다. 아마 누군가가 있어서 힘을 얻는다는 게 이런 상황이 아닐까. 끙차, 절로 나는 신음소리에 놀랐다.

이번에는 일한이 운전대를 쥐었다. 시동을 걸고 내비게이션이 가리키는 대로 차를 몰았다. 포천 운정버스터미널 근처를 지나 다시 북상을 시작했다. 이제 40여 분을 달리면 승리전망대에 도착할 수 있었다. 규칙적이고 습관적으로 룸미러를 보게 된다. 2차선 도로라 미행하는 차가 있다면 단번에 알 수 있다. 이런 도로에서 미행 차량을 찾아내지 못한다면 읍사무소 같은 도로가 늘어나는 곳에서는 미행 차량 식별이 힘겨워질 것이다.

운전을 하다 갓길 주차가 가능하다 싶은 곳에 차를 세웠다. 차에서 내려 담배를 물었다. 밤을 보며 주변을 살폈다. 윤정이 차에서 내릴 줄 알았는데 조수석 의자를 뒤로 눕힌다. 도시와 달리 한가해 보이는 밤이었다. 다만 머릿속이 자분거렸다. 처음 맞닥뜨리는 사건이다. 보지 않으면 믿을 수 없지만 믿었기에 보아야만 하는 역설적인 상황이다.

하나씩 해결하자. 쉬운 것부터 눈앞에 보이는 것부터.

마음을 다잡고 차에 올랐다. 십여 분을 더 달려 차는 철원군 김화읍사무소 근처에 다다랐다. 밥을 먹고 주변을 살피느라 시간이 지체되었다. 김화읍사무소 근처 사거리에서 우회전을 했다. 김화우체국을 못 미처 편의점이 보였다. 편의점에는 40대 후반으로 보이는 주인이 꾸벅꾸벅 졸고 있었다. 주인의 눈은 외지인에게 호기심을 품고 있었다.

"승리전망대가 여기서 멉니까?"

음료수와 담배를 사며 슬쩍 물었다.

"아주 가깝지요. 금세 가요."

구수한 강원도 사투리가 맛있게 들렸다. 주인은 말을 걸어준 덕분인지 시시콜콜한 이야기를 꺼냈다. 이 시간 마현리에는 잘 곳이 없다. 전망대는 하루에 다섯 번 입장이 가능하고 요금은 모노레일이나 주차료, 또는 셔틀버스 비용 등 모두 합쳐 4천 원이다. 출입신고서 등을 쓰는 게 과거에 비해서는 간략해졌다.

승리전망대를 가기 전 정보를 얻기에 이만한 데가 없을 것이다.

담배를 들고 나오자 주인도 눈치를 보다 담배를 가지고 나왔다. 담배에 불을 붙이는데 차에서 윤정이 내렸다. 오빠, 하는 목소리에 주인의 눈이 휘둥그레졌다.

"동생이에요. 친동생."

"그렇지요, 누구나 다 그렇게 말, 합디다."

"뭐야, 또 동생이라고 그런 거야?"

다가온 윤정이 팔짱을 끼며 장난을 쳤다. 주인과 눈을 맞추더니 서로 고개를 끄덕이며 웃는다. 이게 무슨 상황이라니.

주인은 조금 전 읊었던 승리전망대에 관한 정보를 윤정에게도 되팔듯 말했다. 윤정은 콧소리를 높여가며 주인과 대화를 나누었다. 이때 문자 메시지 소리가 띵동 하고 울렸다. 메시지를 읽던 윤정의 눈에 심각함이 깃들었다. 그런데 금세 생글거리는 표정이 되어 답을 넣는다. 뭔데, 하고 물어보자 전화기를 넘겼다.

'꼬리가 붙은 것 같아. 알아서 따돌릴게. 그런데 미인이야.'

'아따시 아깝다. 내가 봐주는 건데. 치명적일수록 달콤하다잖아. 잘해 봐.'

문득 인사동에서 리어카에 헌책을 파는 할아버지가 생각났다. 할아버지는 커플들이 와서 책만 뒤적이다 가버리면 굉장히 화를 냈다. 책이 다 친다니 이해가 간다. 그 끝에 꼭 한마디를 붙인다. 연놈들!

엎어진 김에 쉬어간다고 윤정이 편의점으로 들어가 샌드위치와 컵라면, 커피 등을 더 사왔다. 주인은 친절하게 민박집까지 가르쳐주었다. 시간이 시간이라 화를 낼지도 모르니 전화까지 넣어주겠단다. 서울에서는 느낄 수 없는 온정이었다. 윤정이 활짝 웃으며 인사했다.

주인이 가르쳐준 대로 민박을 찾아갔다. 민박은 금세 찾아냈다. 차 소리를 들은 건지 마당 너머에 있는 민박 안채에서 불이 켜졌다. 안채와 별채로 나누어졌다. 카디건을 여미며 여주인이 나왔다.

"차는 적당한 데 대세요."

여주인이 눈을 슴벅이며 말했다. 내일 오전에 나간다는 말에 2만 원만 달란다. 돈을 치르고 안내하는 방으로 들어갔다. 작은 냉장고 하나가 있고 그 위에 전기포트가 있었다. 심야전기로 난방도 되니 추우면 보일러를 올리라고 말한 뒤 여주인은 안채로 들어갔다.

샤워장이 바깥이라 윤정이 샤워를 마치는 동안 바깥에서 기다렸다. 4월, 이곳의 밤은 겨울이나 다름없었다. 민박에 있던 이불을 뒤집어쓰고 평상에 앉아 하늘을 보았다. 은하수의 우리말이 미리내였던가. 마치 별이 강을 따라 흐르는 것 같았다. 20여 분이 지나자 바들바들 떨며 윤정이 나왔다. 교대하듯 샤워실로 들어갔다. 윤정이 남겨둔 바디샤워를 보자 웃음이 났다.

샤워를 마치고 방으로 들어가자 화장을 지워 딴 얼굴을 한 윤정 탓에 또 웃음이 났다.

"어릴 때는 항상 이 얼굴이었는데. 난 지금 니 얼굴이 익숙하다야."

"오빠는 오빠가 보다. 다른 사람이면 부끄러웠을 텐데. 안 그래?"

"안 그런지 그런지는 나야 모르지. 그런데 옛날 생각난다. 막 사춘기였던 네가 간간히 훔쳐보던 거."

"어, 난 그런 기억이 없는데?"

손가락 세 개로 윤정의 얼굴을 장난삼아 긁었다. 이러고 많이 놀았다. 그때는 마냥 동생이 생겨 좋다고만 생각했다. 아버지를 내 손으로 바다에 넣었다는 죄책감을 잊기 위해 무던히도 밝은 척했다. 속이 깊은 윤정은 그런 일한을 위해 일부러 더 밝게 웃고 떠들었다. 윤정의 성격이 지금처럼 과장되고 어색한 분위기를 못 참는 건 그 때문인지 몰랐다. 늘 미안했다.

"그런데 오빠, 어쩔 거야?"

"뭘?"

"우리는 우리가 해석해낸 장소에 들어갈 수 없다는 거 몰라?"

"그건 아버지 쪽 사람들 도움을 좀 받을 수 있을 거야. 일단 내일은 승리전망대 너머 우리가 생각한 장소를 육안으로 확인해보는 게 우선이라고 보고."

피곤이 한꺼번에 몰려들었다. 문득 윤정에게 덕남의 이야기를 해주지 않았다는 게 떠올랐다. 잠시 고민했다. 이야기를 하는 게 맞겠지?

"윤정아, 덕남이 있잖아."

대답이 늦다 싶어 윤정을 보았다. 베개에 턱을 괸 채 잠들어 있었다. 하긴 피곤하겠지.

가만히 윤정을 보았다. 벌써 서른이 넘었다니. 시간 참 빠르다. 그 끝에 윤정을 향한 미안함이 걸렸다. 가만히 내버려두면 어떤 남자든 나타나 채갈 줄 알았다. 이제 더 이상 내버려두는 건 더 큰 죄를 짓는 것이리라. 아버지께 허락을 구하는 대로 윤정에게도 정식으로 교제하자는 말을 꺼내야겠다. 생각 탓인지 전화기를 보게 된다. 이때 문자메시지가 도착한 걸 알아차렸다. 샤워하는 사이에 왔던 모양이다. 아버지였다.

'작업 들어간다.'

감상에 빠졌던 일한의 머릿속이 단번에 비워졌다. 작업, 그 말은!

박연희

요 며칠 너무 무리했다. 최 원사가 관리하는 부대홍보관의 방명록을 일일이 확인하고 제대한 군인들에게 전화를 걸었지만 허사였다. 그 때문인지 몸살이 날 징조가 보였다.

집안 내력인 몸살은 몇 년에 한 번씩 겪는 통과의례다. 이때만큼은 아무것도 하지 못하고 죽은 듯이 앓았다. 군인이 되고서는 한 번도 없었던 증상인데 처음으로 징조가 나타났다.

징조의 첫 번째는 이명이었다. 윙, 울리는 이명에 이어 열이 나기 시작한다. 환영이 보인다. 그리고 정신을 잃고 며칠을 앓는다.

"너네 아빠 집 유전병 같은 거라더라."

고등학교 때였다. 어머니는 사흘을 앓고 일어난 딸에게 그렇게 말했다. 유전병. 말도 안 된다. 무슨 일제 강점기에 무분별하게 들어온 일본 괴담도 아니고. 순박한 어머니는 딸의 구박에도 그저 웃었다.

아픈 뒤 첫 등교를 하며 어떤 강박관념에 사로잡혔다. 무언가를 지켜내야만 한다는. 막연히 대상도 또 배경이 되는 그 어떤 것도 떠오르지 않았지만 머릿속에는 오롯이 하나만 자리 잡았다. 지켜내라.

거의 11년 만에 처음으로 몸에 징조가 보였다. 크게 아플 거라는 느낌이 강렬했다. 보통 3년에 한 번 꼴이던 병이 11년 만에 나타나니 3.6배는 더 아플 것 같았다. 멍청한 생각이라는 걸 알면서도 그랬다. 미뤄두었던 휴가를 모조리 쓰면 제대할 때까지 놀아도 된다. 그러나 그것 역시 멍청하기 그지없는 생각이었다. 휴가를 갈 바에야 장교 전역자들을 위한 취업 지원과 면접에 힘쓰는 게 나았다.

혹시 몰라 일주일을 휴가 신청했다. 대대장은 흔쾌히 휴가 서류에 결재했다. 아직 10시가 되지 않았는데도 일하는 둥 마는 둥 조퇴를 해버렸다. 당번병에게 무슨 일이 있으면 전화하라고만 일렀다. 아무도 신경 쓰지 않아 좋았다. 차를 타고 대대를 나서다 진성욱을 보았다. 야리야리한 게 꼭 여군의 뒷모습 같았다. 뒤에서 빵, 경적을 울렸다. 뒤를 돌아본 진성욱이 경례를 했다.

"어디 가?"

창을 내리고 물었다.

"아 오늘부터 말년휴가입니다."

"어, 왜 말 안 했어?"

"알고 계신 줄 알았습니다. 그런데 어디 가십니까?"

"아파서 퇴근. 타. 터미널까지 데려다줄게."

진성욱이 감사합니다, 하고 차에 올랐다.

차에 오른 진성욱과 함께 위병소를 통과했다. 위병소 헌병은 진성욱을 보자 휴가 잘 다녀오십시오, 하고 따로 인사한다. 병들끼리 사이가 좋아 흐뭇했다.

"가만, 서울까지 두 시간 이십 분쯤 걸릴 텐데 그냥 서울까지 가버릴까?"

"아파서 퇴근하신다더니 서울까지 가실 수 있겠습니까?"

진성욱은 자신이 운전하겠다며 우겼다. 왠지 흐뭇했다. 저런 애인이 있으면 좋겠다. 생각을 접으며 도로 갓길에 차를 세웠다. 진성욱과 자리를 바꾸자 능숙하게 운전하기 시작한다.

"그런데 어디가 아프신 건데요?"

"…그게."

믿어줄까? 불신이 앞섰다. 어머니야 그렇다 쳐도 다른 사람이라면 정신병으로 몰고 가지 않을까? 그래도 진성욱이라면 박연희의 이야기를 진심으로 대해주지 않을까.

웃지 마. 경고한 뒤 이야기를 시작했다. 마치 신병처럼 아픈, 그리고 며칠을 앓고 나면 꼭 무언가를 지켜야 한다는 강박에 시달리는 것까지.

진성욱은 이야기를 다 듣고도 묵묵히 운전에만 집중했다. 그 역시 박연희의 이야기가 이상했던 것이리라.

"제 얘기 들어보세요."

진성욱이 갑자기 이야기를 꺼냈다.

"응. 뭔데?"

"대위님이 마트 계산원이라고 가정해봅니다."

"응. 그런데?"

"눈앞에 제가 있는 겁니다. 저와 대위님은 모르는 사이고요. 만약에 제가 대위님에게 물건을 잔뜩 내밀면서 계산해주세요, 해놓고 갑자기 손가락을 딱 튕기는 겁니다."

"딱 튕겨? 그러면 잠시 진 병장에게 집중하겠네."

"네. 그런 뒤 제가 돈 내놔, 하고 협박하면 대위님은 저에게 돈을 주시겠습니까?"

"아, 내 얘기에 대한 대답이었어, 이게? 그냥 듣기 싫거나 말이 안 된다고 하지 그랬어?"

아무렇지 않을 줄 알았는데 목소리는 대번에 풀이 죽었다.

"아, 아닙니다, 대위님. 혼자 상상하시는 거 안 되지 말입니다."

"혼자 상상?"

"네, 혼자 상상. 아마 이십 년쯤 전일 겁니다. 스페인에서 벌어진 일이지 말입니다. 이 좀도둑은 항상 마트 계산원 앞에서 그렇게 행동을 했답니다. 그 남자와 기껏해야 이삼 초, 눈이 마주친 것뿐인데 마트 계산원들이 죄다 최면에 걸려 계산대를 털어 건넸지 뭡니까?"

"헐 말도 안 돼."

"말이 안 되는 것 같죠? 하지만 실화입니다."

"실화라고? 스페인에서?"

"네, 진짜 실화입니다. 모두가 최면에 걸린 건 아닌데 스무 명 중에서 열일곱 명 정도는 최면에 걸렸던 것 같습니다."

"이삼 초? 그 짧은 사이에 최면이 걸린다고?"

"네. 그런데 이 좀도둑이 배운 최면은 짧은 시간에 걸리는 대신 지속 시간도 짧았답니다. 다음 손님이 계산해주세요, 하면 화들짝 정신이 돌아와서 비명을 질렀다고 하네요."

"와, 믿을 수가 없다. 현실에 그런 일이 실제로 있었다는 게."

"저도 보지 않았으면 믿지 않았을 겁니다. 그런데 제가 그 뒤로 이 이야기를 사람들에게 꺼내면 다 저한테 거짓말한다고 그랬습니다. 워낙에 오래전 일이고, 유튜브도 없을 때라 제가 본 뉴스 영상을 찾을 수가 없는 게 한입니다. 분명히 MBC 해외 토픽에 나왔던 이야기인데 말입니다."

"그런데 그게 나랑 무슨 상관이야?"

"세상에는 보지 않으면 믿을 수 없는 일이 더러 실제로 있다는 뜻입니다."

"설마."

보지 않으면 믿을 수 없다. 이 말은 어떤 의미에서 진리와 같았다. 스마트폰을 꺼내 '스페인, 최면, 도둑' 세 가지 키워드를 써넣었다. 검색에 걸리는 기사나 웹페이지가 몇 개 없었다. 그중에 다시 MBC 뉴스 기사가 하나 검색되었다. 재생되는 뉴스를 듣다 어, 저도 모르게 감탄사가 터진다.

사건 장소는 러시아였다. 한 남자가 은행으로 걸어 들어간다. 돈을 찾는 노인에게 다가가 귓속말로 무어라 속삭였다. 그러자 노인이 슬픈 듯한 표정이 되어 돈 봉투를 남자에게 건넸다. 이렇게 남자에게 당한 사람만 8명이었다. 최면술사 도둑이었다.

"정말 있네."

"그렇죠? 제가 보았던 해외 토픽은 찾을 길이 없지만 실제 유럽 등지에서 간간히 벌어지는 사건입니다."

보지 않으면 믿을 수 없다. 그러나 진성욱의 경우는 믿었기에 보았다. 박연희는 진성욱의 말을 믿지 않았지만 그가 믿었기에 이런 기사를 찾아낼 수 있었던 것이다.

"세상에는 상식으로 믿을 수 없는 일도 벌어지는 겁니다. 더군다나 우리는 지구상에서도 겨우 이에서 오 퍼센트 정도밖에 모른다고 하지 않습니까?"

"그래. 맞아."

박연희는 묘하게 진성욱의 말에 설득되었다. 운전하는 진성욱을 흘금 바라보았다.

"저는 대위님 믿습니다. 그 말씀드리려고 한 말입니다."

"고맙다야."

운전대를 쥔 진성욱의 오른팔에 저도 모르게 손을 얹었다.

"네가 믿는다니까 더 말하자면, 나 오늘부터 아마 삼 일 정도는 끙끙 앓을 거야. 너 휴가 육박 칠일이지? 내가 낫는 대로 연락할게. 우리 잠실에서 진하게 소주 한 잔 때리자. 그때는 친구로서."

운전을 하던 진성욱이 아주 잠깐, 박연희에게로 눈길을 돌렸다. 무언가 고민하는 듯했다.

"…저."

"왜?"

"그때는 애인으로 만날 수는 없는 겁니까?"

"애…인?"

"네, 애인."

생각해본 적 없었다면 거짓말이다. 그렇지만 옛다 받아라, 하고 던져 주는 먹이를 덥석 무는 개처럼 행동하고 싶지는 않았다. 더구나 진성욱에 대해서는 최근에 알게 된 게 전부였다. 진지하게 지켜본다고 해서 나쁠 것은 없으리라.

"고민해볼게. 대신 아프고 나면 만나자. 꼭."

박연희는 분위기가 어색해지지 않도록 신경 쓰며 대화를 이어갔다. 최근에 유행하는 옷, 흥행하는 영화, 시청률이 높은 드라마 얘기를 꺼내며. 진성욱은 그때마다 친절하고 재기발랄하게 응대했다. 며칠 뒤에는 저런 상관을 대하는 '응대' 말고 친구로 만날 수 있을까.

진성욱이 박연희의 집 아파트 주차장에 차를 세웠다. 진성욱은 장마 아파트 12동에 산다며 최근에 재건축을 한 박연희의 아파트를 부러워했다. 그때 푹 발밑이 꺼지는 걸 느꼈다.

집이 어디세요, 몇 동 몇 호입니까! 진성욱의 목소리가 먹먹히 물속으로 잠겨가는 듯했다. 정신을 잃어가는 박연희에게 진성욱이 꽉 손을 쥐며 소리쳤다. 의식을 잃지 않으려 노력해지만 세상은 전원이 꺼진 것처럼 팍, 검어졌다.

눈을 떴을 때는 침대 위였다. 침대와 이불이 낯설었다. 손을 들자 각목 하나가 움직이는 느낌이 났다. 이불 속에서 나온 손에는 병원 로고가 새겨진 환자복이 입혀져 있었다. 몸을 일으킬 힘이 없어 가만히 있었다.

"일어났냐?"

어머니였다.

"오랜만이네. 너 이렇게 아픈 거. 아픈 거야 뭐 어떻게든 나으니 그렇다 치고. 너 같이 온 남자 괜찮더구나."

세상모르는 소리 한다 또. 어머니는 아버지가 돌아가신 뒤 긍정의 천사로 변신했다. 모든 것이 어머니 중심으로 돌아가는 듯한 태도를 보인다. 비극도 아픔도 없이 오로지 교회와 봉사, 전도에 열을 올린다. 그러면서도 남자를 만나는 일에는 게으르지 않았다. 간혹 셀피를 찍어 '아직 죽지 않았지?' 같은 메시지를 보낸다. '그럼 살아 있지.' 애매하게 응대해주는 것인데 그걸 또 좋아하며 'ㅋㅋㅋㅋㅋ' 같은 답으로 돌아온다.

이번에도 그렇다. 같이 온 남자가 괜찮다니. 군인인 걸 알고 계급도 알 텐데. 다만.

"엄마, 걔 어떻게 알아? 나 데리고 집으로 왔던 거야?"

"아니, 여기 잠실청병원에 일단 눕혀 놓고 집으로 와서 인터폰을 했더라. 전화기 패턴을 몰라 집 전화번호를 모른다면서. 참 바르지 않니, 그 총각?"

아, 예. 조금 더 말을 붙였다가는 결혼 날짜를 잡을 기세다.

"그런데 그 남자, 매일 여기 왔다 가. 나도 이제 나이가 들어서 여기만 있을 수도 없어서 교대로 있어."

"에?"

미쳤다. 어떻게 저렇게 태평할 수가 있지?

"내 엄마 맞아? 응? 처음 보는 남자애를 딸 혼자 있는 병실에 들인 것도 모자라서 교대를 해?"

저절로 목소리가 높아졌다. 한동안 치르지 않았던 엄마와의 결전을 치를 때가 왔나 보다.

"뭐 그건 미안. 엄마도 살아야지. 그런데 너, 야밤에 군복까지 껴입고 나갔다 왔다며?"

"내가? 내가 그랬다고?"

더듬을 필요도 없었다. 세상 모든 전원이 갑자기 나간 것처럼 정전이 된 뒤, 처음 깨어났다. 기억? 그 뒤로 하나도 없었다. 그런데 군복을 입고 나갔다 왔다?

"미친 거 아냐? 나 지금 깨어났어! 엄마 나한테 왜 그래?"

격앙하고 말했다. 가만히 노려보던 어머니의 눈에서 눈물이 떨어졌다. 무언가 말할 줄 알았는데 핸드백을 챙기더니 그냥 나가버렸다.

어머니가, 왜 저러지? 적잖은 충격이 다가왔다. 그러다 문득 내가 딸이라면 나도 싫겠다는 생각이 스친다. 오랜만에 만나 버럭 소리부터 지른 것이다. 절망보다 얕은 그렇다고 실망보다 깊은 생각에 빠졌을 때 문을 열고 진성욱이 들어왔다.

"어머님께 이야기 들었어요. 그런데 진짜예요. 대위님, 갑자기 일어나서 군복을 입고 나가셨어요."

"내가?"

"네."

"어디를?"

"국립중앙박물관이요."

"국립중앙박물관? 한밤중에?"

"아니요, 대낮에요."

"그리고?"

"그래서겠지요. 그래서 한참 찾았고. 밤늦게 이곳에 다시 오셨어요. 다시 환자복으로 갈아입더니 저한테 생긋 웃으시더라고요."

"웃었다…고? 내가?"

무서웠겠다. 아니다. 무서움은 박연희 입장에서 그런 것이다. 기억도 없고, 생각하기에 따라 의식이 없으니 마치 몽유병 환자처럼 나다녔다 싶어서이다. 타인이 보기에는 아무렇지 않았을 수 있다.

"솔직히 말씀드려서 미친 사람 같았어요. 아니 귀신에 홀린 사람 같았다고 할까요?"

아, 역시 그랬구나. 의식이 찾은 쥐구멍은 금세 부정되며 사라졌다.

"그런데 이상한 말씀을 하셨어요."

"이상한 말씀?"

"'다 잘됐다. 이제부터 금자탑만 지키면 된다. 아버지도 그래서 사람들을 죽인 거니까. 나도 금자탑만 지키면 된다.'라고. 저를 보면서 아무렇지 않게 웃으면서 말씀하셨어요. 무서워 죽는 줄 알았습니다."

"금자탑? 금자탑이 뭐야?"

"그게, 피라미드 같은 구조물을 금자탑이라고 불렀답니다."

"피라미드?"

'빼박캔트'. 빼도 박도 못한다는 아이들 말이 생각났다. 진성욱과 사이는 이제 물 건너갔다.

"그래도 대위님을 제 손으로 꼭 지켜드리고 싶었습니다."

그래도 대위님을 제 손으로 지켜드리고 싶었습니다. 윙, 이 말이 울렸다. 고맙고 사랑스러웠다. 그러나 반대편에서 무서운 기척이 고개를 들었다. 피라미드. 아버지. 수류탄. 단어 하나하나가 알알이 박히며 그림으로 변했다.

아버지와 사단장이 찍은 사진!

감봉리에서 휴전선을 비스듬히 내려다보며 찍은 그곳은, 설마!

장지유

일본을 그렇게 다녔어도 주로 도시에서 보냈다. 이번만큼은 달랐다. 오사카에서 벳푸까지 무려 6시간 넘게 달렸다. 규슈를 연결하는 관문대교를 차를 타고 지나기도 처음이었다. 그러다 선뜻 잠이 들었다. 벳푸와 유후인 근처에 있는 유노히라는 온천으로 유명해 한국인들이 온천 관광지로 자주 찾았다.

일본은 인구 절벽에 마주하고 노령화가 가중되며 텅텅 비어가는 농촌이 속출했다. 인구가 절반 이상 줄어든 농촌도 제법 되었다. 심지어 의원제를 폐지하는 농촌마저 생겼다. 인구가 너무 줄어 굳이 의원제를 둘 필요가 없을 정도가 되었기 때문이다.

사진 속 장소도 그런 곳이었다. 시라쓰나 마을 전체에 있는 집이라고는 20채 정도였다. 최근 일본 농촌이 1가구 평균 2인이 되지 않는다는 점을 감안하면 40명이 채 살지 않는다는 결론에 도달한다. 그런데 미츠코를 통해 들어온 정보에는 20채 정도 집에 보통 3명씩, 특히 10채 정도에는 20대로 보이는 젊은 사람들이 산다고. 거기서 이인혜가 살고 있었다.

"아 참. 이인혜의 아들이 있다고 하지 않았나요?"

"네. 저희 쪽에서 잘 관리하고 있습니다."

소형 버스에는 박복순도 함께였다. 긴박함, 거기에 더해 대한제국 황실의 적통 중 한 명이 살아 있다는 말에 박복순이 미츠코보다 더 가기를 원했다. 고령인 박복순으로 인해 개인 의료팀에 이어 보안팀까지 붙었다. 미츠코와 장지유, 박복순이 탄 차 이외에 시라쓰나로 향하는 차는 다섯 대나 되었다. 먼저 출발한 팀까지 합치면 아마 10대 이상의 차량이 될 것이다.

미츠코는 아무렇지 않게 이렇게 말했다.

"전면전이 벌어질지도 모르니 우리 쪽도 충분히 준비해야지요."

이인혜를 속박한 이들은 누구일까. 삼신기단이라고 몰아붙이기에는 의아했다. 그들이라면 일본 전체에 영향력을 발휘할 수 있는 힘을 가졌다. 비록 비밀단체라고는 하지만 내각정보조사실을 비롯한 일본 정보단체가 밀어줄 수 있기도 한 황실 소속 비선 단체다. 이인혜를 관리하고 싶었다면 과거에도 써먹었듯이 정신병원에 처박으면 된다. 마을 하나를 통째로 쓰는 이런 방법은 품도 들고 사람도 든다.

"이틀 정도 관찰한 바로는 마을을 이루어 살고 있는 게 확실하답니다. 이인혜 역시 아무렇지 않게 마을을 나다니고 사람들과 교류했다고 하고요."

미츠코의 비서쯤으로 보이는 남자가 시라쓰나를 향하기 전 두 사람에게 건넨 말이었다. 남자는 가장 앞서서 박복순의 무리를 인솔하고 있었다.

어머니인 박복순이 함께 탄 때문인지 미츠코는 간간히 눈치를 보면서도 미소를 잃지 않았다.

"그만 일어나세요."

미츠코가 장지유를 깨웠다.

바깥은 어슴푸레했다. 2차선 도로였다. 한국과 반대편을 달리는 탓에 전방을 보고 깜짝 놀랐다. 일본이라는 사실에 이내 안도했다. 주변은 한산하다 못해 삭막한 지경이었다. 달리는 곳 역시 오르내리기를 반복했다. 얼른 박복순과 미츠코를 보았다.

"15분쯤 남았다고 하네. 그 전에 묻고 싶은 게 있어서 미츠코에게 자넬 깨우라고 했네."

박복순이 말했다. 얼른 손목시계를 확인했다. 저녁 6시 40분. 이제 완연히 어두워지기 시작할 것이다.

"여기가 온천으로 유명한 곳이야. 오늘 저녁은 온천에서 쉬고 새벽에 가는 게 어떠하겠나?"

박복순의 말에는 검토를 마친 계획이 숨은 듯했다. 산전수전을 겪고 일본까지 와서 일가를 이룬 인물의 의견이다.

"그러겠습니다."

"그래, 그래서 말인데. 나도 돌려 말하지 않을게. 가만히 두면 내 죽기 전에는 못 볼 것 같아서 말이야. 온천 하나를 통째 빌릴 테니 두 사람은 합방하게."

말해놓고는 눈을 감아버린다. 미츠코도 또 어머니인 박복순 입장에서도 하기 어려웠을 말이다. 딸은 딸이라서 못하고, 어머니는 어머니라서 못하는. 장지유가 했어야 하는 말이었다.

"죄송합니다. 이번 일 끝나면 미츠코에게 정식으로 청혼을 하려고 했습니다."

"그래?"

눈을 뜨는 박복순이 발그레하게 웃었다. 마치 그녀가 소녀로 변한 듯했다.

"내가 좀 앞서갔구먼. 그래도 나는 내일이 없는 사람이야. 오늘만 산다고. 알지?"

대답하기 애매한 말이었다. 살짝, 고개를 끄덕이고 말았다.

"됐네, 됐어. 나머지는 미츠코가 알아서 하겠지. 똑똑한 애니까."

이번에는 미츠코가 살짝, 고개를 끄덕였다.

차는 방향을 틀어 온천으로 향했다. 30분쯤 지나 온천에 도착했다. 가정집을 개조한 곳도 있었고 한국의 오래전 목욕탕 같은 건물도 보였다. 장지유와 미츠코는 가정집보다 조금 큰 규모인 2층 주택 같은 여관에 묵게 되었다. 나이가 들어도 첫날밤이라는 게 부끄럽고 설렜다. 또한 막중한 책임감이 꾹 심장을 지르누르는 듯했다.

미츠코와 한 방에 들어선 순간 주책이게도 다리가 덜덜덜 떨렸다. 미츠코는 그런 장지유를 보더니 환하게 웃었다. 급기야 배를 잡고 소리 내어 웃었다.

"제가 오라버니 탓에 오히려 안심이 되네요."

미츠코는 웃으며 방으로 들어갔다.

목욕을 마치고 저녁을 먹었다. 박복순은 둘을 위해서인지 모습을 드러내지 않았다.

두 사람은 바깥으로 나왔다. 여관 앞 평상에 앉았다. 한국에 비해 날씨가 푸근했다. 산을 스친 바람이 두 사람을 향해 내려왔다. 긴 바람이었다. 가만히 바람을 보던 미츠코가 말했다.

"오래 기다린 보람이 있네요."

윤정이 어느 때엔가 그랬다. 여자들이 가장 듣기 싫어하는 말 중에 하나가 '미안'이라고. 이 순간에 으레 미안하다 말해야 할 것 같았지만 꾹 참았다. 대신 손을 꼭 쥐었다. 두 사람은 가만히 풍경에 동화되었다.

여덟 시가 넘어 방으로 돌아왔다.

"인혜 씨를 우리가 데리고 있을 수 있겠지요?"

"글쎄, 그건 인혜 씨에게 물어보자고. 그게 낫지 않겠어요?"

두 사람은 이불을 깔고 누웠다. 첫날밤이라고는 하지만 혈기왕성한 이십대가 아닌 탓에 오히려 두런두런 이야기를 나누었다. 미츠코의 첫

사랑은 열 살에 같은 초등학교를 다니던 아이라는 것부터 최근에는 오다기리 조를 좋아한다는 이야기마저 들었다. 장지유는 미츠코에게 딸 윤정에 대한 이야기를 꺼냈다. 딸의 결혼과 양자인 일한에 대한 것도. 둘이 결혼을 시킬 수 있을지 모르겠다며 고개를 내저었다.

작디작은 이야기. 그래서 행복했다. 이야기가 아직 남았다 싶었는데 미츠코가 깨웠다. 어느새 잠이 들었던 모양이다. 시간을 확인하니 새벽 4시가 조금 지났다. 얼른 몸을 씻고 나왔다. 그때 일한에게 문자메시지를 넣었다.

'작업 들어간다.'

새벽이지만 준비된 도시락을 아침으로 먹었다.

새벽길을 부리나케 달렸다. 30분쯤 지나 차가 멈추었다. 박복순과 미츠코는 차에서 내리지 않았다. 상황이 수습되면 이인혜를 위해 미츠코가 합류하기로 했다. 약 1킬로미터 정도를 걸어서 야트막한 산길을 올랐다. 어느새 5시가 지났다.

선봉대를 맡았던 남자 둘이 차량 앞으로 다가왔다. 뒤를 돌아 기습팀을 바라보니 얼추 40여 명에 이르는 듯했다.

이인혜의 집만 기습할 것인지, 아니라면 마을에 있는 사람들 전체를 제압할 것인지를 박복순의 비서가 물었다. 선봉대를 맡았던 남자 둘은 효율적으로 나누는 것이 어떤가 하고 의견을 개진했다.

여섯 명으로 꾸려진 1팀은 곧바로 이인혜가 있는 집으로 기습한다. 이인혜가 있는 집에는 두 명의 남자가 더 있다고 했다. 한 명은 장지유의 나이 또래, 한 명은 이십대 초반의 청년으로 두 배수면 제압할 수 있지 않겠느냐는 의견이었다. 나머지 집들 역시 보통 세 명 정도가 있는 만큼 두 배수로 사람을 꾸려 하나씩 제압해가는 것 역시 효율적으로 보였다.

마을 전체를 단번에 제압하는 것으로 의견이 통일되었다. 비서가 장지유에게 한 번 더 의견을 물었다.

"그렇게 합시다."

곧바로 팀이 꾸려졌다. 장지유와 비서를 포함한 1팀을 포함, 총 여섯 팀이 만들어졌다. 일사분란하게 아랫집부터 제압해나갔다. 곧바로 1팀은 이인혜가 있는 집까지 직진했다. 오랜만에 장지유도 목검을 꺼냈다. 주먹으로는 힘들겠지만 목검으로 아직 대여섯은 거뜬했다. 그만큼 장지유는 검의 달인이었다.

선봉대 두 사람이 이인혜가 사는 집을 가리켰다. 일본 특유의 농촌 가옥이 기다릴 줄 알았는데 서양식 2층 건물이었다. 마을 제일 안쪽에 지어져 안까지 들어오지 않으면 보이지 않았다.

선봉대에 있던 남자가 초인종을 눌렀다. 다레 가 이루 카?

누구시냐 물으며 노인이 문을 열었다. 선봉대에 있던 남자가 냅다 멱살을 쥐고 노인을 끌어냈다. 노인은 필사적으로 저항했지만 역부족이었다. 노인이 순간 야, 하고 소리쳤다. 이삼 초 뒤 벌컥 문이 열리며 젊은 청년이 튀어나왔다. 청년의 손에는 진검이 들려져 있었다. 찰나와 찰나, 청년이 휘두르는 검의 손목부분을 장지유가 찔렀다. 실로 간발의 차였다. 눈이 휘둥그레진 선봉대 남자가 바닥에 몸을 굴렀다. 덕택에 완전히 마주보는 형세로 대립했다.

"장⋯지유?"

청년과 장지유가 맞선 순간 노인의 입에서 나온 이름이었다. 진검을 쥔 상대 앞에서 눈길을 흐릴 수 없어 꼿꼿이 칼을 세운 채 대치했다. 노인이 청년에게 일본말로 물러나라, 명령했다. 노인의 명령에 청년이 칼을 거뒀다. 한 발 물러나며 장지유도 노인을 보았다.

가만 저 사람은……!

"주세용?"

주일한의 아버지, 주세용이 왜 여기에?

운명이라는 말이 머릿속을 헤집었다. 동시에 깨달았다. 아니 그 오래 전부터 악랄하기 그지없던 주세용의 범행이 한순간에 역전되며 의문이 풀어졌다. 그래야만 가능했다.

"주세용 당신 혹시!"

"이제야 알아차렸나 보군."

주세용이 서로가 대립할 때에는 한 번도 본 적 없던 호탕한 웃음을 터뜨렸다.

"내 상상이 맞는다면!"

"맞아. 나는 대한제국 황실의 마지막 황실무사이네."

그랬다. 그래야만 모든 상황이 설명이 된다. 마치 지도를 가진 듯 친일파가 가져가지 못한 문화재나 유물, 기타 고전 보물들을 챙기던 것까지.

"아니다, 마지막은 틀렸으려나. 여기 이곳에 나와 뜻을 함께 하는 사람들이 있으니까."

모든 것이 단번에 맞아 떨어졌다. 감옥에 갇힌 이인혜. 그녀는 감옥에 갇힌 것이 아니라 살 곳을 찾았던 것이다. 다만 몇 가지 아귀가 맞지 않는 것은 주세용이 설명하겠지. 박복순의 비서에게 재빨리 상황을 설명했다. 비서는 자리에 선 사람들을 시켜 마을 습격을 멈추었다.

마지막 황실무사! 민족의 반역자, 국가의 변절자로만 생각했던 주세용이 구전에나 나왔던 영친왕의 무사였다니.

단아

강원도 철원군 김화읍.

무천과 노인을 비롯한 단아, 세 사람은 산골오지에 자리를 잡았다. 왜 여기로 가라고 했을까. 이곳은 골이 깊고 얕기가 마치 그림 속 모습 같았다. 높은 봉우리가 있는가 하면 봉우리 아래는 마치 절벽에 이은 지하처럼 골짜기에서 물이 흘렀다.

세 사람은 먼저 잘 자리를 만들었다. 산에 버려진 나무를 모은 게 집을 지을 만큼 된다며 무천이 농담을 던졌다. 잠자리를 만드니 산짐승이 무시로 드나들었다. 골짜기에 물이 있어 감자를 심었다. 살피다 보니 먹을 게 지천에 널렸다. 버섯, 나물은 예사였고 토끼나 꿩 같은 가축이 되는 동물들도 많았다.

달포가 넘자 무천은 오두막을 만들었다. 겨울이 얼마 남지 않아 무천은 일주일쯤 바깥으로 나갔다. 다시 돌아왔을 때 무천의 뒤로 소가 끄는 수레와 집기, 도구와 함께 남자 셋이 보였다. 무언가 담긴 상자도 여럿 있었다.

무천과 남자들은 동짓달 한기를 막을 나무집을 지었다. 방 두 칸 나무집에서 여섯 명이 겨울을 났다. 겨우내 지반을 다지고 기둥이 될 나무를 모았다. 봄이 되자 곧바로 집을 한 채 더 지었다.

하루하루 살다보니 해가 가고, 강산이 바뀔 세월이 흘렀다.

무천과 단아, 그리고 어머니라고 부르는 세 사람은 가족이 되었다. 단아가 살아온 세월 대부분이 이름이 필요 없었듯이 어머니는 어머니로, 무천은 서방님으로, 단아는 때로 마누라였다가 딸아이였다가 얼마 전부터 엄마도 되었다.

아이가 엄마, 하고 또렷하게 말했다. 이제는 옹알이가 아니었다.

"그래, 엄마다."

오전에는 밭일을, 오후에는 금자탑 내부를 고정시키다 온 남편이 문을 열고 들어왔다. 아내인 단아보다 먼저 아이를 껴안으며 웃었다.

"그나저나 서방님, 아이 이름을 지어야 할 텐데요?"

아이를 번듯하게 키우려면 족보가 필요했다. 산간 오지에 도망친 신세라 세 사람은 호패가 없었다. 그런데 이태 전부터 무천을 통해 사람들이 모이고 있었다. 그들 각자는 그들 각자의 세상에서 나올 필요가 있었다. 하나씩 둘씩 모인 사람들이 스무 명이 되었다. 봇짐을 메고 혼자 온 이도 있었고 비록 넷이 전부이지만 가족 전체가 옮겨오기도 했다. 무천을 따라왔던 사람들은 하나의 밀명을 간직한 사람들이었다.

마을이 되어버린 지금은, 분명 선택의 기로에 마주했다.

그날 밤, 마을 사람들이 한자리에 모였다. 호패를 만든다는 건 세상에 나아가 존재를 알린다는 의미다. 이미 대한제국은 망국했다. 황제는 폐위되었고 황태자는 왕으로 격하되었다. 의민황태자는 영친왕이 되었다. 그에 반해 마을은 계급이 없었다. 누구나 주인이고 누구나 목소리를 높여 뜻을 주장할 수 있었다.

"여기서 그냥 삽시다. 여기까지 누가 온답니까? 태백산맥을 따라 능선을 찾아다녀도 여기는 오기 힘듭니다."

"옳습니다. 지금까지 버텼는데 독립이 될 때까지 못 기다리겠습니까?"

"그렇지만 미래도 도모해야 합니다. 여기 무천 형님의 아들처럼 점점 식구가 늘어나면 그들은 우리와 달리 그들의 삶을 살아가야 합니다."

목소리가 높아져갔다. 여러 사람들의 탁상공론이 오갔다. 문득 세어

보니 1920년이었다. 사람들의 이야기 속에서 단아만 홀로 떨어져 어디인가를 여행하는 환상에 빠졌다. 어두웠나 싶은데 밝아지더니 광배가 몸을 감싼 듯한 남자가 손을 뻗었다. 남자가 불렀다.

단아야. 단아야.

익숙한 목소리였다. 잊었나 싶었던 목소리였다.

앞으로 백 년이다. 네가 이끌어라.

우아앙, 아이의 울음소리에 번쩍 눈을 떴다. 꿈이었다. 아니 이게 꿈이었다고? 스스로 반문할 정도로 또렷한 꿈이었다.

"저, 일단 진짜든 가짜든 족보만 만들어둡시다. 화전민이 모인 마을에야 호패가 없는 것은 당연하지 않소. 이곳은 화전민이 정착한 마을로 합시다."

지금껏 생각해왔던 단아의 속마음이었다. 아이를 가슴에 안은 채 저도 모르게 목소리를 높였다. 동시에 사람들의 눈길이 단아에게 고정되었다.

"여기 계신 분 족보는 제가 만들겠소!"

단아가 소리쳤다.

"그러니 어여 금자탑을 완성하시오."

단아의 말에 무천이 동화한 듯 다가와 손을 맞잡았다. 단아는 지아비가 된 무천의 손에 힘을 실었다.

"우리가 힘을 합치면 돼요. 그러면……."

말이 주는 불안. 특정하고 불길한 말일수록 뱉으면 이루어져버릴 것 같아 삼키게 되는. 말이라는 게 그렇다.

단아는 꾹 눈을 감고 떠올리고 싶지 않은 아베노의 마지막 순간을 밀어냈다. 그런데 밀어내면 밀어낼수록 아베노의 마지막 말이 또렷이 떠올랐다.

하나 된 조선!

앞뒤 주변 그 어떤 말도 떠올리지 않으려 밀어내고 또 멀리했다.

"당신과 나, 끝까지 이 일을 마무리해야 합니다. 어떤 일이 있어도."

"그래요, 어떤 일이 있어도. 참 아이의 이름은 뭘로 할까요?"

아베노의 안, 무천의 천, 합쳐 안천은 어떨까.

단아가 물었다. 좋아요, 성만 만들면 되겠네요.

두 사람의 목소리가 사람들의 웅성거림에 묻혔다. 웅성거림은 점점 커지더니 비명을 내지르는 소리가 들렸다. 이때 사람들 사이를 헤치며 누군가가 나타났다. 머리를 풀어헤치고 망나니 꼴을 한 남자였다. 남자의 옷은 곳곳이 찢어졌고 피딱지가 앉은 데도 여러 곳이었다. 발에는 피가 굳어 발가락조차 구분되지 않았다. 지난하게 이곳을 찾아왔던 것이다. 사력을 다하고 또 다해서.

무천이 놀라 몽둥이를 들고 가까이 다가갔다. 남자를 본 무천이 순간 몽둥이를 바닥에 떨어뜨렸다. 단아도 놀라 무천의 곁으로 황급히 뛰어갔다. 안고 있는 아이가 놀라 칭얼거렸다. 남자를 본 순간 단아 역시 너무 놀라 벌러덩 주저앉아버렸다.

저 남자는!

"십 년 전 아베노 어르신을 해친 견습 내관이 아니옵니까?"

재차 몽둥이를 쥔 무천이 가까이 다가갔다. 남자는 눈빛이 흐릿했다. 계속해서 무어라 읊조리고 있었다. 조금씩, 그리고 천천히 남자의 말이 단아의 귀에 박혀 들어왔다.

소인은…아베노 히로시의 명을 받들어…무사입니다.

"무…어라?"

무천의 목소리가 높아졌다. 그러나 초점 없는 눈으로 허공 어디인가를 바라보는 내관은 계속해서 같은 성조로 읊조렸다. 마치 영혼이 없는 사람처럼.

소인은. 대한제국 융희황제의 명과.

남자의 눈빛이 허공에 박혔다 단아에게 고정되었다.

아베노 히로시의 명을 받들어.

단아가 흠칫 놀라 한 걸음 물러섰다.

죽음으로 또 죽어서라도 지키고 또 지킬 것이다.

내관의 눈에서 일순 눈빛이 돌아오나 싶더니 단아를 향해 손을 뻗었다. 이번에는 목소리가 바뀐다.

나는 아베노의 마지막 무사입니다.

견급 내관이 번쩍 정신을 차린 듯 말했다.

"몸이 아파요."

내관은 단아를 보며 이번만큼은 또렷하게 말했다. 지금껏 의식이 없다 갑자기 의식이 돌아온 모습처럼 여겨졌다. 그가 더 곧게 손을 내뻗었다. 내관의 손이 단아에게 닿으려는 순간 무천이 내지른 일격에 남자는 쓰러졌다.

견습 내관을 포박한 무천이 창고에 그를 가두었다.

웅성거리던 사람들이 밤이 늦자 물러갔다. 무천과 단아는 사람들에게 내관이 누구인지 설명하지 않았다. 살아 있었다면 나라를 팔아 얻은 부귀와 영화를 누렸어야 할 인물이다. 번쩍 단아의 머릿속에서 단어 하나가 자리 잡았다.

저주!

아베노가 죽음으로 만든 저주였다.

2부

비밀은
사람에게서
이 땅으로

1

대한항공 오사카 발 인천공항 직행편이 이륙했다. 아무리 나이가 들어 몸이 쪼그라들었다지만 이코노미석은 다리를 뻗기조차 어려웠다. 승무원이 장지유와 옆자리에 앉은 주세용을 보더니 영업용 미소를 만들었다.

"친구 분이신가 보군요. 필요하신 것은 없습니까?"

승무원이 밀고 온 카트로 잠시 눈길을 떨어뜨렸다. 오렌지 주스를 비롯한 각종 주스가 가장 위에, 그 아래에는 싸구려 위스키가 보였다.

"위스키나 한 잔 주세요. 속이 타서."

온 더 락으로 드릴까요, 란 말에 고개를 끄덕였다. 옆에 있던 주세용이 검지를 치켜들었다. 고개를 끄덕인 승무원이 잔을 하나 더 꺼내 얼음을 채웠다.

장지유와 주세용이 나란히 앉은 것은 처음이었다. 숙적이었고 천적이었으며 호적수였고 같은 시대를 공유했다. 두 사람은 이제 칠십 대가 되었다. 젊어서 못 가린 우열은 접어두고서라도 그가 살아 있을 거라고는 상상조차 해본 적이 없었다.

이인혜와 주세용을 본 순간 장지유는 무언가 잘못되었음을 직감했다. 장지유나 주세용, 이인혜에 관한 것이 아니었다.

주세용의 아들 주일한과 장지유의 딸 장윤정, 그리고 이인혜의 아들 덕남은 무언가 잘못된 그물에 걸려든 것이 분명했다. 그렇지 않고서야 이런 상황들이 한꺼번에 흩어졌다 하나의 초점을 향해 모여들 리가 없었다.

장지유는 주세용과 미츠코에게 무언가 잘못되어 간다고 설명했다. 잘못된 실체에 대해 정확히 설명할 근거는 없었다. 불안이 불안을 덮고 더 거대한 불안으로 계속해서 자라났다. 주세용과 이인혜에게 덕남과 아이들이 만났다고 설명한 대목에서 두 사람 얼굴 역시 불안으로 뒤덮였다.

"무슨 일인지는 모르지만 우리 눈으로 확인하세나."

주세용이 제안했다.

승무원이 멀어지는 걸 보며 장지유가 말했다.

"나는 아직 자네를 용서하지 않았네만… 용서는 가능하겠지. 자네가 변절자가 아니라는 걸 알았으니까. 다만 시간이 걸릴 거야. 자그마치 삼십 년을 싸웠고 이십 년을 죽었다고 생각했네."

"자네가 있었기에 가능한 시나리오였어. 자네처럼 우직한 친구가 어디에 있나? 그렇지만 이번 일만큼은 나도 짐작이 안 가네. 왜 이런 일이 한꺼번에 벌어지는 걸까?"

주세용도 의아했던 모양이다.

장지유가 가진 정보라고는 아이들이 보내오는 것이 전부다. 두 사람은 서로가 가진 정보를 교환하기 시작했다. 단편적인 단어들이 튀어나왔다.

삼신기단. 강점기. 천황. 대한제국. 삼신기. 야사카니의 곡옥. 아베노 히로시. 일본 최고의 음양사 아베노 세이메이.

"아베노 세이메이?"

일본사에 정통하지 않은 장지유가 그에 대해 물었다.

아베노 세이메이는 921년에서 1005년까지 살았던 헤이안시대의 음양사이다. 귀신을 잡고 미래를 보고 점을 치거나 액운을 피하게 해주는 등 음양사의 이미지 대부분은 아베노 세이메이를 모델로 하고 있었다. 가잔천황이 출가할 때 천문학과 점성술로 미리 맞혀낸 일화는 세이메이를 설명할 때 빠지지 않는 전설이 되었다. 아베노 세이메이가 사망한 뒤 괴담과 전설을 좋아하는 일본인들은 그를 신의 반열에 올려놓았다. 아베노 세이메이를 능가하는 음양사는 없다는 게 중론이었다. 다만 그 모든 전승에도 불구하고 근현대 메이지천황을 도운 아베노 히로시만큼은 세이메이를 능가한다는 구전이 있었다.

"아베노 히로시는 조선의 핏줄이었대. 결국 조선을 돕다 친일파들에게 살해됐다고 하지. 거기까지는 자네도 알 테고."

"그 오랜 세월을 떨어졌어도 발전적인 게 없구나. 너나… 나나."

침묵이 두 사람 사이에 끼어들었다. 문득 장지유에게 의문이 감돈다.

"음양사가 지금은 없나?"

"글쎄다, 지금도 있으려나?"

"뭐야 그게?"

"현대에 음양사 같은 거, 누가 신경이나 쓴데?"

"그런가?"

"오랜만에 우리가 나서야 하는 거 아냐?"

우리, 라고 뻔뻔하게 말하는 주세용에게 주먹을 날려주고 싶었다. 지난 세월에 더해 이인혜에 대한 보답 차원의 응징을 담아. 그러나.

"아냐. 이제는 애들에게 맡겨두자고. 우리 시대는, 지나간 거야. 넘겨줘야지. 그래야 사회가 정의로워져."

비행기는 정점에 올라 곧장 인천을 향하고 있었다. 30분 정도면 공항에 도착할 것이다. 불안이 떨쳐지지 않았다. 그러나 아이들에 대한 기대감 역시 계속해서 커져만 갔다.

2

　전망대 매표소 입구에서 1킬로미터 이상을 북상했다. 일한은 운전을 맡았다. 뒷좌석에는 윤정이, 조수석에는 안내 군인이 탔다. 군청 공무원이 탈 때도 있어서 재수가 좋으면 여자 안내원이 타는 경우도 있다고 군인이 설명했다. 여자 안내원이라 재수 좋다는 소리는 이곳에서만 통용될 것이다.

　승리전망대까지 세 번의 검문을 거쳐야 되었다. 그러는 사이 30분이 흘렀다. 과하다 싶었지만 휴전선이라는 상징적인 위치인 만큼 어쩔 수 없다 여겨졌다. 전시에 도로를 막기 위한 거대한 콘크리트 블록이 도로 곳곳에 적재되어 있었다. 위치가 위치인지라 스마트폰이나 사진 같은 영상기기는 사용이 제한되었다. 전망대 출발시간 역시 오전 9시 반, 10시 반, 11시 반, 오후 2시 반, 3시 반으로 5회에 한정되었다.

　승리전망대에서 북한을 바라보았다. 군사적 최요충지, 최북단 군사시설 같은 위험을 동반한 단어는 무색했다. 남방한계선이 승리전망대 아래로 스쳐가듯 펼쳐진다.

"절경이 따로 없다, 그치?"

망원경을 통해 북한을 가감 없이 볼 수 있었다.

먼저 눈에 띈 것은 오성산이었다. 오성산은 모래색 혁대를 두른 것처럼 보였다. 사람에 따라 뱀이 기거나 실을 둘러놓은 것처럼 보일지도 몰랐다. 혁대처럼 보이는 철책선은, 휴전선이었다.

곁으로 다가온 안내 군인이 절도 있는 목소리로 말했다.

"망원경 너머로 사진을 찍더라도 북한만 찍어야 합니다. 한국 군사지역을 찍으면 처벌되실 수 있습니다. 사진촬영구역이라고 바닥에 표시되어 있을 겁니다. 거기서만 찍으십시오."

마지막은 경고에 가까웠다.

군인이 두 사람을 지나간 뒤 윤정에게 말했다.

"어디를 봐야 하는지 알지?"

"그럼. 여기서 10시 방향."

"눈치껏 사진을 찍어, 오케이?"

말해놓고 주변을 미니어처로 만들어놓은 관람대 앞에 섰다. 주변 어느 곳도 평지가 없었다. 미니어처를 최대한 자세하게 사진을 찍었다. 항공사진이 제공되지 않는 지역이라 이토록 세밀한 미니어처야 말로 최고의 정보원이나 다름없었다.

승부는 이곳에서 갈린다. 확신이 섰다.

얼마나 생각에 빠져 있었을까.

"관람시간 다 되었습니다."

곁으로 다가온 안내 군인이 일한에게 다가왔다. 터벅터벅 전망대를 나왔다.

차에 올라 안내 군인을 태우고 전망대 매표소까지 다시 내려왔다. 군인들이 다시 검문을 했다. 갈 때에 비해 내려올 때는 조금 형식적이라 여겨졌다.

"담배 피우나?"

슬쩍 안내 군인에게 반말로 물었다.

"피웁니다."

품안에 넣어둔 새 담배를 건넸다.

"받으면 안 됩니다."

"하나 가져. 동생 같아서 주는 거야. 고맙기도 하고. 나도 군생활 해봐서 안다. 뒤에 앉은 누나 있지? 아니다, 아줌마라 불러야 되나? 저 누나, 공무원이거든. 저 아줌마가 너네 같은 애들 보면 가만있지를 못해요. 아까부터 돈이라도 주라고 그러는데, 돈 받으면 안 되잖아, 그치? 그러니까 담배라도 주는 거야."

"아, 네."

말 같도 않은 소리인데 고개를 끄덕이더니 그럼 받겠습니다, 한다.

"그런데 여기는 밤에 어때? 아무것도 없지? GP에서 근무하는 애들도 앞만 보기 바쁘고?"

"그럼요. 밤이면 아무것도 없습니다. 쓸쓸하지요."

"그렇구나."

매표소에 도착하자 군인이 거수경례를 했다. 윤정이 고마워, 라며 손을 흔들었다.

"쓸데없는 소리를 하고 그래?"

조수석에 옮겨 타자마자 윤정이 잔소리했다.

"밤에 어떤가 물어본 거야. 철책이라는 특성상 뒤를 돌아보지는 않겠

215

다 싶어서 확인한 거고. 남대천은 확인했지?"

남대천은 북한식 지명이라 화강이라고 부른다는 설명이 기억났다. 어떤 의미에서는 안타까웠다. 지명에도 북한식이 있다는 말을 납득하기가 일반인 입장에서는 쉽지 않았다. 평양은 북한식 지명이고 서울은 남한식 지명인가. 따져들면 논리조차 없는 함정에 빠지고 만다.

"그런데 어떻게 남대천을 가?"

"못 가. 불가능해."

"그런데 지명이 가리킨 곳은 남대천이야. 그 사이에 모래톱이 정확한 위치였단 말이야."

분명히 그게 전부가 아닐 거라는 확신이 들었다. 심증적 확신일 뿐 물리적 증거가 없었다. 직감이라고 말할 수밖에 없는 섣부름에 화가 났다. 분명 무언가가 더 있다. 그게 뭘까?

차는 어느새 김화읍사무소 근처에 다다랐다. 새벽에 주인과 이야기를 나누었던 편의점에 다시 주차를 했다. 주차한 지 채 1분도 지나지 않았는데 덕남이 차에 올랐다.

"어디 있다가 오는 거야?"

윤정이 물었다.

"우체국."

시간을 보니 점심시간이었다.

"어디 갈까?"

"백 미터 뒤에 중국집 있더라. 거기 가자. 어제 좀 달렸더니만."

윤정이 묻자 덕남이 대답한다.

중국집에 자리를 잡고 앉았다. 여주인이 주문을 받았다. 탕수육과 짬뽕, 짜장면과 볶음밥 등이 차례로 등장했다. 군만두 서비스라는 말에 윤정이 좋아하며 여주인을 향해 박수를 쳤다.

"최후의 만찬인가?"

"너 학교 다닐 때 마이너, 맞았겠다."

"하고 많은 말 중에 최후의 만찬이 뭐니?"

"참 사람들 이상해. 이번 일을 성공시키기 위한 최후의 만찬! 그렇게 생각하면 되잖아?"

"내가 들어도 그건 좀 난센스인 듯."

세 사람이 평범한 밥상머리 이야기를 나누었다. 덕남은 어제 만난 여인이 자신을 감시하더라며 복잡한 감정을 내비쳤다.

"아, 이 자식 최후의 만찬 전에 보낼 수 있었는데, 그치 오빠?"

"오구오구, 우리 윤정이. 이럴 줄 알았냐? 쟤 여기까지 온 것만 해도 고맙구만!"

일한의 타박에 윤정이 입을 비죽였다. 덕남은 엄지를 척, 올린다.

밥을 먹은 세 사람은 곧장 어제 묵었던 민박으로 향했다. 일행이 한 명 더 늘어날 거라고 말하고 세 사람 분 요금을 이틀치 더 계산했다.

방으로 들어섰다.

방바닥에 노트북을 펼쳐 스마트폰과 연결했다. 윤정이 찍은 사진을 차례로 펼쳤다.

"이런 산과 산, 구릉과 구릉 사이라면 가장 숨기기 좋은 것은 역시 피라미드 형태일 거야. 어디에 어떻게 놓여 있더라도 피라미드 형태의 인공 구조물이라면 찾아내기 힘들 걸."

사진을 보며 일한이 의견을 말했다.

"그렇지만 오빠. 우리가 필사적으로 찾아낸 장소는 바로 여기야!"

윤정이 짚은 지점은 남대천 중간, 천이 갈라지고 굽이치며 원을 그려

섬이 만들어진 장소였다. 정확히 위도 38.5도, 경도 127.5도에 해당한다.

"오빠, 또 덕남이도 생각해볼 게 있어. 부대 접경지역인데, 남대천에서 좌측 너머는 3사단 백골부대 관할구역이야, 우측은 15사단, 승리부대 관할이고."

윤정의 말은 다분히 침투를 목적에 둔 발언이었다. 그렇지만 경찰 관할처럼 접경지역이 있다고 해서 출동을 미루거나 하는 일은 없을 것이다.

"일단 참고."

"그런데 나는."

일한은 두 사람을 번갈아 보았다.

"분명히 놓친 게 있다고 생각해. 남대천은 몇 안 되는 북방한계선에서 남방한계선을 관통하는 하천이야. 지난번 홍수 때는 15사단 사병들 상당수가 수해를 입기도 했지. 그말은 남대천 모래톱에 상당히 많은 목함 지뢰나 기타 유실물이 쌓여 있을 확률이 높다는 뜻이야. 가보지 않았다 해도 저곳은 습지이겠지."

"형 말은 무언가를 묻거나 또 묻은 물건을 지속적으로 보관하기에는 좋지 않다는 말이지?"

덕남도 머리 회전이 빨랐다.

"그렇다는 건 계단이라는 뜻인가?"

윤정이었다. 윤정의 말에 덕남이 계단, 하고 놀란 목소리로 되묻는다. 윤정은 일한이 찍은 승리전망대 주변을 미니어처 모형으로 만든 지도 사진으로 바꾸었다. 남대천 모래톱을 손으로 찍었다.

"생각해 봐. 보통사람이라면 저기가 최종 목적지라고 생각하고 덥석 달려들 거야. 그러다 오빠 말처럼 지뢰에 펑! 사망하겠지. 물론 벌어지지도 않은 일이지만 가능성이 높아 보여. 그러나 과거는 그렇지 않았겠지. 저기가 모래톱이었을 가능성도 있지만 아닐 가능성도 있어. 백 년도 더 전에 만든 수수께끼이니까.

여기서 생각해보자고. 이 수수께끼를 만든 사람들은 저기서 무엇을 한 걸까?"

3

산 사이를 휘돌고 내려오는 하천이 있어 마을 사람들은 언제나 풍성한 생활을 영위할 수 있었다. 또 여름만 되면 장마가 진 뒤 모래톱이 생겼다. 이 모래톱의 흙을 매일 소달구지로 지고 날랐다. 그러기를 10년이 넘었다.

처음에는 산의 꼬리에 반원 모양의 구릉을 붙인다는, 즉 금자탑을 만든다는 계획이 불가능해 보였다. 토성처럼 겉을 네모나게 쌓는 데에만 2년이 걸렸다. 나무로 기둥을 만들고 철로 필요한 것들을 채워 넣었다. 선비였고 무사였고 내관이었던 사람들이라 시행착오가 많았다. 궁궐 기술직들이 합류했다지만 역부족이었다.

남무천이 이제 첫 층이 끝났다, 하고 말했을 때는 5년이 지나 있었다. 10년이 지났을 때 얼추 모습을 갖춘 구릉이 되었다.

빨래를 하다 그곳을 바라보며 단아는 감개가 무량해졌다. 벌써 15년이 되었다. 남내천 빨래터에서 뛰어놀던 안천이 엄마에게로 다가왔다.

엄마의 시선을 눈치 챘는지 아이도 구릉을 바라본다.

"내가 지키면 되는 데랬어."

여섯 살 나이에 비해 아이는 의젓했다. 말도 또박또박 잘했다.

"저 아저씨랑 같이 지키면 된다고 했어."

아이가 가리킨 손가락 끝에 견습 내관이 있었다. 화들짝 놀라 아이를 꾸짖었다.

"누가 그런 소리를 해?"

"삼촌들이 그랬어. 삼촌들은 금자탑을 만든다고 바쁘니까 저 아저씨랑 함께 지키면 된다고."

은연중에 사람들이 말한 단어에서 차별이 드러났다. 삼촌과 아저씨.

의문이었다. 견습 내관은 어떻게 됐기에 5년이 다 되도록 마을 입구만을 지키는 걸까. 아베노 히로시의 저주가 그렇게도 강력한 것이었을까. 어느 날은 정신이 말짱해져 남편인 무천에게 무릎을 꿇고 사죄를 구하다가도 금세 머리를 뒤흔들며 바보가 된다. 어느 순간 저게 더 정신이 또렷할 거라는 생각이 들었다. 적어도 지금과 같은 상태일 때는 무조건 마을 입구를 지키고 서 있지 않은가. 마치 장승처럼.

장승의 저주에 관한 한 여자의 이야기가 떠올랐다. 여인은 절세미인이었다. 그러나 장승의 저주에 걸린 여인과 합방을 한 남자들은 모두가 독이 오른 것처럼 죽어버렸다. 여인으로 인해 마을은 쑥대밭이 되어 남정네들이 죽어나갔다. 심지어 도력이 높은 스님조차 단번에 사망한다. 나중에는 힘이 좋기로 소문난 경상도 남자가 우연히 여인을 사랑하게 되지만 결과는 참혹했다. 남자 역시 장승의 저주에 걸려 죽고 만다. 슬프고 아련한 저주 이야기였다.

견습 내관이 마을을 지키고 섰을 때는 멧돼지도 피해서 갔다. 어느 순간부터 사람들은 견습 내관에 대해 존재를 망각할 정도가 되었다. 있는지 없는지조차 신경 쓰지 않는 내관을 위해 늘 밥을 챙기는 것은 단아의 몫이었다.

"박안천! 안천아."

목소리가 점점 가까워졌다. 무천이 달려와 아들을 껴안았다.

"아빠 금자탑은 다 만든 거야?"

아들이 또박또박 아빠에게 물었다.

"올 겨울만 넘기면 끝나겠구나. 아베노가 만들어준 설계대로 만들기가 만만치 않아서 말이야. 그래도 금세 끝날 거다."

무천의 말에 단아도 기뻤다. 아직은 민둥산이나 다름없는 금자탑이 완성되려면 주위와 동화되어야 하리라. 마치 견습 내관처럼. 순간 동화, 라는 단어에 두려움이 훅 밀려왔다. 주위와 동화, 딱 견습 내관이지 않은가.

그는 왜 10년 만에 이곳을 찾아내어서 장승이기를 자처하는 것일까. 정신병 환자처럼.

매일 같은 일상이 반복되었다. 단아는 그것이 좋았다. 어떤 특별한 일상도 단아는 거부했다. 그저 어제처럼. 무천이 약속했던 겨울이 지나 구릉에는 상당한 풀과 나무들이 심어졌다. 잡초는 벌써 구릉의 아래쪽부터 기세를 더했다.

구릉은 처음부터 거기 있었던 것처럼 자연스러움을 더해갔다. 십여 년 사이, 몇몇 사람들이 무천의 명을 받아 바깥으로 나갔다. 독립운동을 위함이었고 독립운동 자금을 전달하기 위해서였다. 보물이 들었을, 십여 개의 상자는 갈수록 줄었다. 명백히 순종이 전했을 유물을 들고 나간 사람들은 다시 돌아오지 않았다. 돌아오지 않는 사람들을 위해 향을 올렸고 산에다 막걸리를 뿌렸다.

4월이 되자 무천은 직접 한양으로 향했다. 서력으로 1926년 4월 첫 날이었다. 걸어서 한양까지. 더해 궁궐로 잠입할 시기까지 엿보아야 되는 쉽지 않은 일정이었다.

무천이 떠난 지 26일째 되던 날, 마을에 마른벼락이 내렸다. 안천과 단아는 무서워 서로를 껴안았다.

5월이 되어 무천이 돌아왔다. 그는 세상없는 사람처럼 낙담해 있었다. 무천의 입에서 놀라운 말이 터져나왔다.

"지난달 스무엿새에 융희황제께서 승하하셨네."

무천의 말을 들은 마을 사람들이 비탄에 잠겼다. 몇몇은 자결을 하려 했고 또 몇몇은 마을을 떠나려 했다. 그때 마른벼락 같은 소리가 마을에 울렸다. 모였던 사람들의 가슴에서 피가 터졌다.

총이다! 누군가가 외쳤다. 마른벼락 같던 소리가 점점 더 마을에 울려 퍼졌다. 단아는 눈을 의심했다. 마을 입구에서부터 사람들이 죽어나가고 있었다. 눈을 부릅뜨고 마을 입구를 보았다. 총을 든 남자는, 견급 내관이었다.

어느새 무천의 손에는 진검이 들려 있었다. 무천이 단아에게 말했다.

"내가 녀석을 금자탑으로 유인할 테니, 당신은 안천과 어머니를 피신시켜요. 어서!"

무천이 검을 들고 달려 나갔다. 아무리 무천이라도 총알을 막아내지는 못한다. 그러나 아이도 구해야 하는 진퇴양난에 빠졌다. 무천이 적절히 사람들과 함께 견습 내관을 유인하는 게 보였다. 얼른 집으로 뛰어가 아이와 어머니를 챙겼다. 이제 걸음도 힘들어진 어머니는 일어서는 것도 힘들어 했다. 아이만 데리고 나가. 어머니의 말이었다.

박안천! 일어나.

단아가 명령했다.

"엄마, 오늘 아저씨가 마지막이라고 그랬어. 그래서 저러는 거 아냐?"

"마지막? 아저씨가?"

아이는 바깥에서 벌어지는 일을 선도 악도 아닌 소리로만 받아들이는 모양이었다.

"응, 진성욱 아저씨. 자기 이름이라도 기억하랬어. 나보고 그랬어. 죽은 음양사와 살아 있는 음양사. 두 사람이 자기 머릿속에 들어 있다고. 자꾸 머릿속에서 싸운다고. 누가 이길지는 두고 보자고 했어. 진성욱 아저씨가 밥을 먹으며 그랬어. 진성욱은 또 온다고."

살아 있는 음양사! 아이의 말에 털썩 주저앉아버렸다. 죽은 음양사라면, 분명 히로시를 말한다. 그런데 살아 있는 음양사라면? 두려움이 해일처럼 밀려들었다. 아베노 히로시의 말이 생각났다.

"어머니 어떻게든 되겠죠?"

단아는 어머니를 보았다.

"그래 어떻게든 될 게다. 여기까지도 왔는데 뭐가 겁이 나?"

힘은 없었지만 확신 가득한 목소리에 오히려 단아가 힘이 났다.

"안천! 너는 무슨 일이 있어도 할머니와, 저 금자탑을 지켜내야 한다, 알지? 금자탑에 관한 것은 숨겨놓았어. 거기도 알지?"

안천이 고개를 끄덕였다.

단아는 히로시가 말한 마지막 비책을 써야 할 때가 왔다는 걸 직감했다. 모자란 머리로 히로시에게 오래도록 배웠던 지사술을 쓸 때가 왔다. 그 말처럼 이제는 죽을 때가 온 것이다. 단아가 아닌 안천에게 히로시의 밀명 나머지를 맡긴다. 아이에게 입을 맞추며 속삭였다.

집 바깥으로 나온 단아는 바가지로 물을 떠서 꿀꺽꿀꺽 마셨다. 눈에 보이는 대로 호미를 집어 들었다. 쓰러진 사람들을 피하며 단아는 금자 탑을 향해 뛰었다.

4

"여기가 사진에 찍혔던 장소고."

손가락으로 사진 속 장소를 콕 찍었다. 박연희의 옆에 있던 진성욱이 고개를 끄덕였다.

"그런데 아버지는 아버지를 찾아다녔다고 하지 않았니?"

병원에서 두 사람은 하룻밤을 함께 보냈다. 아픈 뒤 만나자던 약속은 지나치게 빨리 결론이 났다. 아프면서 만났으니까. 두 사람은, 적어도 박연희가 보기에, 만남을 시작했다. 박연희는 믿음직한 진성욱이 좋았다. 무엇보다 아픈 자신을 돌보는 마음에 감동했다. 어머니마저 그녀를 내버려두고 가버린 상황이었는데도 말이다.

"그런데 할아버님 성함이 어떻게 돼? 아버지의 아버지?"

"아버지는 박민규, 할아버지는 박안천. 두 분 다 군인이셨어."

"오, 군인 집안의 피가 흐르나 보네."

"일단 가서 좀 서 봐. 어서!"

박연희가 진성욱을 떠밀었다.

진성욱이 웃으며 아버지가 섰던 자리로 향한다. 아버지가 섰던 그 자리에 똑같은 포즈를 취했다. 재빨리 스마트폰을 꺼내 진성욱을 사진으로 담았다. 절대, 찍으면 안 되는 지역이지만, 군대에서 절대란 없다. 군이 생긴 뒤부터.

박연희가 진성욱에게 다가갔다. 이번에는 진성욱이 반대로 박연희를 찍는다. 포즈는 취하지 않았다. 그곳에서 보고 싶은 것은 다른 광경이었다. 꼼꼼히 주변을 살폈다. 북으로는 휴전선이 코앞에, 동쪽으로 고개를 돌리면 휴전선을 따라 지대가 낮아지며 시야가 남내천까지 확보된다. 남내천은 이제 화강으로 부른다. 강이라기에는 아무래도 부족하다. 저곳에서도 여기가 똑바로 보일 것이다.

퇴원 후 박연희는 진성욱과 만난 며칠 동안 무서운 가설을 세웠다. 먼저 할아버지와 아버지가 찍힌 모든 사진을 찾아냈다. 두 사람은 박연희의 집에서 사진 하나하나를 보며 사단장이 아버지를 찍은 사진과 비교했다. 할아버지의 흑백 사진을 보며 감상에 젖기도 잠시, 사진 한 장을 사진첩에서 꺼냈다.

사진의 지형은 조금은 달라 보였지만 역시 아버지가 섰던 산 정상 같은 곳에 할아버지가 서 있었다. 아버지는 혼자서 못할 거라 판단해 지금 사단장이 된 부하와 남방한계선 주변을 찾아다녔던 것 아닐까.

할아버지도, 아버지도 찾아다녔다는 건 분명 집안과 관계된 것이다. 아버지가 실종된 밤에, 수류탄 투척 사건이 터졌다.

박연희가 추측하기에 수류탄을 터뜨린 사람은 아버지였다. 할아버지와 아버지는 분명히 이곳에 있는 무언가를 찾아내려 했다. 아버지는 필사적이었다. 할아버지도 필사적이었을 것이다.

아버지는 무엇을 찾으려 했을까. 수류탄을 터뜨려 자신의 사병까지 목숨을 잃게 하면서. 그걸 모르겠다.

"여기서 한번 내려가 볼까?"

박연희가 진성욱에게 물었다.

박연희와 진성욱은 손을 잡고 한 걸음씩, 남내천 방향이 일직선인 산 아래로 내려갔다. 박연희가 금속탐지기로 한 걸음을 탐지하면, 진성욱이 바닥에 있는 잡초를 제초기로 깎으며 전진했다. 그렇게 산 아래로 내려가기 시작한 두 시간 뒤 박연희와 진성욱은 모습을 감추었다.

여섯 시간 뒤 부대에 박연희가 보이지 않는다는 말이 나돌았다. 밤이 되자 대대장과 장교들이 박연희를 찾아다니기 시작했다. 대대장은 탈영으로 볼 것인지 실종으로 볼 것인지에 대해 고민했다. 그러다 박연희를 딸처럼 아낀다는 소문이 자자한 사단장에게 전화를 걸었다.

"박연희 대위가 보이지 않습니다. 낮에 남방한계선을 넘었던 거 같은데, 연락이 안 됩니다."

"박연희 대위가? 지뢰 제거 업무를 하고 있지 않았나? 그 누군가 진 병장? 아니다, 진 병장은 다른 부대 사람이었나?"

사단장이 잠시 술에 취한 것처럼 중언부언했다.

"참담합니다. 박연희 대위 아버지가 실종된 지 이십오 년 만에 딸도 실종이 되다니요. 수류탄 투척 사고만 아니었어도 사단장님 진급도 더 빨랐을 텐데 말입니다. 진심으로 애석합니다."

사단장이 슬픔에 빠진 건가 싶어 대대장은 아는 지식을 짜냈다.

사단장은 진돗개 하나를 발령하는 대신 부대 자체적으로 박연희를 찾아보라 명령했다.

그러나 박연희 대대의 어느 누구도 진성욱을 기억하는 사람은 없었다. 마치 눈앞에서 하얗게 피어올랐다 조금만 멀어져도 사라지는 담배 연기처럼.

5

　일한과 덕남, 윤정은 오후 내내 승리부대를 침투하는 방법에 대해 고민했다. 일한과 윤정은 암호 다섯 문장과 정탐했던 승리전망대 주변을 어떻게든 해석해보기로 했다.

　덕남은 차를 몰고 나갔다. 승리부대로 향하는 전화라인에 기계 하나를 꽂았다. 덕남은 대한민국 군부대의 고질적인 병폐를 누구보다 잘 알았다. 전방부대는 60년대 기계식 전화라인을 여태껏 쓰는 곳이 많았다. 조금 낫다고 해도 90년대 장비다. 이들은 최신형 기계 하나만 단자에 꽂으면 모든 유선전화가 도청되어버린다.

　날이 조금 어두워진 뒤 덕남은 드론을 날렸다. 메모리칩이 내장된 드론은 발신기에서 직선 상단으로 날아올라 정확히 위치를 지키며 집음하는 기능을 가졌다. 무엇이든 해보자는 의도에서 드론을 날렸지만 특별한 수확을 기대한 것은 아니었다.

　덕남에게서 전화가 걸려온 것은 저녁 무렵이었다.

"형 조금 이상한 일이 도청되었어. 승리부대 옆 백골부대 있잖아. 거기에 대위 한 명이 실종되었대. 그런데 그 아버지도 이십오 년 전 수류탄 투척 사건 때 실종되었다는데."

"가만 잘 이용하면 우리가 써먹을 수도 있겠다."

전화를 듣던 윤정이 검색을 시작했다. 이십오 년 전 신문에서 실종된 대위에 대한 기사를 수십 가지 찾아냈다. 실종된 대위는 박민규. 고향이 백골부대가 있는 지역이라고 기록해놓았다. 박민규의 아버지 역시 한국전쟁에서 실종된 군인이었다는 기사도 있었다. 꼼꼼히 뒤지자 박안천이라는 이름도 떴다.

"오빠, 이거 뭔가 이상해. 삼대에 걸쳐 같은 지역에서 실종이 되다니."

"실종이 아닐 수도 있을까?"

"모르지 그건."

너무나 당연할 걸 윤정에게 물었다.

일한은 덕남을 불러들였다. 그사이 윤정은 박연희에 대한 정보를 캐기 위해 페이스북, 인스타그램, 트위터 등을 뒤졌다. 몇몇 댓글에서 박연희의 제대가 얼마 남지 않았다는 사실을 알아냈다. 이들이 가입하고 있는 고교 동창 모임까지도 알아냈다.

"자 그럼 오랜만에 이 몸이 실력을 발휘해볼까?"

장윤정의 눈에서 광채가 났다. 장지유는 윤정과 일한을 한 팀으로 키워냈다. 몸을 쓰는 일은 일한이, 머리를 쓰는 일은 윤정이 맡았다. 머리를 쓰는 일에는 해킹도 포함되었다. 박연희의 SNS를 해킹했고, 이를 토대로 포털사이트를 해킹했다. 필요할지 어떨지 모르지만 박연희에 대한 거의 모든 자료를 찾아냈다.

"우연은 없다. 인연이 만든 필연이 있을 뿐."

일한이 낮게 읊조렸다.

"일이 한꺼번에 일어날 때는 모든 것을 의심하라고, 두 아버지가…
가르쳤던 거야."

아. 윤정이 무언가 미안한 표정으로 바뀌며 얼른 노트북으로 고개를
떨어뜨렸다.

일한은 윤정 역시 모든 상황을 변수로 상정하기를 바랐다. 일한이 상
정하지 못하는 변수까지 감안할 수 있기를 원했다. 거기에는 덕남도 포
함되었다.

"우리가 기무사 직원으로 위장하는 건 어떨까?"

한국인으로 자라지도 않은 덕남이 오히려 제안했다. 보통은 사단 기
무사에서 이런 일은 처리하기 마련이다. 또한 서로의 관련성을 따졌을
때 강원도 일대를 담당하는 1군사령부 기무사 소속 군인들은 안면을 트
고 있을 가능성이 높았다.

"국방부 기무사로 가자. 조사 핑계를 대고. 어때?"

일한이 물었다. 덕남도 윤정도 찬성이었다.

일한은 습관적으로 아버지 장지유에게 문자메시지를 넣었다.

'작업 돌입. 3사단 진입 예정. 기무사로 변신하려 함. 이상.'

3분쯤 지났을까. 답 문자메시지가 도착했다.

'오케이, 조치하겠음.'

잠시 후 일한의 전화기로 땡중에게서 연락이 왔다.

"어디야?"

"철원 김화읍입니다. 읍사무소 근처."

일한은 필요한 것들을 요구했다. 신분증을 위해 덕남의 사진이 필요
하다는 말을 끝으로 전화를 끊었다. 땡중에게서 문자메시지가 하나 도

착했다.

'나 안 가. 비구니 간다.'

비구니는 땡중의 딸이었다. 대처승인 땡중에게는 미모의 딸이 있었다. 인사동에서 화랑을 하는 만큼 딸 역시 인사동에 관심이 높았다. 어느 순간 비구니가 되었고 또 어느 순간 후방 지원을 담당하게 되었다. 그녀는 밀반출 문화재 반환에 관심이 높아 '바한모'에서 그 일도 도맡고 있었다.

세 시간 뒤 비구니가 도착했다. 국방부 군복, 신분증, 공문, 국방부번호판 등을 담은 가방을 가져왔다.

비구니를 본 덕남의 눈이 커졌다.

"부채?"

덕남이 비구니를 알아본 듯했다.

"네, 부채. 박현미입니다. 잘 부탁드릴게요."

비구니 현미가 합장을 하며 인사를 건넸다.

"지난번에 인파 속으로 사라지셔서 늘 기다렸어요. 가발을 썼을 때 보고 민머리를 처음 본 터라 놀랐습니다. 특히, 스님일 줄 몰랐습니다. 이 말 꼭 해드리고 싶었어요. 세상을 다르게 보는 계기가 되었어요. 그리고 아름다우십니다."

"이야, 너 작업 대박이다. 비구니 스님에게까지도! 역시 발 셋 달린 짐승들이랑 친하게 지내면 안 돼."

윤정의 힐난에 현미가 쿡 웃음을 터뜨렸다. 현미는 재빨리 고개를 숙이며 민박을 빠져나갔다.

"우리도 나가야지?"

윤정이 일어섰다. 윤정과 일한을 번갈아 보며 덕남이 말했다.

"이야, 진짜 다시 볼 줄 몰랐어요. 저렇게 예쁜 분이 스님이라니."

덕남의 표정이 희한하게 순수했다. 일한은 그런 표정을 보다 무언가가 뒤통수를 때리는 듯했다.

"가만 지도 한 번 다시 보자."

나가려던 두 사람을 붙잡았다.

일한은 노트북에 다시 스마트폰을 연결했다. 승리전망대에서 찍은 미니어처 모형지도를 모니터에 띄웠다.

"여기지?"

38.5, 127.5! 일한이 기준점이 되는 모래톱을 찍었다.

"계속 다섯 문장을 해석하면서 걸린 단어가 하나 있었어. 다시, 라는 말."

다시? 윤정의 눈이 커졌다.

일한은 계속해서 뒷머리를 잡아끄는 듯했던 표현을 말했다.

'다만 하나, 조선에 日이 다시 덧씌워지니 걷힐 날을 알 수 없노라.'

"문맥상 계속해서 이상하다고 생각해오던 부분이야. 그 대목 말이야. 성급하게 군다면 한반도의 분할, 이념으로 나뉜 현실을 예언한 부분이라고 여길 거야. 우리가 추리한 것을 증명해낸다면 아니라는 증거가 되겠지. 즉 은유와 비유, 중의 등을 활용한 아주 고난이도의 문장이라는 거야. 그런데 거기에 '다시'라는 단어가 들어가. 이렇게 압축적이어야 하는 문장에서 '다시'가 들어간다는 건, 우리를 위해서!"

갑자기 일한의 가슴 속에서 무언가가 끓어오르며 일한은 뜨거워졌다.

"적어도 그 글을 쓴 자신을 믿어줄 미래의 누군가를 위해 만들어놓은 보완책이자 나침반이 확실해."

미니어처 모형지도가 갑자기 커지며, 일한은 모래톱 부근에서 서 있는 듯한 환영을 느꼈다. 사방 어디를 보아도 녹음이었다. 짙푸르고 연푸르기를 반복하는 가운데 다른 색은 하늘뿐이었다.

하늘이 좋았다. 그제야 하늘을 반사한 남내천이 보인다. 감고 도는 남내천이 원을 그리며 일한의 곁을 스쳐갔다. 몸을 돌려 북한을 바라보았다. 저 멀리 남내천의 발원지일지 모를 산들이 하늘을 가리고 섰다.

1910년 4월 2일. 47 경술, 16 기묘, 34 정유. 숫자가 하늘에 떠올랐다.

남내천 모래톱에서 47분 방향을 바라본다면!

거기서 16도 위를 바라본다.

34, 34란 숫자는?

일본이라면?

"정町이라는 단위를 썼을지 모릅니다."

덕남이 일한의 생각을 보충했다. 町! 생각지도 못한 길이 단위였다. 윤정이 스마트폰을 검색하더니 재빨리 대답한다.

'3,709미터!'

미니어처 모형에서 빠져나온 일한이 사진을 보며 장소를 측정했다. 윤정은 구글 지도를 보며 대략적인 측량에 들어갔다. 세 사람이 약속이나 한 듯 한 곳을 짚었다.

계웅산 북동쪽 자락 3백 미터 지점, 남방한계선과 휴전선 중앙에 해당하는 산자락!

6

"무엇이든 아는 척하는 게 중요해. 공무원들은 강한 자에게 약하고 약한 자에게 강할 수밖에 없거든."

"무조건 다 아는 척하는 표정을 지으라고, 오케이?"

운전대를 쥔 윤정이 몇 번이고 두 사람에게 다짐을 받았다. 윤정이 김화읍사무소에서 우회전했다. 10분 여, 6킬로미터 정도를 달려 3사단 22연대를 오르는 삼거리에 다다랐다. 22연대로 북상하는 길은 지도에는 표기되지 않는다. 다만 이곳에서 43번 국도가 끝난다. 이곳을 기점으로 동쪽으로 가는 길이 5번 국도. 내달리면 승리전망대가 나온다. 김화읍 읍내리, 읍내삼거리라는 도로명이 붙었지만 엄연히 이곳에서 세 갈래 길은 끝과 시작을 반복했던 것이다.

윤정이 43번 국도 끝, 5번 국도 시작점에서 북상했다.

얼마 지나지 않아 첫 번째 초소가 나타난다.

차를 세운 초병이 다가오다 움찔 놀랐다. 국방부 번호판을 본 탓이리

라. 창문을 내린 윤정이 다짜고짜 큰소리쳤다.

"야 이 새끼야. 경례 안 해?"

두 눈이 휘둥그레진 초병이 잠시 뒤에 있는 선임의 눈치를 살폈다. 금세 고개를 돌리더니 각이 살아 있는 거수경례를 한다.

"어이, 뒤에 새끼도 나와!"

윤정이 마치 악다구니를 쓰듯 했다. 윤정의 말에 선임과 후임이 나란히 나왔다. 선임도 재빠르게 경례를 붙인다.

"국방부에서 나왔다. 어디인지는 너네가 알 필요 없고. 부대 입구에 책임자 나와 있으라고 해. 알았어?"

"네!"

"가 봐. 경계 근무 잘 서고."

마지막은 다독여준다. 일한은 30대 남성 중심 사회에 대한 차별과, 직제와 서열에 대한 압박, 거기에 더해 노처녀의 욕구불만이 20대 남자들을 향해 폭발하는구나 생각했다.

"무섭다, 장윤정! 내가 잘할게."

"인제 알았냐?"

일한의 농담을 윤정이 되받아친다.

차는 1킬로미터 정도를 북상했다. 다시 검문소가 나타났다. 이번에는 보고가 들어갔는지 두 초병이 세워총 경례를 했다. 창문을 내리며 윤정이 검지와 중지로 깔짝거리는 손짓을 해보였다.

"지금 중대장님께서 내려오신다고 합니다. 잠시만 기다려달라고 하십니다."

말이 끝나지도 않았는데 오르막 위에서 헤드라이트가 보였다. 헤드라이트가 다급히 꺼졌다. 윤정의 헤드라이트와 중대장 차의 헤드라이트

사이에서 모래먼지가 일었다. 점프를 하듯 차에서 중대장이 내렸다. 운전대에 있던 윤정이 내린다. 대위 계급을 달았으면서도 꿀리는 기색 없이 중대장을 향해 건들거리며 다가갔다.

무어라 속삭이자 중대장이 후다닥 윤정의 차로 뛰어왔다. 우렁찬 소리로 경례를 붙였다. 일한이 창문을 내렸다. 군에서 기무사 중령 계급은 쉽게 보기 힘들다. 잘못하면 하루아침에 별의 모가지를 날리는 게 기무사다. 중대장이 어지간히 주눅든 게 이해는 갔다.

창문을 내렸다. 아무 말 없이 손가락으로 전방을 가리키는 시늉을 했다.

"알겠습니다. 안내하겠습니다."

중대장이 주억거렸다. 윤정이 차에 올랐다.

"거 봐, 무조건 다 안다는 시늉만 하라니까."

"그래, 너만 믿는다."

"그럼! 나만 믿어. 참 대대장은 곧 중대막사로 온다고 하네."

"하긴 상황이 상황일 테니까."

중대장 차가 반원을 그리며 180도를 회전했다. 야트막한 산을 오르기 시작한다. 윤정도 뒤따랐다.

차는 GOP 중대에 도착했다. 중대장이 일한이 탄 쪽으로 뛰어와 차문을 열었다. 일한은 윤정이 검지와 중지를 붙여 깔짝거린 경례 흉내를 내며 차에서 내렸다. 중대장은 마치 아이돌 스타를 경호하듯 일한 일행을 중대장실까지 안내했다. 가만히 상황을 관찰하는 소령 계급의 덕남은 그저 놀랍다는 표정이었다.

중대장실에 자리를 잡자 당번병이 차를 내왔다. 믹스커피일 줄 알았는데 아메리카노였다. 상석을 일한에게 양보한 중대장이 눈치를 보다 같은 계급인 윤정의 곁에 앉았다.

"몇 살이에요?"

윤정이 중대장을 향해 물었다.

"서른둘입니다."

"아. 한참 어리네. 일단 말 깔게요. 이름이……."

"이귀동입니다."

"중대한 첩보를 입수했습니다. 이곳에서 육사 출신 여 대위가 사라졌다고……."

잘한다, 윤정아! 절로 박수를 보내고 싶어졌다.

"저희 기무사에서 다각도로 논의한 결과 일단 세 가지에 무게를 두고 있습니다. 부내 대 성희롱."

"마마마, 말도 안 됩니다."

"되고 안 되고는 저희가 조사합니다."

덕남이 끼어들었다. 억양이 없는 덕남의 말투에서 냉정함이 느껴졌다.

"이로 인한 자살. 반대로 범죄 은폐를 위한 살해. 마지막, 북한으로의 귀순."

"소소, 소령님. 진짜 아닙니다. 네? 사단장님 오시라고 하겠습니다."

대위 계급, 중대장 주제에 딴에는 카드라고 별을 들먹였다. 협박으로는 완전히 낙제였다.

"어라. 협박이네요. 기록해두겠습니다. 사단장님께도 이후에 뵙겠지만, 이 사실을 전달하겠습니다."

덕남의 말에 중대장은 완전히 파리해졌다.

"다만!"

"네, 다만."

중대장의 관자놀이에서 땀이 한 방울 흘러내렸다.

"저희 조사에 차분히 협조하면, 이번 사건과 관련된 여파를 최소화시키겠습니다."

"명령만 내려주십시오. 무엇이든 협조하겠습니다."

"그래야지요. 왜 우리가 국방부에서 여기까지 왔다고 생각합니까?"

마치 모든 것을 안다는 듯, 덕남이 중대장을 향해 고개를 끄덕였다. 아무것도 모를 텐데도 중대장 역시 고개를 끄덕인다.

"부대원들은 뭐 합니까?"

"모두 경계 태세로 박연희 대위를 찾고 있습니다."

이제 일한이 끼어들 때가 왔다.

"그래, 이귀동 대위. 지도 꺼내 와 보게."

중대장이 지도를 테이블 위에 펼쳤다.

"자 여기, 여기, 여기까지 중대원들을 배치시키세요."

일한이 짚은 곳은 계웅산 북동쪽 지점 3백 미터를 가운데 두고 북, 동, 서 3백 미터 지점으로 보초를 세우는 형태였다.

"나머지 소대 하나는 우리를 따라옵니다. 가능하지요?"

"네, 즉시 준비시키겠습니다."

"아, 그리고 우리는 장비가 없어요. 일단 권총과 함께 야간 장비들 좀 준비해주시고."

권총이라는 말에 중대장이 경직되는 게 느껴졌다.

"병기계에 실탄 꽉꽉 채운 권총 가지고 오라고 하세요. 좋은 말로 할 때."

"네, 네!"

"사단장은 아침에 우리가 직접 면담합니다. 옷을 벗길지, 아니면 이곳에서 영전을 할지. 오케이?"

"바로 준비시키겠습니다."

"준비되면 말합니다."

"네!"

중대장이 다급하게 바깥으로 나갔다. 동시에 윤정과 일한, 덕남은 크게 한숨을 내쉬었다. 이때 보조를 맞추듯 윤정의 전화기가 징 하고 울린다.

"휴, 이런 중차대한 순간에. 뭐야?"

일한이 물었다.

"응. 박연희 대위 전화기 있잖아. 클라우드 서비스에 사진 하나가 업데이트되었다고 알림 온 거야."

박연희라는 말에 일한과 덕남이 윤정의 곁으로 다가갔다. 해킹으로 얻은 정보로 사진마저 공유하는 세상이다. 굳이 해킹이 아니어도 타인의 명의는 언제든 도용 가능하다. 윤정이 클라우드 서비스를 오픈한 순간 세 사람의 입에서 약속이나 한 듯 괴성이 터졌다.

"이게 뭐야?"

두 장의 사진이었다. 날짜는 오늘 오후 2시경. 박연희는 사진을 찍은 사람을 향해 더없이 싱그럽게 웃고 있었다. 사진이지만 마치 사랑해, 하고 말하는 듯했다. 문제는 다음 사진이었다. 등이 완전히 굽은 노인이 유카타 같은 옷을 입은 채 귀찮다는 표정을 짓고 있었다.

"오늘이야……."

7

"조선 왕족의 역사는 독살의 역사라고 해도 틀리지 않아."

주세용이 이인혜에 관한 이야기를 하기 위해 에둘렀다.

"3·1만세운동이 일어난 배경도 독살 때문이지 않나."

심증은 있으나 물증이 없다. 정확하게 들어맞는 표현이었다. 조선 왕실이 외척과 당쟁에 노출된 이후 급사하는 왕의 비중이 현격하게 늘어난 것은 사실이다. 이 비율에 비추더라도 특정 대에서 단명하거나 미치거나 무기력해져버린 왕족이 하필 대한제국 성립 전후에 많아진 것은 설명이 불가능했다.

주세용은 고종황제가 독살 당했다는 사실을 믿는 듯했다. 그의 말처럼 1919년 고종이 승하했을 때 독살을 당했다는 소문이 파다했다.

고종은 1919년 1월 21일 아침 6시경에 덕수궁에서 사망했다. 이후 민영달이나 한진창 등을 통해 고종의 시신에 대한 구체적인 증언이 나왔다. 사망하기 이전까지 고종은 누구보다 건강했다. 이른 아침 고종은 식혜를 마셨다. 30분쯤 지난 뒤 고종은 심한 경련을 일으켰고 곧바로 사망했다. 보통 물에 빠진 사람들에게서나 빠르게 나타나거나, 또는 사후 일주일 정도에 나타나는 거인양외관이 사망 이틀 만에 나타났다. 홀태바지를 즐겨 입던 고종이라지만 염을 위해 바지를 벗길 때 바지를 가위로 찢어야 할 정도로 몸이 부어 있었다. 민영달에 의하면 사망한 고종은 이빨이 모두 입 안으로 빠져나와버렸고 혀가 닳아 일부 없어졌다고 한다. 또한 식도를 따라 한 자 정도 되는 검은 줄이 배까지 이어져 있었다. 윤치호의 일기에 의하면 황제가 승하한 직후 두 명의 궁녀 역시 비명횡사하였다 전한다.

1919년 3월 3일로 예정되었던 고종의 장례식은 3·1만세운동의 불씨를 당긴 사건임에 분명했다. 이 바탕에는 바로 고종에 대한 독살설이 조선 전체에 퍼져 있었음을 간과할 수 없다.

다만 이러한 비극이 고종에 국한되지 않는다는 사실이다. 몇몇 일본인들은, 그토록 총명했던 융희황제, 순종이 1910년을 기점해서 '바보'였다고 기록했다. 후대 역사에도 순종이 사리판단이 흐렸다는 설이 자주 등장한다. 이는 수은중독이라는 주장도 있었다. 수은 만성중독은 난청, 시야장애, 운동장애 등의 신경장애와 함께 신부전증이나 구토, 설사, 잦은 복통을 일으킨다. 순종에게 난청이 생겼고 동시에 시야장애가 생겨났다면 사리판단이 흐려졌다는 표현은 틀리지 않은 것이다. 순종 역시 52세 2개월이라는 비교적 이른 나이에 사망한다.

덕혜옹주 역시 어린 시절 고종의 총애를 한몸에 받았다. 그러나 일본에 볼모로 잡혀간 이후 우울증과 정신병을 일으킨다. 최신 의학 연구에 의하면 납이나 수은, 알루미늄 등의 중금속 중독이 우울증을 유발하는 것으로 보고되었다.

사정이 이렇다면 이 시기에 해당하는 고종의 직계나 방계 혈통에도 비슷한 병이 보고될 수 있다. 그러나 황권, 즉 일제와 직접 대립하거나 조선 사람들에게 정신적 지주로 보기에는 조금 멀리 있는 왕족과 황족들에게는 이러한 사례 보고가 없었다. 특기할 만한 대목이다.

"식민사관은 분명히 있어. 호위호식하며 학계를 조몰락거렸으니까. 그렇지만 이제는 시대가 바뀌었네. 그 누구도 친일파를 척결할 수 없는 시대가 되었어."

안타까움을 담아 장지유가 말했다.

"쓸쓸하군, 우리의 시대도 저물었다고 생각하니."

"어떻게 해서 이인혜 씨를 보필하게 된 건가?"

"그건 화족인 소 마사에, 정혜 양까지 거슬러 올라가는 이야기야."

"시간은 많네. 이야기해보게나."

"그럴까."

장지유는 모파상 소파에 깊숙이 몸을 묻었다. 길고 길 무용담에 마음은 벌써 달뜨기 시작했다. 이때 안주머니에 있던 전화기에서 알림 음이 울렸다.

"잠시만."

장지유가 전화기를 꺼냈다. 메시지였다. 메시지를 열자 두 장의 사진이 전달되었다. 한 장은 오늘 여러 계통으로 조사되고 보고받은 박연희였다. 나머지 한 장은!

"이게 뭐야?"

절로 탄식이 터졌다. 검은 유카타를 입은 남자는 마치 귀신 같았다. 곧바로 문자메시지가 전송된다.

'아빠. 지금 부대야. 곧 남방한계선 부근으로 나갈 거라 연락이 안 될

지도 몰라. 그렇지만 저 남자에 대해 꼭 알아야겠어. 아무도 저 남자를 몰라.'

장지유는 주세용에게 전화기를 내밀었다.

"일본인이겠지?"

유카타를 입은 모습에서 주세용이 확신했다.

"망령이 아니라면 확실하겠지. 유카타를 입고 있지 않나."

"유카타가 아니네. 소쿠타이와 히타타레를 착용한 최고위직 무사나 그에 준하는 사람의 복장이야."

최고위직? 저런 꼬부라진 노인이?

"세용이, 일단 자네는 자네대로, 나는 나대로 저 남자가 누구인지 찾아보세나."

장지유는 주세용에게 얼른 사진을 전송했다. 장지유는 미츠코에게 전화를 걸었다. 주세용 역시 사태의 심각성을 인지한 탓에 이마에 잔뜩 주름을 만들며 어디인가로 전화를 걸었다.

8

중대장과 1개 소대가 윤정과 일한, 덕남의 뒤를 보조했다. 소대는 트럭으로, 중대장과 일한을 위시한 세 사람은 지프를 탔다.

윤정이 박연희가 낮에 찍은 사진을 중대장에게 보여주었다. 중대장은 놀란 표정으로 계룡산 산자락 한 곳을 콕 찍었다. 남방한계선 바로 위에서 찍은 사진이란다. 중대장은 박연희에 대해 술술 늘어놓기 시작했다. 최근에 사단장과 만남이 잦았으며 사단장 역시 박연희가 무얼 하든 내버려두라고.

지프에서 일한이 물었다.

"왜 그랬을까요?"

"아버지가 이 부대에서 실종된 탓이겠지요. 지뢰 제거는 거짓말이고요. 사단장님 당번병에게 들었는데."

중대장이 꿀꺽 침을 삼켰다.

"아버지를 찾고 있었다고 합니다."

"아버지?"

"그게 저, 아버지가 살아 있었다고 확신했던 것 같습니다."

중대장의 말은 그저 추측이겠지만 의문을 낳게 했다.

얼마 지나지 않아 차가 갈 수 있는 최전방 길까지 전진했다. 시동을 끄는 운전병이 잔뜩 기합이 든 목소리로 남방한계선 어쩌고 하며 보고를 했다. 긴장한 탓에 알아듣기 힘들었다.

세 사람이 중대장과 내렸다. 차에서 내리자 트럭 3대가 나란히 주차한 것이 보였다. 5미터 뒤에 소대 전원이 내려 2열로 진을 꾸렸다. 소대원을 내려준 트럭이 나란히 주차한 트럭 옆에 각을 맞추며 주차했다.

일한은 자신이 가지고 온 백팩의 조임끈을 꽉 당겨 등에 밀착시켰다. 윤정과 덕남 역시 각자가 가지고 온 백팩을 등에 맸다. 윤정은 고집을 부려 가져온 가죽가방까지 손에 들었다. 대통령 경호원들이 소지하는 권총가방처럼 보였다.

덕남이 시간을 확인했다. 밤 11시 50분이었다. 작전개시 시간을 12시로 잡았다.

4분 정도를 북으로 걸었다. 남방한계선이 나타났다. 출입이 가능하도록 만들어둔 문이 보였다. 철망과 파이프로 만든 문이 그토록 허술해 보일 수 없었다. 문틀 역시 파이프에 용접을 해두었다. 윤정이 눈살을 찌푸리며 문을 뒤흔들었다.

"그만하세요. 초병들이 긴장합니다. 사단에 보고를 올릴 수도 있고요."

중대장의 만류로 윤정이 문에서 손을 뗐다.

"정비하셔야겠습니다."

윤정이 날카롭게 목소리를 높였다. 중대장은 놀란 표정으로 한 걸음 물러섰다.

중대장과 소대는 남방한계선을 지난 20여 미터 지점에서 매복에 들어갔다. 일한이 단단히 주의를 주었다. 그 누가 나타나더라도 생포하라고 일렀다.

"자 이거."

윤정이 소대원들에게 노란색 팔찌를 나누어 주었다.

"이 팔찌가 없는 사람은 우리 편이 아닌 거야, 알았지? 누가 나타나든, 그게 누구든 이곳을 통과하려는 사람은 무조건 확인하고 생포해, 오케이?"

윤정의 말에 소대원들이 낮게 예, 하고 대답했다.

3개의 소대는 동서, 그리고 북쪽 방향에 배치시켰다. 그들 역시 이상 유무 파악과 함께 무조건 자리를 지키는 것이 임무였다. 이들을 통과해 누군가가 나가려 한다면 가까운 통과문은 이곳밖에 없다. 나머지는 철책을 지키는 군인들에게 맡기는 방법이 현재로는 가장 현명했다.

"자, 다들 숙지했나?"

재빨리 손을 들어 대답하지 말라고 제지했다. 일한이 고개를 끄덕이자 소대원들도 고개를 끄덕였다. 시간을 확인했다. 밤 12시에서 3분이 지났다. 중대장과 일한은 무전기를 나누어 가졌다. 중대장에게도 반드시 자리를 지키라 명령하고 세 사람은 적외선 투시기를 썼다.

일한의 눈에 보이지 않던 주변이 녹색으로 투시되었다. 시야가 한결 편해졌다. 일한과 윤정, 덕남은 박연희가 낮에 서서 사진을 찍은 자리를 찾았다. 가장 먼저 덕남이 손짓했다. 풀이 밟힌 흔적이 확연히 남아 있었다.

"여기!"

이번에는 윤정이 낮게 말했다.

윤정이 말한 장소로 가자 드문드문 밟혔던 풀이 무언가로 잘려져 바닥에 흩뿌려져 있었다.

"제초기일 겁니다."

덕남이 구부리고 앉더니 손으로 바닥을 더듬었다. 아마도 이 어둠 속에서, 적외선 투시기로 몇 미터 안 되는 시야를 확보한 채 전진하려면 저 방법이 최선일 것 같았다. 덕남을 따르는 아기오리처럼 윤정과 일한의 순서로 조심스레 전진했다. 어느 순간 윤정이 처진다. 일한이 윤정의 손을 잡고 끌기 시작했다. 덕분에 체력이 빠르게 고갈되었다. 계속해서 땅을 짚으며 오리걸음을 한 탓인지 채 백 미터도 전진하지 못해 다리가 당겼다.

"덕남아 일단 정지!"

잠시 호흡을 가다듬었다. 윤정도 가쁘게 숨을 몰아쉬었다. 갔던 길을 되돌아 덕남이 뛰어왔다.

"이 산이 육백삼 미터예요. 우리가 예상한 지점은……."

"그래 삼백 미터 지점, 이 호랑말코야. 아무리 그래도 그렇지 나를 버리고 가냐?"

윤정은 꽤나 힘든 데다 분이 상한 듯 보였다.

"이제 이백 미터쯤 전진했어요. 박연희 대위가 낮에 이 길로 간 게 확실해 보여요. 깎여나간 풀들이 아직도 시들지 않았거든요. 하루도 되지 않았다는 증거에요. 일단 저 길로 전진하다 보면 박연희 대위와 겹치는 지점이 나오겠지요?"

"당연하지. 이번에는 내가 앞장설게.

윤정이 당당히 앞으로 나갔다. 그렇지만 덕남에 비해 속도가 더뎠다.

장갑을 낀 손으로 풀을 이리저리 밀치고 헤치며 전진했다.

"힘들면 뒤로 가도 돼."

윤정을 위해 말했다.

"아니."

발끈하더니 속도를 높였다. 알다가도 더 알겠는 심보다. 얼마나 지기 싫으면.

곁으로 덕남이 다가왔다.

"이제는 네가 좀 맡아라. 애는 착한데 워낙에 천방지축이라."

"그게 매력이죠 뭐."

"하긴."

그때 악, 하는 단말마가 전방에서 들려왔다. 말꼬리가 잘려지며 비명이 중간에 뚝 끊어졌다.

"뭐야?"

깜짝 놀라 벌떡 일어섰다. 저도 모르게 전방을 향해 뛰었다. 그런데 없었다.

"윤정이가 없어!"

9

절벽 아래로 떨어지는 느낌이었다. 머리부터 아래로 쭉쭉 내려가다 완만하게 구른다 싶은 순간 중심을 잃었다. 그것과 동시, 중심을 잃은 몸이 휘청하며 어디인가에 탁 부딪쳤다. 눈앞에 번갯불이 번쩍 튀었다.

정신을 차렸다. 얼른 스마트폰을 꺼내 시간을 확인했다.

12시 15분.

오리걸음으로 백 미터를 전진하는데 최소 3분은 걸렸으리라. 눈앞에 시야가 확보되지 않았고 적외선 투시기에만 의존한 터라 더 늦어졌을지도 모른다. 2백 미터쯤 전진한 뒤 잠시 쉬었다. 일한과 투덕거리다 욕심을 내 속도를 높였다. 거기서 잠시 공포를 맛보았다. 짧은 순간일 텐데 어떻게 된 건지 기억나지 않았다.

작전개시 시간이 12시 3분이었나? 그랬다는 건 2분 정도 정신을 잃었다는 계산이 선다. 아무리 오랫동안 정신을 잃었다고 해도 3분, 짧으면 1분 정도일지 모른다.

플래시 모드로 주변을 살폈다. 암흑일로. 채 1미터 앞도 보이지 않는다. 위에서 떨어졌다면? 머리 위를 살피자 윤정의 손이 닿지 않는 위치에 구멍이 뻥 뚫렸다. 구멍에서 윤정이 선 곳까지 빙그르르 돌게끔 완만한 원 형태가 만들어진 벽이 자리했다. 배려가 깊은 구조였다. 누가 떨어져도 죽지는 않게 설계되었다. 그런데.

머리를 만져보고 알았다. 그녀의 관자놀이를 적외선 투시기가 강하게 충격했던 것이다. 다행이 피는 흐르지 않았지만 지끈거리며 혹 하나가 올라오려 했다. 적외선 투시기도 부서져버렸다.

"오빠!"

우렁차게 외쳤다. 이번에는 오빠, 하고 앙칼지게 외쳤다. 두 번, 세 번, 네 번, 목청껏 소리 높여 반복했다.

"배려심이 깊은 구조는, 개뿔!"

벽은 토굴 형태였다. 완만하게 구르도록 설계된 벽을 만져보자 장갑이 끈끈했다. 저게 풀이든 무엇이든 이 토굴을 유지하는 근간이 되었을 것이다. 또한 이곳에 빠져든 일반적인 사람은 위로 올라갈 수도 없다. 아무리 외쳐도 바깥까지 소리가 전달되지 않는다. 흙이 소리를 잡아먹거나 벽이 너무 두꺼운 때문일지도 모른다. 놀랍도록 치밀한 건축이었다. 무조건 앞으로 나아갈 수밖에 없게 된다.

"아이, 짜식들. 이 장윤정을 몸소 반겨주시겠다는 거지? 그래 이 몸이 앞으로… 나가기는 그렇고 여기서 기다려주마."

윤정은 머리 위를 보며 일한이 떨어지면 여기겠지, 싶은 곳에서 몇 미터 비켜났다. 떨어지는 일한을 상상하자 왠지 웃음이 났다. 너도 당해봐라, 하는 심정이었다. 백팩에서 물을 꺼내 목을 축였다. 목을 축이자 오기가 절로 발동한다.

30분! 그 이상은 안 기다려. 그런 뒤 내 갈 길을 가는 거다. 그게 내 캐릭터잖아.

윤정은 세상 걱정 없이 발을 뻗었다. 융희황제의 가죽가방을 베개 삼아 잠시 누웠다.

될 대로 되라지. 갈 데까지 가보는 거고.

관자놀이 혹이 10센티미터는 튀어나온 것 같았다. 욱신거리는 머리에 힘을 빼버렸다. 그때 어디인가에서 그녀를 부르는 소리가 들리는 듯했다.

10

　박연희에게 진성욱이었던 남자는, 욱신거리는 다리 탓에 정신을 잃을 뻔했다. 같은 세계에 사는 사람들이 하는 말이 있다. 어떻게든 용을 써도 속이지 못하는 것이 두 개 있다고.

　마누라와 나이.

　입구를 찾아낸 것까지는 좋았다. 입구에도 고도의 장치가 되어 있을 줄은 몰랐다. 박연희는 땅으로 꺼지듯 사라졌다. 눈앞에서 보고도 믿기지 않을 정도였다. 찬찬히 박연희가 사라진 땅을 더듬었다. 겉으로는 아무것도 보이지 않는다. 두드려도 마찬가지였다. 그래서 박연희처럼 행동해 보았다. 쪼그려 바닥을 보며 지뢰를 제거한다 상상했다. 지뢰를 제거하며 오리걸음으로 조금씩 조금씩 전진. 그때 땅이 쑥 꺼졌다. 몸이 완전히 반 바퀴를 굴러 머리부터 아래로 떨어지게 된다. 시계가 제로인 상태에서 어디로 떨어질지 알 수 없었다. 남자는 어떻게든 속도를 줄이려 했다. 그것까지는 좋았다. 결과적으로 속도를 줄이려 한 시도가 치명

타로 다가왔다. 나중에야 알았지만 빙글 반 바퀴를 회전해 땅에 안착하는 미끄럼틀 같은 종착지에서 남자는 그만 뚝 떨어지고 만 것이다.

허벅지에서 뚝 소리가 났다. 일어서려 했지만 완전히 중심을 잃었다. 고관절이 빠졌거나 근처 부위가 골절된 듯했다.

"연희 씨, 연희 씨!"

"나 여기요!"

그리 가깝지 않은 곳에서 박연희의 목소리가 들렸다. 목소리와 동시에 불빛이 나타났다. 스마트폰 플래시 앱을 켜고 전진하던 박연희가 뒤로 돈 것이다.

"다쳤어. 갈 수가 없어."

"갈게, 내가 갈게."

플래시 불빛이 흔들리며 가까워졌다. 숨을 몰아쉬며 다가온 박연희가 남자를 향해 플래시를 비췄다.

"으아악! 누구, 누구세요? 성욱아, 어디 있니?"

박연희의 목소리가 바들바들 떨렸다. 제기랄, 박연희의 최면이 풀려버렸다.

"잠시만, 내 말 들어줘. 연희 너는 지금 꿈을 꾸는 거니까. 플래시를 나한테 좀 줄래?"

바들바들 떨며 굳어버린 박연희에게서 스마트폰을 건네받았다. 스마트폰 플래시를 박연희의 얼굴로 비추었다.

"자 이제 나를 봅니다."

바들바들 떨던 박연희가 "성욱 씨!"하고 와락 안겼다.

"나 너무 나쁜 꿈을 꾸었어."

"그럴 수 있어. 우리는 지금 갇혔으니까. 나 다리를 다친 거 같아. 걸을 수가 없는데 부축해줄래?"

박연희는 남자를 부축했다. 조금 걷다 남자는 뼈가 부러진 격통에 정신을 잃어버렸다.

정신을 차렸을 때 박연희가 남자를 업고 있었다.

본능적으로 물을 찾게 된다. 몸이 타버릴 정도로 열이 났고 박연희가 업은 다리는 걸을 때마다 수천 개의 바늘로 찔러대는 듯했다.

"나 좀 내려주겠어, 다리가 아파 죽을 것 같아."

"아 성욱아. 어디가 어디인지 모르겠어. 나 꽤나 여기를 헤맨 것 같은데."

푹 주저앉는 박연희에게서 구르듯 떨어져 나왔다. 박연희의 등도 땀으로 흥건했다. 남자를 내려놓기 무섭게 박연희는 바닥에 박힌 듯 말이 없었다. 필사적이었을 것이다.

이대로라면 둘 다 죽는다. 남자에게도 처음으로 절망이 찾아왔다. 이 곳은, 미로다. 그때 한줄기 광명 같은 목소리가 울려 퍼졌다.

…오빠!

남자의 마음은 어둠보다 더 어두워지기 시작했다.

11

"똑같이 해봅시다. 네?"

벌써 20분이 지나간다.

"똑같이?"

"네. 변수를 최대한 제거하자는 겁니다."

미친 듯이 날뛰는 일한을 덕남이 겨우 진정시켰다.

두 사람은 거의 산 아래에까지 내려갔다가 돌아왔다. 행여 실족해 미끄러지기라도 했나 싶어서였다. 다시 돌아 올라왔지만 수풀에는 두 사람이 밟은 흔적 이외에 다른 흔적이 없었다.

진정하자. 내가 진정하지 않으면 안 된다. 덕남의 말을 들은 일한도 감정적인 상태, 또 격정적인 상태가 하등 도움될 것 없다는 사실에 미안해졌다. 똑같이 해본다. 덕남의 말은 일리가 있었다.

윤정이 사라진 자리 즈음이 아니라 윤정을 잃어버린 두 사람의 자리부터 시작하기로 했다.

"여기쯤이었지?"

내가 윤정이다, 생각하며 오리걸음을 걸었다. 바로 뒤에는 덕남이 일한을 뒤따랐다. 일한과 윤정은 키가 거의 20센티미터 차이가 났다. 187센티미터인 일한에 비해 아무래도 걸음걸이 폭부터 좁았을 것이다. 한 걸음, 한 걸음, 신중하게 전방을 향해 내디뎠다. 윤정이 보이지 않았던 장소에서 40미터쯤 산 아래로 내려왔을까. 한 걸음에 이어 다시 발을 내딛는데 몸이 기우뚱 앞으로 기울어졌다. 황급히 손으로 땅을 짚게 된다. 그 순간 땅을 짚은 손이 바닥으로 쑥 꺼지며 반회전했다.

어, 어! 몸이 바닥으로 빠지며 머리부터 쓸려 들어갔다. 머리부터 회전하며 떨어진 탓에 중심을 잡을 수가 없었다. 어느 순간 중심을 잡아야겠다 싶은 때에 완전히 되구르며 어디인가로 안착했다.

이거였구나. 성인 남자의 보폭과 무게로는 움직이지 않는 발판. 한 발이 발판을 짚으면 일종의 버튼이나 스위치가 눌러진다. 거기서 딱 오리걸음 보폭으로 다른 발이 나가면, 산 아래를 향해 무게중심이 쏠리며 중심을 잃을 만큼만 기우뚱하게 된다. 첫 발에 기우는 정도라면 보통 땅을 잘못 짚었다고 착각할지 모른다. 그러나 두 번째 발로 중심을 잃은 사람이 한 손으로 또는 양손으로 조금 더 멀리 있는 바닥을 누르면 완전히 회전하게 되는 이중 함정이었다.

큭 웃음이 났다. 그 순간 "어, 어어." 덕남이 내지르는 소리가 점점 가까워졌다. 이대로라면 일한을 그대로 덮칠 것 같았다. 얼른 일어났다. 간발의 차로 덕남이 일한의 등에 업혔다.

"아, 형님 사랑합니다."

덕남이 장난을 쳤다.

"야야, 떨어져. 남들이 보면 야하다고 놀려."

일한은 군복바지 보조주머니에서 플래시를 꺼냈다. 적외선에 반응하는 색깔을 입힌 실타래도 꺼냈다. 플래시를 켜고 덕남과 보조를 맞추며 걸었다. 실타래를 풀며 전진했다. 길이 쉬웠다. 길은 계속해서 완만하게 회전했다. 막힌 곳 없이 계속해서 전진하게 된다.

전진. 또 전진.

시간을 살폈다. 10분 넘게 전진만 계속하고 있었다.

"이상하네. 이 인공산을 원주율로 계산해도 산의 둘레는 4킬로미터를 넘지 않아. 우리가 있는 곳의 높이는 대략 3백 미터 정도였지. 그랬다는 건……."

"잠시만요."

덕남 역시 의문이 가득했던 모양이다. 손에는 작은 생수통이 들렸다. 바닥에 물을 부었다. 덕남이 부은 물이 작은 웅덩이를 만들었다. 그런데 점점 타원형이 되나 싶더니 전방으로 흘러내렸다. 잠시 후 물은 바닥으로 스며들었다.

"우리는 계속해서 내려가고 있는 겁니다. 같은 층을 맴도는 게 아니라."

플래시 렌즈를 돌려 적외선 모드로 바꾸었다. 전방에 실은 없었다. 즉 같은 곳을 맴돈 것은 아니라는 게 명확했다.

"그래도 이상해. 이렇게 내려만 간다는 게. 되돌아 가보자."

"저는 여기 있을게요. 형님이 갔다 오세요. 그게 효율적이겠어요."

길은 분명 하나였다. 되돌아간다는 건 윤정을 찾는 게 그만큼 늦어진다는 뜻이었다. 보통 윤정이라면 일한이 올 때까지 기다렸을 것이다. 왜 그녀는 자리를 지키지 않았던 걸까.

"일단 여기서 실을 한 번 끊을게. 아니다, 네가 이 실을 가지고 전진해. 내가 실을 보고 따라갈 테니까."

"알겠습니다."

일한은 재빨리 왔던 길을 되돌아 뛰었다. 길이 쉽다 여겨졌던 건 야트막한 내리막이어서였다. 되돌아가는 길은 어려웠다. 뛰면 뛸수록 숨이 가빠오는 정도가 강해졌다. 급기야 빠른 걸음으로 걷게 된다. 완전히 걸음이 느려졌을 때 처음 떨어졌던 장소로 되돌아왔다.

"윤정아, 어디 있는 거야!"

일한이 절박하게 외쳤다.

윤정이라면 경거망동할 리 없었다. 일한보다 어릴 때부터 아버지의 뒤를 이을 교육을 받았다. 누가 뭐라 해도 윤정은 일한이 올 때까지 이 자리를 지켰을 게 틀림없었다. 결과가 의문스러우면 시작한 데서 출발해야 한다고 했다. 다른 결과값을 만들어낼 장소는 여기밖에 없다.

플래시를 켜고 주변을 살폈다. 손바닥으로 바닥과 벽을 꼼꼼히 살폈다. 흙은 너무 많은 것을 메운다. 무언가 있을 줄 알았는데.

굴러 떨어진 곳까지 플래시로 비추었다. 높이는 3.5미터 정도 될까. 회전하게 되는 벽을 도약대로 삼아 뛴다면 저곳으로 올라가볼 수 있지 않을까. 일한은 장갑을 바꾸어 꼈다. 흔히 노가다 장갑이라 부르는 손바닥에 고무가 발린 장갑이었다. 십여 미터 뒤에서 도약을 했다. 마치 야마카시를 하는 선수들처럼 벽을 타고 올라 몸을 뒤틀었다.

실패.

가능성이 보였다. 손과 몸이 15센티미터 정도만 더 도약할 수 있다면. 백팩을 벗었다. 백팩을 바닥에 두고 그것을 지지대로 삼았다. 한 번 더 과정을 반복했다. 상반신이 미끄럼틀 끄트머리처럼 생긴 곳에 달랑달랑 매달렸다. 이를 악물고 젖 먹던 힘까지 짜냈다. 위태롭게 버티던 몸이 조금씩 위로 올라가 굴러 떨어진 마지막 지점에 올라섰다.

거친 숨을 몰아쉬었다. 그것도 잠시, 일한은 입에 플래시를 물고 거미처럼 몸을 웅크렸다. 사지로 버티며 굴렀던 길을 거슬러 올랐다. 왼손 오른다리, 오른손 왼다리, 보조를 맞추며 끝까지 기어올랐다. 길의 끝에 다다르자 굴러 떨어졌던 함정이 보였다. 지렛대나 거중기의 원리를 응용한 듯했다. 혹시 열리나 싶어 함정을 툭툭 손으로 쳤다. 밑으로 잡아당기려 보니 쇠사슬이 눈에 들어왔다. 손으로 당겨보았지만 꿈쩍하지 않았다. 일한은 쇠사슬을 두 손으로 잡고 온몸의 힘을 실었다. 그 탓에 쇠사슬이 함정에서 빠져버렸다. 쇠사슬을 붙잡고 버티다 결국 아래로 굴러 떨어졌다.

함정을 열 거라던 기대는 깨끗이 빗나갔다. 두 번째로 미끄러졌다. 예상이 가능한 탓에 중심을 잡으며 바닥에 섰다. 입에 물었던 플래시가 바닥에 나뒹굴고 있었다.

플래시를 주웠다. 주변을 비추었다. 바뀐 것은 없었다. 윤정을 잃어버렸다. 백팩을 다시 매려 주변을 살폈다. 백팩이 없었다.

"어라. 이건 무슨?"

플래시 렌즈를 적외선 모드로 바꾸었다. 바닥에 길게 자리 잡고 있어야 할 실이 보이지 않았다. 누구인지 몰라도 이 함정을 만든, 또 이 미로를 만들고 설계한 사람은 실로 영악했다. 지렛대에 이은 거중기, 그제야 이해가 갔다. 함정은 한 번 열리고 닫힐 때마다 바닥, 즉 스테이지를 바꾸며 회전했던 것이다.

경우의 수를 생각해보았다. 무대는 몇 개일까. 많지는 않을 것이다. 두 개, 많아야 세 개 정도가 아닐까. 이 정도의 토성을 쌓고 내부를 꼼꼼하게 구성하려면 거대한 토목공사가 된다. 속박이 심했던 강점기였다면 은밀히 진행하기에 공사 규모도 시간도 너무 오래 걸렸을 게 분명했다. 어떻게든 사람들에게 드러났을 것이라 추측해볼 수 있다.

생각을 접고 전진했다. 채 오십 미터도 지나지 않아 바닥에 있는 백팩을 발견했다. 윤정의 것이었다. 물을 꺼내 목을 축인 뒤 입안에 있던 물을 바닥에 뱉었다. 물이 바닥에 그대로 고였다. 이번에는 평지인가.

백팩을 들고 조심스럽게, 그러나 최대한 빠른 걸음으로 걸었다. 이번 길은 꺾이고 또 꺾이기를 반복했다. 실이 있었으면 좋을 뻔했다. 가만.

일한은 백팩을 뒤졌다. 초코바와 사탕 한 봉지가 보였다. 노트북과 물, 라디오 펜치와 커터, 라이터도 보였다. 급한 대로 초코바와 사탕을 뜯었다. 사탕 하나를 입에 물고 봉지를 버렸다. 플래시가 없다면 봉지를 찾아볼 수 있는 거리를 재봤다. 대략 마흔 걸음 정도였다. 그만큼 길은 꺾이기를 반복하고 복잡했다. 사탕과 사탕봉지를 바닥에 버리며 계속해서 전진했다. 이마에 땀이 났다. 땀을 훔치다 문득 미로에 대한 생각이 스쳤다.

아ㅍ자 방. 겨울에도 난방이 필요 없다는 불가사의한 구조의 방. 이 구조에 몇 가지 미로를 보탠다면, 일반적인 사람들은 헤매고 또 헤매지 않을까. 그런 생각을 하는데 앞에서 인기척이 들렸다. 플래시를 비추었다.

맙소사. 윤정이었다. 윤정은 사진에서 봤던 일본 전통 복장을 한 노인을 어깨동무를 한 채 마주 서 있었다.

"윤정아!"

12

"아베노 히로시 이후의 음양사를 알고 싶으신 거죠?"

미츠코는 장지유의 다급한 전화에도 침착하게 대응했다.

"정확하게는 나도 모르겠어. 일단 사진 한 장을 전송할 테니까 찾아봐 줄 수 있을까?"

"어머 그럼요. 오빠는 저희를 어떻게 보시는 거예요. 사진이면 충분합니다. 일본은 범죄자 이외에는 지문을 관리하지 않아요. 그래서 사진 판독 기술이……. 내 정신 좀 봐. 얼른 찾아볼게요."

미츠코에게 고마워, 인사한 뒤 전화를 끊었다. 곧바로 소쿠타이와 히타타레를 착용한 남자의 사진을 미츠코에게 전송했다.

초조한 시간이 흘렀다. 억겁이라는 말이 무시로 다가왔다 멀어지기를 반복했다. 주세용도 초조한지 앉았다 일어섰다, 급기야 모파상 안을 부산하게 걸어다녔다.

"이 사람아. 그럴 것 같았으면 진즉에 좀 아이를 챙겨보지 그랬나."

"자네가 내 입장이었다면 일한이를 어떻게 했을 것 같은가?"

마른세수를 하는 주세용의 목소리가 더없이 안타까웠다. 털썩 소파에 주저앉는다. 노려보는가 싶더니 다시 두 손으로 얼굴을 가렸다.

"나는 내 사명이 있고, 자네는 좋은 사람이니까 일한이를 거둬줄 거라 믿었어. 믿음이 없었다면, 그리하지도 않았을 거네."

나도 그렇지만……. 주세용의 눈이 멀리 허공을 응시했다. 주세용은 수영만에서 벌어졌던 두 사람의 마지막 결전을 말했다. 장지유가 야쿠자에게 죽음의 위기에 직면한 순간 주일한이 반월모양의 발해도를 들고 나타났다. 연개소문의 비도를 닮은 발해도는 칼과 창의 중간 형태 무기였다. 발해도는 손잡이 아래에 원이나 사각형 형태의 추 역할을 하는 무게중심이 존재한다. 칼을 놓치지 않으면서 회전하기 좋게 만든 원리였다. 베지 못할 초근접 거리에서는 때리거나 찍을 수 있는 무기의 역할도 담당했다.

"아이가 얼마나 비장했었는지 기억나지? 아버지를 벨 수 있을 정도로 증오를 심은 건 물론 나였어. 얼마나 괴로웠을지 알겠나?"

주세용은 수영만 요트 정박장에서 뒷걸음질치다 바다로 빠졌다. 그게 다 오랜 세월에 걸쳐 연출된 계산이었다니!

"나는… 그래, 내 사명이 있었으니까."

한 번도 본 적 없던 주세용의 눈물이 테이블 너머에서 아른거렸다.

"그나저나 하나 물어보세. 왜 아이 이름을 일한이라고 지은 건가?"

최근에야 무뎌졌다지만 아버지가 '일본이 한국보다 먼저'라 말했다며 일한은 이름에 대해 강박관념을 가졌다.

"맙소사. 역시 성장기 아이에게 말 한마디가 얼마나 큰 상처가 되는지 여실히 깨닫게 되는구먼. 일한이라면 당연하지 않나. 하나 된 대한민국!"

너무나 당연한 것을. 허, 허허. 절로 헛웃음이 나왔다.

"이 사람아. 이번 일이 끝나면 꼭 일한이에게 해명하게나. 그것만큼은 꼭!"

윽박지르듯 목소리가 높아졌다. 반드시 다짐을 받고 싶었던 터라 눈길을 거두지 않았다. 그래도 그렇지 하나 된 대한민국을 일본이 한국보다 먼저라고 능을 쳤다니.

"알았어, 알았다고."

주세용이 두 손을 들고 항복하는 시늉을 했다. 그때 장지유의 전화기에서 알람이 울렸다. 전화기를 꺼내는 순간 조금 늦게 주세용의 전화기도 울렸다.

真成旭!

"진성욱!"

"신세이 아키라!"

거의 동시 같은 이름, 다른 발음이 장지유와 주세용의 입에서 튀어나왔다. 메시지 아래에 사진과 함께 몇몇 내용들이 적혔다.

아베노 가문에 필적할 다른 음양사. 아베노의 가문이 대대로 성을 이어받는 것에 반해 신세이 아키라라는 이름을 물려받는 전통을 가진 음양사.

"이들 역시 아베노 가문과 더불어 수시로 천황의 음양사 역할을 담당했다. 신세이 아키라는 아베노 가문에 비해 기록이 거의 없다. 어느 학자는 아베노 가문이 음양사의 양, 즉 밝은 면을 맡았다면 좀 더 은밀하고 나쁜 일을 맡은 음의 역할이 신세이 아키라일 것이라 추정했다. 메이지시대 마지막 음양사인 아베노 히로시 이후 아베노 집안은 멸문했다.

전하는 바에 의하면 이 당시 신세이 아키라는 호시탐탐 아베노 히로시를 위협하거나 제거해 자리를 대신하려 했다. 다만 신세이 아키라 역시 아베노 히로시의 실종을 즈음해 완전히 역사에서 퇴장한다……!"

진성욱이라. 진성욱! 어디에선가 들었던 듯했다. 다만 워낙에 방대한 정보가 며칠 사이 쏟아진 통에 어디서 어떻게 이름을 떠올려야 할지 알 수 없었다.

음과 양, 음양사에 음양사라. 필적하거나 대적하는 음양사. 마치 주세용과 장지유 같은. 신세이 아키라. 진성욱. 주세용은 어느 순간 두 이름을 계속해서 번갈아 부르고 있었다.

13

얼마나 헤맸던 걸까.

윤정은 일한의 다리가 부러졌다는 사실에 격앙했다. 무엇보다 놀랐던 것은 정신을 잃은 덕남이었다. 일한은 덕남을 두고 가자고 말했다. 경악했다. 어떻게 덕남을 두고 갈 수 있지? 나도 지금 죽을 위기이니 우리가 살아 나가야 덕남을 구할 수 있다며 설득했다.

"알았어, 일단 우리라도 나가자."

윤정은 일한을 부축했다. 어깨에 둘러맨 일한의 무게가 생각보다 가벼웠다. 일한을 부축한 채 걷고 또 걸었다.

"이러니까 오빠 어릴 때 생각난다."

"하긴 우리가 어릴 때 좀 친했니? 너 코흘리개일 때가 생생하다."

"코흘리개라니? 무슨 소리야? 오빠 처음 만났을 때가 나 중학교 갓 다닐 때였어."

"아 그랬나? 몸이 너무 아프니 기억도 헝클어지나 보다. 너무 힘드네."

윤정은 의아함에 흘금 옆을 보았다.

"왜, 내가 너 오빠 아닐까 봐?"

일한이 물었다.

"아니, 그럴 리가."

"침착해. 우리는 여기서 나갈 거야. 세상은, 보려는 대로만 보이는 거니까."

윤정은 의아했다. 일한이라면 보이지 않아도 믿어야 하는 것들에 대해 이야기하지 않았을까? 믿기 때문에 볼 수 있는 것들과 함께. 그렇다해도 이 정도로 오락가락할 정도라면 생명이 위태로운 게 분명했다.

"오빠, 아무리 아파도 참아, 응?"

마음이 간절해졌다. 달라도 평소와 너무 달랐다. 덕남을 두고 온 것도 이해할 수 없는 행동이었다. 죽을 만큼 고통스러우면 사람이 변하지 않을까. 그렇게 생각하니 일한의 모습이 조금은 이해되었다.

"우리 여기를 나갈 다른 방법을 찾아야 할 것 같아. 계속 맴돌기만 하잖아."

"그건 그래. 일단 여기서."

그때 전방에서 인기척이 났다. 남자⋯⋯! 어떻게 이런 일이. 마주 서 있는 사람은 일한이었다. 그가 윤정의 이름을 불렀다. 윤정은 너무 놀라 어깨동무를 했던 일한을 놓쳐버렸다. 다리를 다친 일한이 바닥에 나뒹굴었다.

윤정은 머리를 감싸 쥐었다.

"나가, 나가라고. 내 머릿속에서 귀신아 나가! 환상이든 환영이든 나가! 어서!"

눈을 감고 외친 뒤 앞을 보았다. 앞에는 이해되지 않는다는 표정으로 일한이 서 있었다. 다시 바닥을 보았다. 동굴 바닥에도 일한이 일그러진 표정으로 가쁜 숨을 몰아쉬었다.

"윤정아, 너 아마도 최면에 빠진 것 같다. 나 일한이야, 지금은 주일한이 아닌 장일한!"

주일한이 아닌 장일한?

확신이 들었다. 윤정은 주먹을 쥐고 오른손을 내밀었다. 윤정의 손에 노란색 팔찌가 보였다. 맞은편에 선 일한도 오른손을 내밀었다. 노란색 팔찌가 보였다.

맞은편으로 뛰었다. 일한을 넘어뜨릴 듯 거세게 품에 안겼다.

"윤정아!"

일한이 윤정을 꽉 껴안았다.

"오빠, 나 박연희 씨를 버려두고 온 것 같아. 저 남자는……, 그래 그 할아버지구나."

장윤정은 모든 상황이 이제야 이해되었다. 박연희가 남자와 사진을 찍으며 행복해했던 이유 역시.

"가만, 박연희가 저랬다는 건."

"부대원 전체가 최면에 당했다는 거겠지. 상상하기 어렵지만."

"저 할아버지는 어떡하지?"

"일단은 박연희부터 찾자, 나머지는 그 뒤에."

"그런데 길을 어떻게 찾지?"

"플래시로 바닥을 비춰. 아마도 이곳 구조가 아^亞자 방을 본뜬 것 같아. 내가 통로에 사탕봉지랑 사탕을 버렸어."

윤정과 일한은 어느 때보다 빨리 통로를 훑기 시작했다. 사탕과 과자

봉지가 없는 곳으로 내달렸다. 달리며 박연희의 이름을 불렀다. 애타게, 또 애타게.

몇 겹의 벽 너머인 것 같았지만 어느 순간 박연희이 목소리가 들렸다. 여기에요, 여기.

서로가 목소리를 더듬으며 가까워지기 시작했다. 박연희도, 또 일한과 윤정도 어느 때보다 애타게 서로를 찾아 헤맸다. 몇 번을 우회전하고 좌회전하며 목소리가 나는 방향을 찾았다. 플래시 너머로 어느 순간 그림자가 일렁거렸다.

"박연희 대위님!"

윤정이 이름을 부르며 플래시를 비추었다. 다가가던 윤정이 비명을 내지르며 그 자리에 주저앉았다. 그림자는 남자였다. 군복을 입은, 머리가 하얗게 새어버린 노인이었다. 윤정은 필사적으로 뒷걸음질을 쳤다. 너무 놀라 눈물이 흘렀다. 안 돼, 저리 가, 저리!

14

윤정을 부축해 얼른 일으켰다. 윤정이 쓰러진 앞에는 남자가 주저앉아 있었다. 미동도 없이 어둠을 제압하듯 가부좌를 틀고 앉았다.

군복을 입은 시체였다.

일한이 가까이 다가갔다.

이곳에서 제법 생존했던 듯 머리가 어깨까지 길었다. 다만 머리가 하얗게 새버렸다. 고통 때문인가 싶었는데 가부좌를 튼 얼굴에는 상념도, 고통도 느껴지지 않는 편안한 모습이었다.

더 가까이 다가가 군복을 살폈다. 3사단 백골부대 마크, 계급은 대위, 명찰에 적힌 이름 박민규.

"박…민규?"

뒤에서 들리는 윤정의 목소리가 떨렸다.

"일단 박연희 씨부터."

시체 주변을 플래시로 비추자 시체가 앉은 곳이 교차로라는 것을 알 수 있었다. 마치 가부좌를 틀어 한 곳을 막은 것처럼 느껴졌다. 어디로 가야할지 고민하는 찰나, 윤정이 알 수 없는 행동을 했다. 죽은 박민규를 향해 넙죽 절을 올렸던 것이다.

"뭐하는 거야?"

"따라해."

윤정이 바짓단을 잡으며 일한을 주저앉혔다. 그러며 속삭인다.

"오빠나 나나 이 일하는 사람들 기본이잖아. 이런 곳에서 망자를 만나면 당연히 예를 올려야지."

단호했던 윤정이 거칠게 힘을 준 터라 손으로 땅을 짚고 말았다. 플래시가 가부좌를 튼 시체의 가랑이 사이를 비췄다. 그때 가부좌 아래 바닥에 무언가가 숨겨져 있는 게 보였다.

일한은 시체 가랑이 사이로 손을 넣었다.

"뭐야 이 변태!"

그 모습을 본 윤정이 기겁을 하며 고함을 내질렀다.

"이것 때문에."

일한이 가랑이 사이에서 꺼낸 걸 윤정에게 내비쳤다.

"군인수첩?"

플래시로 비추어 본 윤정이 말했다.

일한은 손으로 가져온 군인수첩을 펼쳤다. 휘리릭 넘기는 데 특이한 도형을 그려 넣은 것이 보였다.

"이거다. 윤정이 니가 우리를 살린 것 같다야."

일한이 짐작한 대로 구조는 卍를 본떴지만 완전히 예상을 빗나갔다. 卍는 하나가 아니라 두 개를 겹쳐 놓았다. 이로 인해 수많은 미로가 생겨나게 된다. 암흑천지에서 방향 감각을 조금만 상실해도 미로를 계속해

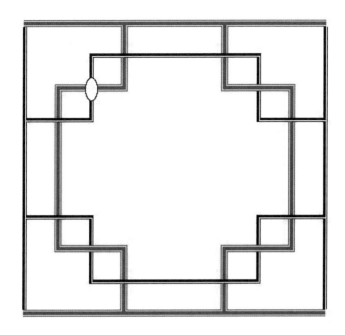

서 헤매고 만다. 간단하지만 무서운 구조였다.

"아마 동그랗게 표시해둔 데가 우리가 서 있는 지점인가 봐."

"박민규 씨가 자리 잡은 데겠지."

윤정이 의미심장한 말을 던졌다. 곧바로 크게 외친다.

"박연희 씨!"

어디에선가, 박연희가 목소리를 높여 외친다. 살려주세요. 평면도를 본 때문인지 소리의 방향을 가늠할 수 있었다. 곧장 북쪽에서 목소리가 울리는 듯했다.

윤정이 플래시를 들고 앞장섰다. 능숙하게 우회전에 이은 좌회전, 이어서 다시 한 번 우회전을 하며 나아간다.

"거기 있죠? 연희 씨 거기 있죠?"

윤정이 외치며 전진하는 너머에 손바닥으로 눈을 가린 여인이 외쳤다.

"네, 여기."

군복을 입은 여인은 바닥에 주저앉아 있었다. 윤정이 얼른 달려갔다. 일한도 재빨리 뒤따랐다. 여인을 부축하려던 윤정이 융희황제의 가방을 일한에게 건넸다. 속된 표현으로, 징하게도 가방을 들고 다닌다.

몸을 일으킨 박연희가 일한을 보자 본능적으로 경례를 붙인다.

"중령님이나 대위님, 혹시 물 없습니까?"

일한이 백팩에 있던 물을 건넸다. 벌컥벌컥 물을 마시던 박연희가 갑자기 생각났다는 듯 두 사람을 바라보았다.

"혹시 우리 성욱 씨 못 보셨나요?"

"당신 버리고 간 사람이에요!"

박연희의 말에 화가 나는지 윤정이 부루퉁하게 대답했다.

"자 일단 윤정이도 그렇고, 박 대위도 일단 진정합시다. 우리는 지금 길을 잃었습니다. 여기서 나가야 해요. 이곳을 나가지 못하는 한, 모든 것이 허사가 됩니다."

여기서……. 군인수첩을 꺼냈다. 윤정도 또 박연희도 일한의 곁으로 다가온다. 자연스레 세 사람의 눈길이 군인수첩에 쏠렸다. 그때 박연희가 군인수첩을 움켜쥐더니 격앙된 목소리로 말했다.

"혹시… 이 수첩 어디서 난 겁니까? 대위 박민규라고 수첩 주인 이름이 적혀 있는데……."

말끝이 흐려지나 싶은데 박연희의 눈에서 방울방울 눈물이 모이기 시작했다.

아. 그제야 25년 전에 실종된 박민규가 누구였는지에 생각이 미쳤다.

박연희의 아버지!

"설마. 설마아."

윤정도 깨달았는지 도리질을 쳤다.

"조금 늦더라도……."

"그래, 가자. 박연희 대위. 따라오세요."

윤정이 일한의 의도를 알아채고는 다시 앞장을 선다. 왔던 방향을 반대로 돌아갔다. 사거리 교차로를 장승처럼 막아선 박민규의 시체와 마주했다.

박연희에게 플래시를 넘겼다. 박연희는 시체를 바라보고는 무릎을 꿇었다. 통곡할 줄 알았는데 울음을 삼킨다. 몇 번이고 숨을 내쉬더니 아버지에게 절을 올렸다. 그런 뒤 박연희는 아버지와 이야기하듯 마주앉았다.

"아버지, 여기 계셨군요. 많이 힘드셨죠? 저 잘 컸어요. 군인도 됐고요, 아버지 때는 다니지도 못하던 육사를 제가 갔어요. 지금은 대위예요. 엄마는 아버지 그렇게 사라진 뒤로 힘드셨나 봐요. 되는 대로, 정말되는 대로 사셨어요. 마치 자기를 버리듯이…….

그런데 군화랑 간부야상은 어디다 두신 거예요? 아버지가 실종되실 때가 이맘때라 추우셨을 건데요. 어디다 두신 거예요, 네?"

박연희가 아버지를 향해 묵은 이야기를 털어놓았다. 양말만 신은 아버지의 발에 손을 뻗어 건드리려는 걸 윤정이 말렸다.

"유해는 다시 올 때 수습하기로 합시다. 그때까지는 이대로 보존되어야 합니다."

……가만. 군화와 간부야상?

어슷한 그림자가 일한의 머릿속을 건드리기 시작했다. 무언가 있다!

일한은 박민규의 주검을 다시 살폈다. 가부좌를 틀고, 편안하게 죽은 듯한. 그런데 두 손을 맞잡았다. 왼 엄지를 오른손에 끼워 넣었다. 마치 왼 엄지를 감추려는 듯이. 열손가락에 엄지를 감춘다?

수첩을 꺼냈다. 박민규가 자리를 잡고 죽은 자리. 손가락 하나를 빼면, 아홉. 그가 죽은 자리는!

"큰 아 자와 작은 아 자. 두 개가 겹쳐서 네모난 방이 열두 개가 생겨나. 박민규 대위는 그 방을 들어갔던 거 아닐까? 박 대위는 플래시가 없었을 테니 야상이나 군화를 벗어서 자신이 들어갔던 곳을 표시해두었고. 그랬을 거야. 열손가락에서 하나를 빼면, 구! 박민규 대위가 앉은 자리, 회전하는 방향을 잘 감안하면 아홉 번째가 돼."

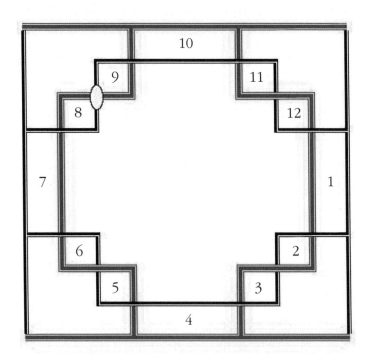

일한은 손가락으로 짚어가며 두 사람에게 방향을 가리켰다. 가장 동쪽에 있는 네모를 1번으로 잡고 시계방향으로 숫자를 매기면 박민규가 앉은 자리가 아홉 번째 네모에 해당하게 된다.

"작은 하나까지 철저히 계산되었던 거야. 그리고 우리가 가진 숫자는 간과하지만 않는다면 적절한 곳에 계속 써먹게 되어있는 것 같아."

"경술년?"

"그렇지! 열두 개의 방, 십이지간의 열한 번째는 개 술戌. 열한 번째 방. 박민규 대위는 혹여 이곳에 올 누군가를 위해."

일한의 시선이 박연희에게 고정된다.

"아니, 이곳을 찾아올 딸을 위해 자신이 할 수 있는 마지막까지 힌트를 남겨두었던 거예요."

"무슨 소리예요?"

박연희는 아버지가 마지막까지 힌트를 남겨두었다는 일한의 말에 놀란 것 같았다. 그녀의 눈에 몽글몽글 눈물이 맺혔다.

"가자. 어서! 지금 우리는 앞으로 가는 것 말고 할 게 없어. 감상에 젖는 건 나중에."

윤정이 다시 앞장선다. 문득 수장고에 처박혀 있기에는 아까운 여장부라는 생각이 스쳤다. 어디에서든 희망을 전하기에 부족함 없는 에너지를 가졌다.

"갑시다. 아버지의 뜻은 여기서 우물쭈물하는 게 아닐 겁니다. 어서 윤정이를 따르세요."

일한도 박연희를 독려했다. 지도가 없었다면 무한히 헤맸을지 모를 길을 찾아 11번째 방 앞에 섰다. 여기를 들어가야만 한다. 그리고 다음 숫자가!

"기묘월. 이번에도 십이지간이 기준이라면 사!"

윤정 역시 겹친 '亞'자 방이 가진 의미를 이해한 것 같았다. 십이지간, 열두 개의 방, 여기서 더 의미를 좁혀 네모난 방 하나를 떠올리면 쓸 수 있는 숫자는 하나밖에 없다. 4!

"동서남북, 방위에서 북쪽."

윤정이 어렵지 않게 북쪽을 찾아낸다. 여기서가 문제다. 어떻게 네모난 방 안으로 들어갈 수 있는 것일까?

나머지 하나의 숫자는 정유일 10이거나 34뿐이다.

"10시 방향인가, 아니면 시계의 34분 위치일까?"

윤정이 묻는다.

"아니라면……."

"조금 전처럼 34라면 남과 북이 되잖아요. 남쪽에서!"

박연희가 엎드리더니 문을 바닥에서 밀기 시작했다. 순간 머리 위에서 모래먼지가 떨어졌다. 어. 감탄을 뱉은 윤정도 즉시 엎드린다. 두 사람이 사력을 다해 미는가 싶은데 윤정이 힘을 빼자 벽이 다시 제자리로 돌아왔다. 즉시 일한이 펄쩍 뛰어올랐다. 벽이 엇비슷한 사선으로 벌어지기 시작했다. 두 사람이 밀어넣어 앞으로 튀어나온 위쪽 10시 방향 벽을 일한이 붙잡고 매달렸다.

"들어가 어서."

일한의 말에 윤정이 굴러서 몸을 밀어넣었다. 박연희도 재빨리 그 모습을 따라했다. 매달린 채로 턱걸이를 하듯 몸을 열린 벽 상단으로 올라탔다. 거의 동시에 몸을 굴리며 안으로 몸을 구겨넣었다. 구르는 듯하다 바닥으로 툭 떨어진다.

"됐다."

절로 감탄이 터졌다.

"저거 봐."

바닥에는 간부야상이 가지런히 포개져 있었다. 벽면에는 어설프게 쓴 11이라는 숫자가 적혔다. 아마도 박민규가 긁어내 만든 것이 아닐까?

"가만 저거는, 개 술戌 자 아냐?"

플래시로 벽면을 비추던 윤정이 말한다. 그런데 개 술 자를 적은 위치가 애매했다. 바닥, 시계로 보자면 34분에 해당하는 바닥이었다. 그제야 10과 34의 숫자가 실체를 띤다. 11번 방 북쪽 벽 10시 방향. 34는 가장 작은 34분. 설마 저 글자 역시 박민규가 딸을 위해 수백 수천 번을 손톱으로 긁어 만든 글자라면?

일한의 가슴에서 아버지와 화학작용을 일으킨 감정이 울컥 치밀어 올랐다.

"저기가 개구멍이라는 뜻으로 적어놓은 걸 겁니다. 저기를 밀어봅시다."

戌자 주변을 손으로 더듬었다. 미세한 틈이 감촉으로 느껴졌다. 다만 아무리 손으로 밀어도 꿈쩍하지 않았다.

"어쩐다?"

"개처럼 미는 거지 뭐."

윤정이 바싹 몸을 엎드리더니 정확히 戌자를 겨냥해 머리로 밀었다. 그렇게 꿈쩍도 하지 않던 벽이 개구멍처럼 기다렸다는 듯 바깥으로 밀려났다. 동시에 윤정의 비명이 바닥 어디인가로 함몰되었다. 박연희도 열린 문으로 재빨리 몸을 넣었다. 동시에 그녀의 비명도 바닥으로 떨어졌다. 뭐야, 하며 몸을 밀어넣은 일한도 비명을 내질렀다. 가파른 절벽을 내려가는 느낌이었다. 으허헝, 윤정의 괴상한 비명과 일한의 비명이

뒤엉키나 싶은데 푹신한 바닥에 내려앉았다. 바닥이 축축했다. 물 냄새
도 났다.

"이끼다."

이끼가 끼었다고는 하지만 분명히 바닥은 인공적이었다. 바닥을 짚고
일어서는데 윤정의 감탄사가 와, 하고 들려왔다. 고개를 들자 윤정이 플
래시를 비춘 자리에 눈길이 고정된다. 일한도 탄성이 터졌다. 세 사람이
떨어지듯 타고 내린 것은 철제 기둥이었다.

놀라웠다.

이곳은 토굴이 아니라 처음부터 계획하고 하나하나 만들어낸 이집트
에 버금갈 피라미드였다.

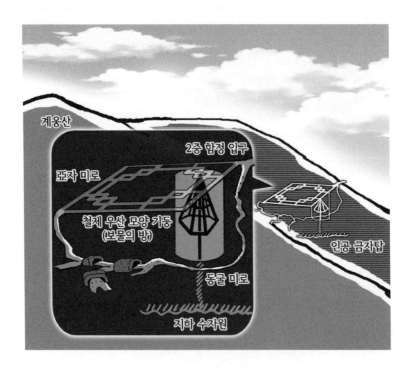

"11번 방 아래. 이곳이 기준이자 중심이었어요. 여기를 가장 먼저 만들어놓고 나머지를 설계도에 따라 확장해간 거예요."

"맞다. 아버지가 그랬어요. 금자탑, 장관이었다고."

박연희가 꿈을 꾸듯 말한다.

"이 기둥, 필요에 따라 회전하는 거겠지?"

그뿐이겠어!

멀리서 말소리가 울렸다. 덕남의 목소리였다. 뒤를 돌아보자 플래시가 흔들리며 다가오고 있었다. 가까이 다가온 덕남은 노인을 업고 있었다.

"길이 끝나나 싶은데 어느 순간 길이 위와 아래로 나누어지더라고. 선택하라는 거였겠지. 계속 내려갈 수도 없고 계속 올라갈 수도 없으니까 그냥 사람 냄새 나는 데를 찾아보자 싶었어. 정확하게는 윤정 씨 냄새, 그걸 따라갔어. 찾다 보니 이 노인네를 만났고, 살려달라고 굴어서."

우연은 없다. 인연이 만든 필연이 있을 뿐. 노인은 다시 삶을 연장할 수 있을지도 모르겠다.

"눈을 가렸어. 자꾸 이상한 소리를 지껄이지 뭐야. 너는 나를 가장 소중한 사람으로 생각한다냐?"

업힌 노인에게 박연희가 "서, 성욱 씨?"하고 물었다. 최면이, 여전히 효력을 발휘하고 있었다.

"풀어, 안 그러면 당신, 죽여버릴 거니까."

"아, 알았어."

기백은 온데간데없고 잘못 살아온 흉측한 몰골의 노인만 남아버렸다. 노인은 박연희에게 손을 뻗어 무어라 속삭였다. 동시에 업힌 남자를 보다 고함을 내지른다.

"됐어요, 진정하세요. 최면이 풀린 겁니다. 보세요."

윤정이 스마트폰을 꺼냈다. 스마트폰에서 해킹한 박연희의 사진을 보여주었다. 박연희의 입에서 허망한 신음소리가 새어나왔다.

"교통정리 끝났지?"

"하나만 묻자. 왜 내 최면이 자네에게는 통하지 않는 거지? 내 최면은 또 미혹이자 음양사의 강력한 힘은, 황족을 제외하면 모두에게……! 서, 설마?"

"알아서 생각해. 난 모르는 일이니까."

덕남이 업었던 노인을 조심스레 바닥에 내려놓았다.

"이 기둥, 멀리서 보니까 우산처럼 생겼어. 그 말은!"

15

"아이들, 잘하고 있겠지?"

주세용은 잠시도 가만있지 못했다.

"이 사람아. 자네, 나한테야 그렇다 치더라도 일한이에게는 제대로 사죄를 해야 할 거야. 아무리 아버지와 자식 사이라고 해도 말이네."

"그래야 할까?"

"그래야지."

"그나저나 어떻게 된 건가? 자네가 일본에 있었던 거?"

"그러네. 긴 세월이었네그려. 김구 선생이 안두희에게 암살을 당하며 일거에 친일파는 위세를 되찾았지. 이승만 정권이 손을 내민 탓이기도 했고."

그랬다. 반민특위는 이로 인해 친일 세력이 장악했고 국가 개혁 역시 물거품이 되었다. 친일 세력을 척결해서 새로운 국가를 만들 거라던 이상 역시 기울고 말았다.

상해에서 들어왔던 임시정부 세력에는 독립자금만을 모으던 부대가 따로 있었다. 자기 사람 이외에는 잘 믿지 못했던 김구의 성향 탓에 이들은 철저히 김구의 사람들로 만들어진 부대로 '백범부대'라 불리기도 했다. 이들은 광복을 맞으며 친일파의 재산환수를 위해 환골탈태할 필요가 있었다. 이를 위해 독립자금을 모을 때와 같은 전략을 구사하기로 했다. 철저히 친일파를 대변하는 무리와 그 반대에 선 무리를 운용한다. 다만 이 두 부류는 서로를 몰라야만 했다. 절체절명의 순간이 아니라면 어떤 경우에도 중재자가 나서는 일은 없어야 했다.

설명을 듣던 장지유는 불쑥 화가 치밀었다.

"자네와 내가 대면했던 그 순간은 절체절명이 아니었다는 건가?"

응. 너무나 간단히 주세용이 고개를 끄덕인다. 분노한 나머지 탁자를 쾅 내리쳐버렸다. 그로 인해 얼마나 많은 세월과 사람이 엇나가게 되었는데.

허. 가만. 그게 아니었던가. 장지유는 균형 있는 가족을 이루었고 후계자마저 만들었다. 그 일로 인해 주세용은 지금껏 안전하게 이인혜를 지켜올 수 있었다. 허. 허허허. 웃음이 나와버렸다.

"그림자 노인이 바로 삼신회에서 그런 일을 했어. 나 주세용은 철저히 앞잡이가 되어서 친일 세력들이 남기거나 훔쳐간 것들을 파악해야 했지. 그러면 적당히 달려들고 물어뜯어 위기감을 조성해줄 친구가 필요했고."

"그게 나였다는 건가?"

응. 이번에도 간단히 고개를 끄덕였다.

"그렇다고 해서 자네가 한 일이 가치가 없다는 건 아니야."

"알아. 지금껏 긍지를 가지고 해왔던 일이니까. 다만……."

"최근에는 정보가 줄었다고?"

"응. 갑자기 일이 줄었어."

"일본에서도 본격적으로 대응을 하기 시작했던 모양이야. 어쩌면 이 일이 상징적인 첫 번째 일인지도 모르고."

"상징적인?"

"응. 그들에게는 한국에서 훔쳐온 것들만 많았지, 잃어버리고 온 것은 딱히 없었거든. 그런데 최근에 천황이 극우단체들과는 궤를 달리하는 움직임을 보이기 시작했잖아."

새로운 천황의 대두! 그 말은 새로운 세력의 대두를 뜻했다. 이 말은 기존 세력이 세력을 강화했거나 새로운 세력이 주도권을 쥐었다는 두 가지로 해석이 가능했다. 이 두 세력 중 누가 실권을 장악했든지 간에 분위기 전환이 필요했을 것이다.

"지금까지는 우리가 진 거야!"

"무슨 소린가, 우리가 지다니?"

주세용의 말에 동의할 수 없었다. 아이들이 저렇게 필사적으로 움직이고 있는데.

"이인혜의 존재가 드러나버렸잖은가. 자네가 고이 간직했던 오사카 자이니치인 미츠코 씨의 존재도 드러나버렸고."

"맙소사."

"이제는 아마 드러난 존재들에게 하나하나 압박이 가해질 거야. 그게 언제든, 또 그게 누구든."

"무섭군."

"나도 무섭네."

탁자 위에 침묵이 떨어졌다. 묵지근한 침묵을 깨뜨리며 전화가 울렸다.

"오라버니?"

전화기 너머에서 미츠코가 불안한 목소리로 말을 꺼냈다. 덜컥 심장이 내려앉는 듯했다.

"여기 오사카 일은 모든 게 제대로 돌아가고 있어요. 인혜 씨도 안정을 찾았고요. 방금 들어온 정보인데요, 마지막으로 기록된 신세이 아키라는 2차대전에 크게 활약했다고 하네요. 패망으로 숨어버렸고요. 한국에 들어간 지 25년이 조금 넘었다고 합니다. 살아 있다면 여든이라고 하는데 사진 속의 모습이 딱 여든의 모습으로 추정되는 신세이 아키라가 맞다고 프로그래머가 확신합니다. 그 외에 나머지 일들을 처리하려 합니다."

"그래주겠나? 여기는 아직이야. 연락도 없고. 도대체 이 녀석들은 휴전선에서 뭘 하는 건지!"

어떻게든 몸 상하지 말고 돌아와라, 응?

바람과는 다르게 다시 한 번 장지유는 탁자를 쾅, 내리쳐버렸다. 무기력한 자신에게 화가 나서였다.

16

덕남이 손가락으로 철제기둥을 가리켰다. 기둥에 빈 홈이 보였다.

덕남이 일한에게 다가오더니 황제의 가방을 빼앗는다.

"우산이면 자동이거나 수동이겠지 뭐."

가방을 단단히 쥐더니 홈에 가방을 끼워넣었다. 꽉 끼워졌다 싶은 순간, 쿠쿵 땅을 울리는 소리가 났다. 네 사람이 미끄러져 내려왔던, 비스듬했던 철제 기둥이 마치 날개를 펼치듯 벌어지기 시작한다.

"거 봐, 이 시대 사람들은 이 기둥이 우산이라는 걸 알 방법이 없었을 거야."

툭툭 털며 덕남이 일어섰다.

일한은 조금씩 벌어지는 철제 우산 날개에서 하얀색 천을 보았다. 눈을 의심했다. 저기에 왜 천이?

기둥은 점점 벌어져 마치 우산 날개처럼 확연히 펼쳐지기 시작했다. 거대한 철제 우산은 마치 비치파라솔 모양이었고 천장 부근이 뻥 뚫려져 있었다.

"이 천, 우산대를 감싸고 있어. 이상하지 않아?"

윤정이 재빨리 우산대 모양인 철제 기둥에 붙은 천을 홱 들추어냈다. 그러자 기둥 내부에 유리를 덧댄 홈이 보였다. 홈 안에는 책이 들어 있었다.

윤정은 급기야 천을 전부 들추어냈다. 천은 모두 다섯 개로 기둥을 단단히 감싸고 있었다. 그리고 천 내부에는 철제 기둥을 파낸 홈이 모두 12개였다. 12개의 홈마다 유리로 감싸놓았고 속에는 모두 책이 들어 있었다.

"뭘 그렇게 봐? 얼른 가져가야지."

라디오 펜치를 든 윤정이 유리를 깨뜨렸다.

"모두 열두 권이지?"

"책 열두 권이 융희황제의 마지막 유산이라면 좀 거시기한데?"

덕남이 딴죽을 걸었다. 그런데 책 실물을 손에 쥔 일한은 너무나 놀란 나머지 손에 감각이 없을 정도였다.

책의 제목이 무려……!

일한은 덕남과 윤정에게 책 제목을 속삭이듯 말했다. 윤정의 눈이 찢어질 정도로 커졌다. 박연희에게 책 제목을 설명하려던 순간, 쿠쿵 하는 금속 소리가 방 안에 울려퍼졌다.

박연희가 철제 우산 천장을 보고 있었다. 박연희를 따라 일한도 고개를 들었다. 믿을 수 없었지만 철제 우산이 쿠쿵 소리와 함께 천천히 회전하기 시작했다.

"뭐지 이게?"

"왜 이러는 거야?"

박연희와 윤정이 번갈아 목소리를 높였다.

일한도 재빨리 우산을 살폈다. 철제 날개가, 회전하는 것이 아니었다. 철제 기둥이 회전하는 것이었다. 기둥에 달린 천이 덩달아 조금씩, 아주 조금씩 속도를 높여 회전했다. 동시에 흙이 바닥으로 비처럼 쏟아졌다.

"뭐야, 이거! 불길해."

덕남마저 소리를 높였다. 덕남이 들어왔던 입구마저 무너지며 방은 완전히 밀폐되었다.

그 순간 일한은 기시감을 느꼈다. 철제 기둥, 기둥을 감싼 천, 무너지는 철제 우산의 날개.

어디에선가 보았다. 분명히 어디에선가.

저 천. 어디서 봤더라, 저거!

생각해, 생각해내라고 어서!

일한의 머릿속이 미친 듯이 회전했다. 어릴 적 기억으로 날아갔다가 교과서 사진을 보여주기도 했다. 저건, 강강술래 할 때 나오던 거 아닌가. 강강술래는 중심을 잡아 사람들이 돌지 않던가. 저 천은.

"단심줄이다. 단심줄 놀이야!"

"단심줄 놀이? 나 알아, 그거 알아."

장윤정이 외쳤다. 천의 개수도 다섯 개, 보통은 오방색으로 만들지만 정확히 일치했다.

"잡으세요, 각자 하나씩. 연희 씨도, 또 일본인 할아버지도 잡아요. 뭘 하든 조금이라도 도우라고!"

일한의 목소리가 높아졌다. 몸을 움직이지 못하는 노인은 천을 쥔 채 그 자리에서 일어섰다.

"각자 쥔 천을 한 번은 안쪽으로, 다음은 바깥쪽으로 서로 지그재그로

엉키지 않게 서로가 왔다 갔다 하며 기둥에 매듭을 만드는 거야. 윤정이랑 내가 먼저 해볼게."

덕남이 고개를 크게 끄덕였다. 신호를 받은 윤정이 먼저 천 하나를 쥐고 박연희에게는 안쪽으로, 일한에게는 바깥쪽으로 회전하며 걸어나갔다. 이어서 박연희가 눈치껏 움직이며 지그재그를 만들었다. 다음은 일한의 차례였다. 천을 쥔 채 고정하고 있는 노인을 제외하고 나머지 사람들이 움직였다.

얼마나 움직였을까. 단심줄이 천에 매듭을 만들며 기둥에 딱 붙었다. 쿠쿵, 쿠쿵 소리를 내며 회전하던 철제 우산이 느려지다 멈추었다. 파이프와 수도꼭지 사이에 테이프를 감아 유격을 없애는 것과 같은 원리였다.

철제 우산이 멈추자 절로 한숨이 터졌다.

"오, 오빠 이거."

윤정이 팔꿈치로 일한을 툭 건드렸다. 단심줄은 촘촘한 매듭을 만들어 기둥에 붙었다. 천이 만들어낸 마름모무늬가 아름다웠다. 플래시로 윤정이 기둥을 비추었다. 일한은 기둥을 본 순간 입이 쩍 벌어졌다. 기둥에 무늬를 수놓은 매듭에 글씨가 쓰여 있었다.

'大韓一國 大韓民國'

"어, 어."

일한의 가슴에 무거운 돌 하나가 쿵 떨어지는 느낌이었다. 돌은 가슴에서 파문을 만들며 자꾸만 큰 원을 그려냈다. 점점 번져간 파문이 일한의 눈까지 다다랐다. 시야가 흐려졌다. 갑자기 눈물이 흘러내려 무어라 말하기조차 쉽지 않았다.

울컥, 또 울컥. 도대체가. 백 년 전, 이 금자탑을 만든 사람은 어떤 심정이었을까.

대한일국 대한민국이라니!

대한제국은 하나의 국가요, 대한제국은 백성의 국가다!

"정신 차려. 감상에 젖을 시간이 없어."

덕남이 우산에서 멀어진 채 주변을 플래시로 비추고 있었다.

"철제 우산은 바닥으로 꺼지고 있었어. 천이 지탱하는 건 잠깐일 거야. 그리고 매듭이 된 저 천이 아무래도 계단인가 봐."

멀찍이 서서 주변을 비추던 덕남이 말했다. 덕남의 말에 일한도 그의 곁으로 갔다. 우산 기둥이 박혀 있던 자리에 회전하며 구멍이 났다. 철제기둥이 빠진 자리는 사람 하나가 딱 들어갈 만한 크기였다.

"다들 마지막 힘을 내야겠어요. 이 방에서 나가는 방법은 철제 우산이 내려온 자리밖에 없어요. 저기로 나가야 합니다."

"제가 먼저 올라갈게요. 이래봬도 3사단 특공용사잖아요."

박연희가 기둥에 매달리나 싶더니 능숙하게 천을 잡고 기둥을 올랐다.

"난 좀 자신 없는데."

윤정이 앓는 소리를 했다.

"육 미터 정도니까. 일단 내 등을 밟고 올라가."

일한이 몸을 굽혔다. 기둥을 붙잡고 윤정이 어깨 위로 올라갔다. 덕남이 윤정의 등을 부축했다. 끙, 소리를 내며 일한이 일어섰다. 윤정이 사력을 다해 매듭을 붙잡고 올라갔다. 그러나 4미터 지점에서 부들부들 떨며 멈추어버렸다.

제길. 일한이 일어서려는데 덕남이 미친 듯이 매듭을 붙잡고 올라갔다. 아래에서 떨어지지 않도록 덕남은 윤정의 엉덩이에 머리를 박고 버티는 모양새가 되었다.

"일한이 형이 올라가서 허벅지를 계단처럼 내밀어줘. 윤정이 밟고 올라가게, 어서."

"나 많이 무거울 텐데."

"걱정하지 말고. 떨어지면 또 오르면 돼, 어서."

일한은 덕남의 말을 이해했다. 그래도 이 순간을 놓칠 수는 없었다. 일한은 주머니에서 스마트폰을 꺼냈다. 몰래 촬영 버튼을 눌렀다. 플래시가 팍 터졌지만 두 사람이 협동하는 통에 신경 쓸 여유는 없어 보였다. 곧바로 천을 잡고 올라가 윤정의 다리 근처에 허벅지를 고정하며 필사적으로 매달렸다. 망설이던 윤정이 일한의 허벅지 위를 계단처럼 밟고 올랐다. 윤정이 오르자 덕남이 재빨리 매듭을 잡고 올랐다. 일한보다 조금 높은 곳에 허벅지를 고정시켰다. 윤정이 이번에는 덕남의 허벅지를 밟고 한 발을 더 올랐다. 위에 있던 박연희가 손을 내밀었다.

됐다. 윤정이 박연희의 손을 잡고 우산 날개 위에 섰다.

"일단 먼저 나가. 철제 우산이 무게를 못 버틸지도 모르니까. 어서."

말이 씨가 된다고. 네 사람이 매달린 기둥이 쿵, 소리를 내더니 아래로 10센티미터쯤 내려앉았다. 윤정이 선 것과 기둥이 내려앉은 것은 실로 간발의 차였다. 기둥이 빠져나온 자리에는 지름 80센티미터 정도의 원이 생겨났다. 그 위에는 그들이 미끄러져 내려왔던 방이 있을 것이다.

일한은 재빨리 아래로 다시 내려갔다. 시간이 없다. 일한은 노인을 향해 외쳤다.

"업히세요, 어서."

노인은 일한의 말을 외면했다.

"노인네 고집하고는!"

일한은 강제로 노인을 업었다. 그 짧은 사이 윤정과 연희가 천장 위로 몸이 빠져나가는 게 보였다. 연이어 덕남이 능숙하게 기둥에 올라갔다. 우산 날개에 선 덕남이 천장을 향해 점프를 했다. 노인을 업은 일한이 기둥에 매달렸다. 그 순간 기둥이 이제 완연히 회전하며 바닥으로 꺼지기 시작했다.

"그만. 그만하자고. 나 마지막으로 좋은 일 한 번 함세."

노인이 손을 풀며 바닥으로 떨어졌다. 노인의 신음소리가 아프게 울렸다. 기둥을 잡고 오르려 했지만 도저히 그냥 갈 수 없었다. 아까와는 달랐다. 그때는 어떻게든 되돌아와서 노인을 데리고 가면 될 거라는 생각이었다. 지금은 아니었다. 여기서 놓고 가면 노인은 죽게 된다.

훌쩍 뛰어서 기둥을 내려왔다.

"업히라고요, 어서! 누구든, 또 어떤 일을 했든 이렇게 죽어서는 안 돼요."

필사적이었다. 노인을 향해 의지를 다했다.

"고맙구먼……."

노인이 다시 업혔다. 등이 축축해졌다. 노인은 흐느끼고 있었다. 일한은 죽을힘을 다해 기둥을 올랐다. 기둥은 느리지만 분명히 바닥으로 꺼지고 있었다. 미친 듯이 속도를 내 올라간 일한이 노인을 천장 구멍으로 집어던지다시피 넣었다. 기다렸다는 듯 덕남의 팔이 쑥 빠져나왔다. 노인이 구멍으로 사라졌다.

순간 쿵, 기둥이 바닥으로 다시 내려앉았다. 그 탓에 천장과 일한의 키가 아슬아슬할 정도로 벌어졌다. 손을 뻗어 뛰었지만 이제 역부족인 상황으로 변했다.

뛰어!

덕남의 손과 박연희의 손이 동시에 쑥 뻗어나왔다. 일한은 사력을 다해 천장으로 뛰었다. 덕남의 손을 놓쳤나 싶은 순간, 박연희의 손이 일한을 덥석 붙잡았다.

"잡았다, 잡았어. 어서요!"

박연희가 외쳤다. 바통을 이어받듯 덕남이 손을 내밀었다. 어깨를 붙잡았을 때 박연희가 일한을 끌어당겼다. 이어서 윤정도 일한을 끌어당겼다. 일한이 위층으로 당겨져 올라왔다.

휴, 한숨도 내쉬기 무섭게 일한은 덕남을 끌어올려야만 했다. 최대한 아래까지 내려가려고 덕남의 다리를 노인이 필사적으로 붙잡고 있었던 것이다. 일한은 있는 힘을 다해 덕남을 끌어올렸다. 덕남도 힘들었는지 올라오자마자 천장을 보며 바닥에 누워버렸다.

빠져나온 아래층 방에서는 계속해서 철제 우산이 주저앉는 소리가 울렸다. 동시에 구멍을 통해 물 냄새가 솔솔 올라왔다. 불안한 냄새도 동시에 솔솔 올라왔다.

고개를 쭉 빼고 아래층을 플래시로 비추었다. 철제 우산이 내려앉는 속도보다 빠르게 침수되고 있었다.

"나가야 돼. 나가야 한다고."

일한이 다시 일어섰다. 플래시로 방을 비추었다. 1이라는 숫자가 벽면에 보였다.

"박민규 대위님. 일 번 방은 어떻게 나가는 겁니까?"

저도 모르게 일한이 죽은 박민규 대위를 떠올리며 목소리를 높였다. 그러다 혼잣말을 하게 된다.

"일 번 방, 일 번 방이라면. 아 자 두 개가 겹치는 정확히 동쪽이잖아. 여기는… 쥐의 방, 맞아요, 쥐구멍이 있을 겁니다. 물이 차오르기 전에 찾아야 해요. 모두 찾아봅시다. 어서!"

일한이 목소리를 높였다.

박연희는 천장 주변을 두드렸고 모서리로 다가간 윤정은 넙죽 엎드렸다. 머리부터 들이미나 싶은데 돌이 뒤로 밀려났다. 윤정의 머리가 남서쪽 모서리에서 쑥 들어가더니 몸마저 사라진다. 가로 50센티미터, 세로 20센티미터 정도의 작은 구멍이었다.

윤정이 나가는 모습에 박연희가 박수를 쳤다. 어지간히 격앙된 모습이었다. 한 사람씩 방을 빠져나갔다. 노인을 모서리 구멍으로 밀어넣었다. 누구 하나 손을 내밀어 도와줄 줄 알았지만 아무도 도와주는 사람이 없었다. 혀를 차며 일한이 고개를 내민 순간 엄청난 각도로 미끄러져 내려가기 시작했다. 절로 비명이 터졌다.

"이, 래서, 아, 무도 안, 도와 줘, 었구나아아아."

일한의 목소리가 터널 안에 메아리쳤다. 가슴이 바닥에 쓸려 불이 난다 싶은데 쿵, 바닥으로 떨어졌다. 떨어지자마자 가슴부터 쓰다듬게 된다. 플래시를 비춰보니 하나같이 가슴을 쓰다듬고 있었다.

"이거 성희롱이야, 이런 데 플래시부터 비추면 어떡해!"

윤정이 소리쳤다. 말로는 미안, 그러나 플래시를 끄지 않은 채 구석구석 살폈다. 바닥에는 물이 축축하게 베어들기 시작했다. 제일 멀리 있는 박연희 너머로 기다란 통로가 보였다.

"무언가 바뀌었어. 우리는 분명 십일 번 방에서 철제 기둥으로 떨어졌어. 그런데 다시 올랐을 때는 일 번 방이었어."

기둥은 분명 여러 가지 기능을 겸비했던 것이다. 가장 먼저 기둥은 금자탑을 지탱하는 구실을 했다. 말 그대로 기둥이었다. 동시에 접힌 우산 날개는 완벽한 밀폐 공간이었다. 여기에 홈을 파고 책을 넣었다. 또한 기둥은 때맞추어 회전하며 위층에 지탱한 방을 회전시켰다. 겹친 아 자 방 12개는 각각의 기능이 있었을 것이다. 죽은 박민규가 살아 있는 딸을 위해 길잡이 노릇을 해냈다. 아마도 책을 회수한 지금이 아니라 방만을 들쑤시고 다녔다면 다섯 사람이 떨어진 장소는 늪이나 저수지 따위였을지도 모른다. 그리고 책을 회수한 이 순간은!

"이 미로도 끝났다는 뜻이 아닐까요? 갑시다."

곧장 그들이 떨어진 구멍에서 흙이 무수히 떨어지며 구멍이 사라졌다. 반대로 바닥은 계속해서 물이 차올랐다.

일한이 노인을 업은 채로 앞장섰다.

다섯 사람이 미로의 끝까지 다다랐을 때 마치 장승처럼 서 있는 해골을 발견했다. 하얀 저고리에 녹색 치마를 입었다. 해골은 비켜주기 싫다는 듯 버티고 앉아 있었다. 놀란 일한의 눈에는 바닥에 누운 채 바스러진 해골 하나가 더 눈에 들어왔다.

"누구일까요?"

"부적이겠죠."

윤정의 물음에 덕남이 말한다.

전방을 막아선 여자 해골은 호미를 쥐었다. 무슨 한이 남았다고 저리도 단단히 호미를 쥐었을까. 그 아래, 누운 해골은 총을 쥔 채였다. 두 사람은 서로가 서로를 죽였던 게 틀림없었다.

이곳을 빠져나가려는 남자와 못 빠져나가게 막아선 여자!

호미를 쥔 해골은 머리에 있는 비녀가 조금 특이했다. 보통 때라면 윤정이 비녀와 총을 먼저 챙겼을 것이다. 그러나 바닥에는 물이 차올랐고, 도망쳐 나온 통로 역시 허물어지고 있었다. 이로 인해 다섯 사람의 마음이 너무 촉박했다. 다급한 마음과 빠져나가야 한다는 생각에 시야가 좁

아저버린 것이다.

일한은 두 유해를 향해 합장을 했다.

해골을 지나자 계단이 보였다. 콘크리트로 만들어진 계단이었다.

"아마 제 아버지나 할아버지가 이곳을 빠져나오는 사람을 위해 비밀리에 만든……."

박연희가 잠시 말을 멈추었다.

"어쩌면 저를 위해 만든 계단일 겁니다. 올라갑시다."

박연희가 계단을 가장 먼저 올랐다. 계단 끝에는 맨홀 뚜껑처럼 생긴 검은색 뚜껑이 가로막고 있었다. 뚜껑을 들어 올리자 또 다른 계단이 이어졌다. 박연희 곁으로 덕남이 올라가 두 사람이 뚜껑을 밀어냈다. 빛이 한꺼번에 쏟아졌다. 두 사람을 필두로 모두가 지상으로 나왔다. 군용 보급품을 두는 창고였다.

"여기는?"

"과거에 여기는 금강산 열차가 다녔어요. 아마 그 부근에 있던 역무원들이 쓰던 창고나 뭐 그런 거였겠지요."

박연희가 부연했다.

일한이 뚜벅뚜벅 창고 문으로 다가갔다. 오른손을 뻗어 창고 문을 열자 비스듬한 햇살이 창고 안으로 길게 뻗쳤다.

3부

비밀은
말과 글로
전해져

1

"우리가 사용하지 않는 것들이 우리에게는 비밀이 되는 법이겠지?"

총명한 융희황제가 무천을 향해 물었다.

융희황제는 아버지 대에서 해왔던 대로 아침은 식혜로 시작했다. 내관인 무천이 쟁반을 궁녀에게 넘겼다. 궁녀가 쟁반을 들고 뒷걸음질쳤다. 궁녀가 사라지자 융희황제는 무천만 알아볼 수 있는 은은한 미소를 내뿜었다. 황제의 눈에는 오늘도 살았다는 안도가 배었다. 안타깝기 그지없었다.

선태황 광무 고종이 헤이그에 특사를 파견한 일은 비밀 중에 비밀이었다. 황제가 특사를 파견한 목적은 독립으로 이어지리라 믿었기 때문이었다. 바람은 보기 좋게 빗나갔다. 황제는 일제에 의해 승하해야만 했고 융희황제가 황제의 자리를 이어받았다. 일제는 두 번 다시 이런 사태가 벌어지는 것을 막기 위해 의민황태자와 덕혜옹주를 볼모로 일본에 데려갔다.

볼모, 말 그대로 황제의 팔다리를 잘라놓겠다는 의도였다.

"일어서는 것은 꿈이 아니지 않나."

독립獨立, 이 말조차 제대로 못하는 황제. 안타깝기 그지없었다. 그러나 옳은 일을 하려는 부하들을 조금이라도 챙기고 살려야 했다. 지금 대한제국은 황제라 해도 할 수 없는 일들이 많았다. 다른 누구보다 황제 자신이 팔다리가 잘렸다는 사실을 자각하고 있었다.

은밀하게 황실을 위해 뽑힌 황제의 친위 조직은 점점 축소되기 시작했다. 발각되기보다 변절하기 때문이었다. 특히 을사오적을 화족, 즉 메이지황제가 작위를 내려 상당한 지위를 약속한 뒤부터 궁궐 내 기류가 달라졌다. 내관들 사이에서 우리의 황제는 융희가 아니라 메이지라는 말까지 떠돌았다. 이런 분위기로 인해 신하를 솎아내고 또 솎아냈다. 그러며 새로이 유입되는 황제의 친위 조직은 서로가 서로를 모르게 했다. 올무에 끌려나오듯 친위 조직이 뿌리째 뽑힌다면 그 무엇도 미래를 장담할 수 없었다.

이런 중에 일본에서 건너온 한 음양사가 융희의 마음을 뒤흔들었다. 아무도 말하지 못한 속내를 과감히 도려내려 들었던 것이다.

가짜에게 속지 말라!

진령군 박창렬에 이은 박수무당은 어머니 명성황후를 정신적으로 병들게 했고 아버지인 광무황제도 썩어들게 만들었다. 이들을 과감히 가짜라고 말할 수 있는 사람이 조선에는 없었다. 일본인 음양사를 뒷조사했다. 통감 이토 히로부미를 따라 조선에 온 음양사는 입지전적이었다. 그는 세이난전쟁을 예견했고 그 이전과 이후에 벌어질 일들을 정확히 맞혔다. 다만 인간의 탐욕이 그의 예견을 가로막았다.

아베노 히로시!

그는 창덕궁으로 쫓겨 가는 광무와 융희 두 황제에게 4년을 말했다.

'가짜에게 더는 농락당하지 마시오. 네 해 동안 모든 것을 숨기시오. 상황으로 인해 반드시 기회가 올 것이오.'

세 해 동안 빼낼 수 있는 모든 것을 빼냈다. 다만 어느 것이 돈이 되고 어느 것이 돈이 안 되는지에 대한 판단은 일본인에게 맡길 수밖에 없었다. 그들이 탐을 내는 것과 탐을 내지 않는 것! 이로 인해 철저히 일본인 입장에서 생각해줄 누군가가 필요했다. 탐욕적인 일본인 수집가를 궁에 들였다. 그에게 여자를 붙였고 탐을 내는 것들에 대한 목록을 작성하게 했다. 순순히 목록을 작성한 남자는 잠자리를 하던 도중 무천에게 살해당했다.

경복궁 창고 깊숙한 곳들에 쌓인 족자, 서적, 자기 등 큰돈이 될 만한 것들에 순위가 매겨졌다.

"그런데 말이네, 우리가 간과한 것이 있는 것 같음세."

두 달 전쯤이었다. 상당한 물건이 시구문 바깥으로 빠져나갔을 때 황제가 말했다. 무천은 간과한, 이란 말에 화들짝 놀라 무릎을 꿇었다.

"우리에게 말일세, 더불어 무엇보다 중요한 것은 저런 족자나 불상도 맞겠지만 우리의 역사가 아니겠는가. 예로부터 조선의 역사는 구려의 역사와 하나였지 않은가. 즉 조선과 구려는 하나였고 이를 증명하는 사기가 우리에게는 몇 권이 남지 않았네."

그제야 황제의 의도를 알 것 같았다.

사라질 것들, 보전할 것들에 대한 의견이었다. 일본인 따위가 정해준 것이 아니라.

"우리 조선이 우리의 조선으로 남으려면 가장 시급하게 살아 있어야 할 게 무엇이겠나?"

303

"미천한 소인은 그게 무엇인지 알 수가 없습니다."

"그래?"

황제가 거듭 남무천에게 물었다.

"남무천, 아나따 와 니혼진 데쓰?"

무천은 황제의 물음에 탁 무릎을 쳤다.

"조선이 조선이려면, 무엇보다 조선말이 없어서는 안 될 것입니다."

"우리나라에는 옛 조선과 구려에 대한 역사서가 거의 사라졌네. 그렇지 않은가?"

익히 황제에게 들어서 배운 이야기였다. 그저 명나라에게 왕으로 인정받으려 했던 어리석은 왕이 저지른 실수였다.

"그러려면 우리에게 남은 것 중에 무엇이 가장 중요한 것일까?"

말과 글을 숨길 수는 없지 않은가! 황제가 못을 박았다.

"감히 황제 폐하의 생각을 소인이 따를 길이 없습니다."

무천이 고개를 숙였다.

"그래서 말이네."

황제가 평상시와 달리 비호같은 동작으로 옥좌에서 일어섰다. 옥좌 아래를 가린 천을 빼내더니 뚜껑을 연다. 무천도 몰랐다. 옥좌 아래는 누구도 건드리지 못하는 비밀 서랍이었다.

"가져가게. 우리의 말과 글이네!"

열두 권의 책! 제목을 본 무천은 그만 헉, 소리를 내지르고 말았다. 훈민정음 세종대왕본!

"책 꺼풀을 입히고 제목을 쓴 것은 짐일세. 선왕 중 한 분인 세조마저 불태우지 못한 기록서라네."

널리 알리려 했기에 상당수 훈민정음 해례본은 인쇄서였다. 다만 딱 한 질만은 달랐다. 대왕 세종이 직접 한글을 만든 이유와 모범이 되고 유사했던 우리 땅의 글자, 소리를 내는 방식과 이를 활자로 어떻게 옮겼는지 등을 낱낱이 밝힌 책이었다.

대왕 세종은 친히 붓을 들어 기록했다.

세상에 딱 하나 있는 우리말과 우리글에 대해 왜 전해져야 하는지를 왕에게 전하도록 명령한 책이기도 했다.

"나머지 보물이나 유물, 금괴는 내가 없더라도 독립을 위한다면 무엇이든 언제든 팔아서 쓰게나. 하지만 그것만은 아니 된다네."

황제가 남무천에게 몇 번이고 다짐을 받았다.

궁녀가 식혜 쟁반을 들고 나간 사이, 감시자인 장번내관이 조례를 하는 사이, 이 일각 정도가 무천이 오롯이 황제를 알현할 수 있는 시간이었다.

"오늘 가아하지요?"

대답 없이 고개를 숙였다. 평소 약속한 대로였다.

"내가 그래서……."

황제가 1권의 책 꺼풀을 벗겨 무천을 향해 펼쳤다. 몰래 쓴 서찰인 만큼 딱 한 장에 일필휘지로 썼다. 황제는 내용을 보라는 듯 펼쳐서 건넸다.

"외우게."

네, 네. 얼른 고개를 숙여 두 손으로 서찰을 받았다.

'조선을 망국에 이르게 한 마지막 세자이며, 대한제국 허수아비 황제 융회가 쓰노라.

그 어떤 황제가 나라가 잘못 서기 바라며 치국을 펼치고 백성을 다스리겠는가마는 시류를 잘못 읽고 비선에 미혹되어 귀를 홀린 대가가 백성의 피눈물로 돌아와 매일 한탄에 이르게 되어 눈물이 그칠 날이 없노라.

급기야 오늘의 대한제국이 내일의 대한제국이 아닐 수 있음을 누구보다 무섭도록 인지하며 내 나라 내 백성에게 눈물로 고하노라.

조선은 오래도록 무반과 문반, 양반으로 나뉘어 누구나 관직에 오를 수 있는 나라를 원했지만 세력가가 된 이들은 도리어 나라의 발목을 잡고 말았다. 대한제국으로 새로이 바뀌는 나라만큼은 백성 누구나 잘 살 수 있는 나라를 원했지만 이번에는 개화와 쇄국이 대립하고 말았다.

이제야 와서 고백하네만.'

2

'개화도 쇄국도 모두 틀렸다는 사실을 누구나 알게 되었다. 백성이 먼저가 아닌 그 어떤 것도 잘못되었음을 짐은 인정하는 바이다. 그런 나라에 황제가 어디 있고 왕이 어디 있을 것인가.

황실은 존재 이유를 잃었고 하루가 다르게 쇠하고 있다. 저잣거리에는 왕이 무능력하다는 소문이 떠다니고 나라는 한치 앞도 볼 수 없는 암흑 일로에 휩싸였다.

이런 가운데서 광무황제는 자주 국권 회복을 위해 노력하셨으나 강제로 폐위되었다. 이어서 짐이 황위에 올랐으나 어찌된 영문인지 기억이 무용이었다 현화하기를 반복했다.

짐이 이런 상황에서 딱 하나 믿을 수 있는 남무천과 상의해 결론을 내렸다.

이 글을 우리 글로 읽을 수 있다면 짐은 잃을 것이 없노라. 조선이 조선일 수 있었고, 옛 구려가 구려일 수 있었던 이유는 짐이 한 말을 백성이 알아들을 수 있었기 때문이며 짐이 쓴 글을 백성이 읽을 수 있었기 때문이다.

하여 역사를 관통해보니 나라보다 중요한 것은 바로 백성과 백성, 아비와 자식에게서 전해진 말과 글이었음을 깨달았노라. 우리말 우리글이 없어지지 않는 세상이라면 짐은 눈을 감아도 슬프지 않을 것이다. 이는 언제든 대한제국의 자주 독립을 꿈꿀 수 있는 정신이 계승되는 것이 아닐 수 없도다. 또한 이것이야말로 백성이 먼저인 세상을 만드는 시금석이라 하겠다.

짐이 무천을 통해 숨길 수 있는 모든 재산을 이제 독립에 쓰게 하겠노라. 무천 역시 독립을 위해 쓰는 일에는 아낌없이 대한제국의 유산을 쓰게 될 것이다.

허나 단 하나, 왕에서 왕으로 전해졌던 마지막 유산만큼은 이제 우리말 우리글을 쓰는 백성을 위해 최후의 보루로 남겨두노라. 이는 대왕 세종께서 친히 쓰신 것이며 우리를 위해 남기신 것이니라.

다만 이를 위해 짐은 친히 바보가 될 것이며 일본국의 심기를 거슬려 백성이 다치는 일을 만들지 않겠노라. 독을 먹으라면 먹겠고 죽으라면 죽을 것이니 어느 하나 원통하지 아니하노라. 다만 원통한 하나는 대한일국, 대한민국을 보지 못하는 그 하나이다. 대한제국 백성이 목을 놓아 부르는 독립 만세의 큰소리를 듣지 못하는 하나가 원통하노라.'

편지를 다시 접어 책 꺼풀로 입혔다. 조선의 마지막 세자이자 대한제국의 마지막 황제 융희, 순종의 절절한 심정이 드러나 있었다. 흔들리는 차 안에서 마지막으로 보고 싶었던 마지막 황제의 마음이었다.

어느새 차가 멈추었다.

"들어가시지요. 대통령께서 기다리십니다."

일한을 비롯해 윤정과 장지유가 함께 차에서 내렸다.

지난 며칠이 번개처럼 일한을 건드렸다.

죽을 위기를 넘긴 다섯 사람이 계룡산 자락으로 나왔을 때는 아침 해가 뜨고 있었다. 계룡산 동쪽은 우르릉, 천둥소리를 내며 꺼졌다. 다시 3사단으로 돌아왔을 때 병사들 역시 지친 표정이 역력했다.

박연희가 살아온 덕택에 그날 밤 일은 유야무야되었다. 특히 막강한 힘을 가진 기무사 중령이 오늘 일을 눈감아주겠다고 단언하자 중대장은 거듭 고개를 주억거렸다. 사단장과는 독대를 하겠으니 중대장은 함구하라는 명령에 눈을 부릅떴지만 진급 운운한 말에 얼른 눈을 감았다.

박연희와 신세이 아키라, 즉 진성욱까지 다섯 사람이 모파상으로 돌아왔다. 박연희의 제대는 장지유의 인력을 통해 부대에 복귀하지 않는 것으로 결론이 났다. 박연희가 받았던 상당한 충격을 신세이 아키라가 최면으로 제거하려 했으나 그녀는 순수한 의지로 이겨냈다. 전덕남이 박연희에게 물심양면으로 큰 도움을 주었다.

모파상에서 장지유와 주세용을 본 순간 일한은 기절할 뻔했다. 원수끼리 환담하며 커피를 마시는 모습에 머리털 끝까지 피가 쏠리는 느낌이었다. 장지유는 아버지 주세용이 왜 그렇게 서둘렀으며 또한 적산을 했던 일본인들의 강점기 재산을 왜 빼돌리려 했는지 설명했다. 그렇다 해도 용서하기는 힘들었다. 세월이 약이라는 상투적인 말이 그렇게 와 닿기는 처음이었다. 장지유와 주세용은 이제 사돈이라며 결혼 날짜를 서둘렀다.

전덕남은 온전한 한국인이 되었다. 미츠코가 손을 쓴 덕분에 이인혜는 전인혜라는 재일동포가 되었다. 미츠코는 전인혜와 함께 일주일 뒤 한국을 방문하기로 했다. 여기에는 신세이 아키라의 역할도 컸다.

아키라는 죽을힘을 다해 그를 지킨 사람들에게 크게 감명 받은 듯했다. 그의 존재나 그가 한 일은 극비에 붙여졌다. 그는 자신이 한 일로 한국과 일본 사이에 외교적 분쟁이 생기거나 그에 준하는 일이 생기면 언제든 이를 막겠다 다짐했다. 더불어 아키라는 덕남의 스승이 되었다. 그가 가진 모든 역량을 죽기 전에 덕남에게 가르치고 싶다는 바람을 덕남이 들어주었다.

책에 대한 연구는 그 즉시 이루어졌다. 일한과 덕남이 백팩에 넣고 온책은 실로 가치를 매길 수 없는 국보급 문화재였다. 편지는 일한이 책꺼풀을 벗기다 발견했다. 지금까지 한글의 제자원리를 밝힌 책은《훈민정음 해례본》과《훈민정음 예의본》,《훈민정음 언해》가 있었다. 이중 완전한 형태를 지닌 단행본은《훈민정음 해례본》뿐이며 이를 국보로 지정했다.《예의본》과《언해》는《월인석보》권두에 실렸다.

일한을 비롯한 덕남과 윤정 등이 각고의 노력으로 발견한《훈민정음 세종대왕본》은 목판이나 금속활자로 인쇄한 책이 아니었다. 말 그대로 세종대왕이 한글을 왜 창제했으며 이것을 창제하기까지의 과정과 더불어 고조선부터 우리 땅에 있었던 독특한 문자를 모두 기록해 '해례'하고 있었다. 무엇보다 세종대왕의 친필 서책이라는 점에서 값어치를 매길 수 없었다. 세종은 이런 모든 과정을 12권으로 묶어 궁궐 서고 깊숙한 곳에 왕들만 보도록 대대로 보관했던 것이다.

조선에 한글이 창제된 이후 이 한글로 인해 역사는 두 번의 위기를 맞았다. 그 첫 번째가 세조에 의해서였다. 세조는 자신이 적통이라는 것을 인정받기 위해 명과의 관계를 대단히 중요시 여겼다. 이런 가운데 세조는 돌이킬 수 없는 선택을 한다. '이계異界의 언어', 즉 한자가 아닌 글로 기록된 책을 모아 불태워버린 것이다. 두 번째는 강점기 조선사편수회를 통해서였다. 조선사편수회는 문화말살정책을 위해 조선의 역사를 기록한 책을 모아 불태웠다. 조선 역사에 있었던 비극적인 분서갱유였다. 이 두 번의 분서갱유를 통해 불태워진 책은 어떤 책일지 추정하기조차 어렵다. 그런데 소문이 인사동을 휘감았다. 두 번째 분서갱유기의 책 상당수가 어느 일본인 집에 숨겨져 있다는 것이다. 덕남은 이를 확인하기 위해 일본에 잠입했다.

세 사람은 경호원의 안내를 받으며 청와대로 들어섰다. 오찬이 있는 상춘재에 이르자 경호원이 문 앞에 자리를 잡고 더는 들어오지 않았다. 비공개 오찬이었던 탓에 세 사람이 들어서자 문이 굳게 닫혔다.

세 사람을 향해 대통령이 손수 다가왔다. 장지유의 손을 맞잡은 대통령이 세 사람을 테이블로 안내했다.

"큰일 하셨습니다. 정말로 큰일 하셨습니다."

청와대 참모를 통해 장지유가 사건의 전말을 전달한 상태였다. 우연히 발견한 가방에서 시작된 이야기는 《훈민정음 세종대왕본》으로 마무리되었다. 그런 가운데 미로를 헤맸던 박연희의 가문 역시 자연스레 여기까지 이르게 되었던 것이다.

"제가 대통령이지만 이곳에 전세 사는 사람입니다. 그렇지만 제 임기 동안 제가 해드릴 수 있는 일이라면 뭐든지 해드리겠습니다. 다만 뇌물, 협잡, 비리, 청탁은 안 되는 거 아시죠?"

대통령의 말에 네 사람이 파사하게 웃었다. 동석한 비서실장 역시 크게 웃었다.

장지유는 암호가 적혔던 가죽 가방을 최대한 비슷하게 만들어 대통령에게 전달했다. 대통령이 굳게 입을 다물고 가방을 열었다. 가방 안에는 융희황제 순종이 또렷한 한글로 적은《훈민정음 세종대왕본》이라는 책 꺼풀이 보였다. 책을 받아든 대통령의 눈에 서글픈 듯한 눈물이 고였다.

"여러분도 마찬가지였지만 이 책을 지켜내려고, 또 독립을 위해 정말 많은 이들이 목숨을 잃었겠지요. 많이 잃었을 겁니다. 그분들 한 분 한 분 제가 이름을 불러드릴 수 있다면 그렇게 하고 싶습니다."

대통령이 책을 만지기를 잠시 주저했다. 그의 눈에서 굵은 눈물 방울이 오찬 테이블 위로 떨어졌다.

"그런데 제가 아무리 이름을 불러드리고 싶어도, 이름을 알 수가 없습니다. 어떻게 해야 됩니까?"

대통령의 눈물이 아프게 방울졌다. 대통령은 격의 없이 손으로 눈물을 훔쳤다. 비서실장이 대통령에게 정중하게 면장갑을 건넸다. 장갑을 낀 대통령이 책을 집어 들었다. 앞을 보고 책등을 보고, 책을 뒤집었다.

책 뒤에는 어두운 미로에서 볼 때와는 확연히 다른 또렷한 농담으로 여덟 글자가 적혀 있었다.

大韓一國, 大韓民國!

에필로그

찬바람이 목을 감고 돌았다. 일한은 인사동 골목 끝까지 다다라서야 하늘을 보았다. 눈이 내리려 했다. 모파상에는 이제 남자 셋이 우글거리며 살게 되었다. 덕남은 어떻게든 이곳을 떠나지 않겠노라며 버텼다. 그런 탓에 박연희가 문지방이 닳도록 모파상에 드나들었다.

허 참. 지난 1년이 겨울바람보다 빨리 지나갔다. 아직 결혼은 요원했고 양아버지 장지유는 느지막하게 새 장가를 갔다. 행복하다니 됐다.

모파상 문을 밀자 박연희와 장난을 치던 덕남이 동네 강아지를 보듯 눈길을 던졌다 거둔다.

"아버지, 형님 왔어요."

일한을 보자 덕남이 이층을 향해 큰소리쳤다.

"아버지 왔어?"

"응, 두 시간쯤 전에."

"덕남이 너는 전화를 좀 하지 그랬냐?"

"뭐 하러? 우리 연희 씨와 함께 있는 행복을 빼앗기라고?"

덕남이 코웃음쳤다.

참고 참았던, 덕남이 윤정의 엉덩이에 머리를 처박은 사진을 전송하려다 이번에도 참았다. 더 극적인 날이 올 것이다.

전에 비해 오히려 신수가 훤해진 장지유가 이층에서 내려왔다.

"그냥 오사카에 쭉 계시지 무슨 일이세요?"

비아냥거림이라면 비아냥거림이다. 윤정과 일한이 세 커플 중 가장 먼저 결혼할 거라 생각했건만. 윤정이 대통령을 만난 이야기가 소문이 나며 윤정은 눈코 뜰 새 없이 바빠졌다. 최근에는 대놓고 일한을 무시하기 시작했다. 윤정은 정파요, 일한은 사파니 하며.

"아 일거리가 하나 들어와서."

"오잉, 아버지! 그러면 먼저 저한테 말씀을 하셨어야죠?"

박연희와 시시덕거릴 때와는 딴판으로 덕남이 목소리를 높였다.

"그게 말이다, 아 말하기가 힘드네."

"에헤이. 아버지 뜸들이지 마세요."

"음……. 어려울 수 있어서 말이다."

"참 나. 아버지 저 덕남이에요, 전덕남! 일한이 형이랑 휴전선 밑바닥을 샅샅이 훑었던 놈이라고요. 어려울 게 뭐 있다고."

"그렇지? 그런데 말이다, 이번에는 남방한계선이나 휴전선이 아니라 북한으로 가야할지 몰라서."

"네 북한이요? 전 빠질게요. 연희 씨랑 있으렵니다."

말은 그렇게 하면서 덕남의 눈은 아버지에게서 떨어지지 않았다. 일한의 차례를 기다리는 것이다. 상황을 보다 물었다.

"뭔데요?"

"이수근 화백의 유작 이백팔십 점 정도를 찾아오는 일이야."

일한이 무어라 말하기도 전에 덕남의 눈빛이 반짝거렸다.

"그게 힘들면 다른 일도 있어. 태국으로 강제징용을 갔던 마지막 한국인들에 대한 이야기인데, 타고 왔던 전함에 대한 소문이 도나 봐. 침몰한 지점에 대한 소문이 설왕설래했거든. 배에는 한 가득 금괴와 동남아시아 유물이 이루 말할 수 없이 실렸다는데……."

뭐야. 어떻게든 또 누구든 할 게 뻔하니 양도의 논법, 즉 딜레마를 던져 우리더러 결정하라는 건가. 아버지의 모습에 슬금하니 웃음이 났다.

사익을 취하지 않는 정의로운 트레저 헌터, 아는 사람들만 안다는 모파상의 또 다른 이름이었다.

〈끝〉

작가의 말

2016년 10월을 기점으로 상당한 대한민국 국민들은, 국가에 대한 꿈이 생겼다.

내가 뽑은 사람에 대한 책임과 의무에 대해서도 눈을 떴다. 반대로 분노도 극에 달했다.

양극화 역시 마찬가지로 세대 간, 빈부 간, 이념 등, 이루 말할 수 없을 정도로 세분화, 고도화되고 있다.

박빙 위의 안정.

현재를 대하는 설명으로 이보다 적절한 비유가 있을까.

소설小說은, 말 그대로 작은 이야기다. 이 이야기가 어디로 얼마만큼 퍼져나갈지 예단할 수는 없다. 다만 글을 다루는 작가가 분열을 조장하거나 트라우마에 기름을 부어 박빙을 깨기는 싫었다. 박빙을 깨기보다 하나가 되는 이야기가 우선이라 여겨졌다. 그 꿈을 위해 최선을 다했다. 마음껏 즐겨주시기를 바란다. 분열이 아닌 하나를 위해.

참고도서 및 참고자료

《승정원일기》
《조선왕조실록》
《우리역사 수수께끼》, 이덕일 외 지음, 김영사
《윤치호 일기》, 김상태 편역, 역사비평사
《훈민정음 언해》
《제국의 후예들》, 정범준 지음, 황소자리
《사진으로 보는 조선시대 생활과 풍속》, 조풍연 해설, 서문당
철원군 홈페이지
국립한글박물관 홈페이지
동아일보, 경향신문, 조선일보, 네이버 뉴스 라이브러리
　그 외에 네이버 지식인과 위키백과, 더불어 수많은 사람들의 도움을
받았음을 밝힙니다.